HEIDEMORD

AF188992

Über den Autor

René Falk wurde 1955 geboren. Er ist ein echter Rheinländer und lebt in Troisdorf, einem Nachbarort von Köln. Schon sehr früh zeigte sich seine Neigung zum Schreiben von Kurzgeschichten, vor allem im Bereich SF und Fantasy. Später richtete sich sein Interesse mehr auf das Genre Krimis & Thriller und bald begann er selbst Krimis zu schreiben. Und wenn es ihm mit seinen Geschichten gelingt, seinen Lesern die eine oder andere (ent)spannende Stunde zu verschaffen, hat er nichts falsch gemacht.

HEIDEMORD

René Falk

Jede Verwendung von Bild und Text, auch auszugsweise, ist ohne schriftliche Zustimmung des Autors strafbar. Dies gilt auch für die Vervielfältigung, Übersetzung und Verwendung in elektronischen Systemen. Sämtliche Namen, Charaktere und Handlungen sind frei erfunden und reine Fiktion des Autors. Alle Ähnlichkeiten mit lebenden oder toten Personen sind rein zufällig und nicht beabsichtigt. Sämtliche Namen und Charaktereigenschaften der Protagonisten sind zudem geistiges Eigentum des Autors und dürfen ohne dessen ausdrückliche Zustimmung nicht verwendet werden.

Bibliografische Information der Deutschen National-bibliothek: Die Deutsche Nationalbibliothek verzeichnet diese Publikation in der Deutschen Nationalbibliografie; detaillierte bibliografische Daten sind im Internet über http://dnb.dnb.de abrufbar.

René Falk
HEIDEMORD

Umschlaggestaltung: *Harald Brodesser*
Text und Innenillustrationen: *René Falk*
© *2018 Alle Rechte vorbehalten.*

Herstellung und Verlag:
BoD - Books on Demand, Norderstedt

ISBN: 978-3-7481-6915-4

Inhaltsverzeichnis

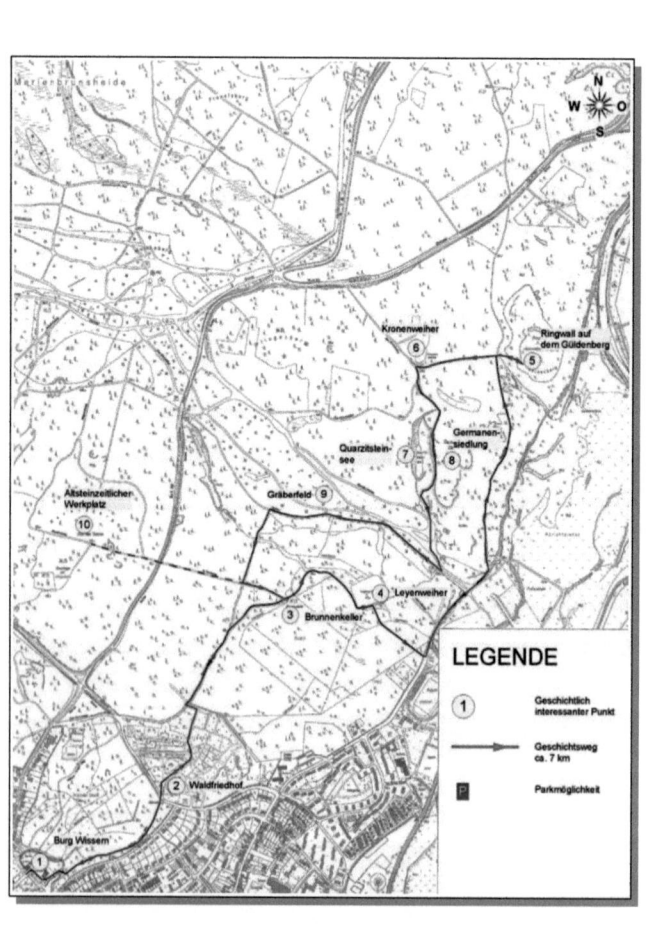

LEGENDE

①   Geschichtlich
     interessanter Punkt

→   Geschichtsweg
     ca. 7 km

P   Parkmöglichkeit

ÜBER DIESES BUCH

Die Heimatkunde-Expedition einer Grundschulklasse in die Wahner Heide endet dramatisch: Zwischen den verfallenen Mauerresten eines ehemaligen Brunnenkellers entdeckt die Lehrerin eine teilweise verweste Leiche! Bevor ihre Schutzbefohle-
nen den Toten ebenfalls zu Gesicht bekommen,
lässt die besonnene Frau das Gelände räumen und
ruft die Polizei.

Kriminalhauptkommissarin Denise Malowski
und ihr Partner Tobias Heller haben alle Hände voll
zu tun, mitten im Wald und fern der Zivilisation
für Ordnung zu sorgen. Und wer ist der unbekannte Tote, der offenbar schon eine ganze Weile
dort liegt?

Beim Versuch, den mysteriösen Fall aufzuklären,
gerät diese Lokalität abseits der Zivilisation immer
wieder in den Fokus der Ermittlungen. Welches
Interesse könnte an einer 150 Jahre alten Ruine
bestehen?

DIE HAUPTPERSONEN

Name	Alter	Größe	Dienstgrad	Fähigkeiten, Auftreten, Soziales
Peter Donner	51	1,77	Erster Hauptkommissar	Regiert das Kommissariat mit strenger aber gerechter Hand. Er ist bei allen seinen Mitarbeitern beliebt und überlässt meist die Ermittlungsarbeit seinen Leuten. Verheiratet mit Adelheid Donner.
Tobias Heller	39	1,85	Hauptkommissar	Bevorzugt den Turnschuh-Look mit Motorrad-Lederjacke. Der bekennende Friseurverweigerer und Besitzer einer über 30 Jahre alten BMW trägt das dunkelblonde Haar schulterlang und verfügt über ein nahezu perfektes Gedächtnis. Verheiratet mit Melanie Heller.
Denise Malowski	37	1,70	Hauptkommissarin	Besitzt einen schwarzen Gürtel in Taekwondo und liebt ihre zweijährige Tochter Leonie und ihren Beruf über alles. Das hellbraune Haar ist meist zu einem Pferdeschwanz gebunden. Ihr Smart Cabrio ist oft Gegenstand von Gespött durch Tobias Heller. Verheiratet mit Sven Leuchner.
Horst Weiland	29	1,80	Oberkommissar	Der begeisterte Marathon-Läufer ist ein Schulfreund von Wolfgang Müller und Vater eines vierjährigen Jungen. Seine ungewöhnlichen Theorien zum Tathergang führen oft zum Erfolg. Verheiratet mit Birgit Weiland.
Wolfgang Müller	30	1,89	Oberkommissar	Wird von seiner Freundin aufgrund einer tiefen Stimme und der gewaltigen Erscheinung Brummbär genannt. Er verfügt über ein großes Allgemeinwissen. Seine ruhige und besonnene Art wird von allen geschätzt.
Christina Ohlsen	27	1,62	Kommissarin	Die zierliche Ermittlerin wird meist Chrissie gerufen und lebt privat mit Wolfgang Müller zusammen. Ihre Treffsicherheit beim Schießtraining liegt bei konstant 100%. Hält sich zwei Frettchen mit den Namen Esmeralda und Quasimodo. Die blonden Haare sind meist zu einem Fransenpony geschnitten mit lila Strähnchen. Sie war in ihrer Jugend einmal Ju-Jutsu Landesjugendmeisterin.

Mit dem Wissen wächst der Zweifel.
- Johann Wolfgang von Goethe -

PROLOG

»Guten Morgen, Kinder!«

»Guten Morgen, Frau Weiland!«, schallt der jungen Lehrerin die Begrüßung ihrer Schulklasse entgegen. Im Chor, wie es in der Grundschule immer noch Brauch ist. Birgit Weiland, Mutter eines knapp vierjährigen Sohnes, unterrichtet in diesem Sommer nach der ›Babypause‹ an der Waldschule in Troisdorf erstmals die dritte Klasse in Heimatkunde. Das notwendige Studium zum Lehramt hatte sie bis zur Entbindung gerade mal so eben abgeschlossen. Jetzt, wo der Kleine endlich einen Kindergartenplatz bekommen hat, kann sie den geliebten Beruf wenigstens für halbe Tage ausüben.

Die Schulklasse, bestehend aus vierundzwanzig Mädchen und Jungen, ist heute, wie immer an solchen Tagen, fröhlich und ausgelassen. Denn es ist der letzte Schultag vor den großen Ferien. Ihre Lehrerin hat sich daher für ihren Unterricht etwas Besonderes einfallen lassen, den hohen Tagestemperaturen in diesem Sommer angemessen.

»Ich hatte euch ja gestern bei der Zeugnisausgabe eine kleine Überraschung versprochen«, wendet sie sich lächelnd an die Klasse, die ihr nun aufmerksam zuhört. Birgit Weiland ist wegen ihrer natürlichen Art sehr beliebt bei den Kindern. »Ihr habt euch doch bestimmt schon gefragt, warum ihr heute alle ohne eure Schultaschen kommen solltet, nehme ich an ... Ja, Michael?«, reagiert sie auf die heftig winkende Hand eines kleinen Jungen in der zweiten Reihe.

»Machen wir einen Ausflug?«, ruft der Junge atemlos. Die Lehrerin lächelt still in sich hinein. ›Michael ist ein heller Kopf‹, denkt sie. ›Ihm kann man so schnell nichts vormachen‹. Andererseits hatte sie die Kinder gestern vor dem Nachhausegehen ermahnt, heute für festes Schuhwerk zu sorgen. Da muss man ja nur zwei und zwei zusammenzählen.

»Sowas Ähnliches. Kennt jemand von euch die Geschichtswege?«

»Da gibt es vier Stück von«, weiß ein Mädchen aus der Reihe dahinter.

»Ja, das ist richtig, Juliane. Und alle führen mehr oder weniger in Teile der Wahner Heide. Ich habe mir gedacht, wir machen heute einmal eine Wanderung zum Güldenberg und dann durch den Wald am Heimbach vorbei wieder zurück. Auf den insgesamt sieben Kilometern bekommen wir es nämlich mit einigen Kultur- und Bodendenkmälern und landschaftlichen Besonderheiten zu tun. Außerdem ist es im Wald jetzt viel angenehmer als hier in der heißen Schulklasse. Wenn wir wieder zurück sind, habt ihr natürlich alle schulfrei! Weiß denn von euch jemand, um welche Denkmäler es sich dabei handelt? Michael?«

»Das ist die Burg Wissem, der Ringwall auf dem Güldenberg, eine germanische Siedlung, und die Germanengräber«, weiß der Junge.

»Richtig, aber du hast den Brunnenkeller vergessen. Und der Leyenweiher, in dessen Nähe er erbaut wurde, der Quarzitsteinsee und der Kronenweiher gehören streng genommen auch dazu. Ich werde euch unterwegs jeweils die Hintergründe dazu nennen. Seid ihr bereit? Dann kann es ja losgehen! Wir nehmen von hier aus den Weg über die Taubengasse, und dann am Aggerstadion vorbei zum Ringwall im Norden. Die übrigen Punkte grasen wir auf dem Rückweg ab, da geht es dann quer durch den Wald. Die Burg Wissem kommt ganz zum Schluss dran, von dort könnt ihr dann gleich nach Hause gehen.«

* * *

»Och, das ist ja wieder nur so'n oller See!«, mokiert sich ein Junge hinter der Lehrerin, nachdem sich alle um sie herum versammelt haben. Sie dreht sich zu dem nörgelnden Naseweis um. Wolfram, war ja klar! Der Junge hatte schon beim Ringwall oben auf dem Güldenberg herumgemosert. Offenbar hatte der erwiesene Fan von Ritterburgen sich wer weiß was darunter vorgestellt.

Viel ist auch nach geschätzten zwei- bis dreitausend Jahren in der Tat nicht von der ursprünglichen Befestigungsanlage, von germanischen Siedlern errichtet, übriggeblieben. Da es sich um eine mit Erde aufgeschüttete Holzbalkenkonstruktion handelte und das Holz längst verrottet ist, sind jetzt nur noch sanfte Erdhügel zu erahnen. Für Neunjährige nicht unbedingt besonders spannend.

Der Kronenweiher, ihre letzte Station, war ursprünglich ein Moor und wurde seinerzeit zur Torfgewinnung trockengelegt. Später sammelte sich in der durch den Torfabbau entstandenen Mulde Wasser und so bildete sich infolge natürlicher Regeneration dieser kleine See, der sich langsam ohne menschliches Zutun wieder zu einem Moor zurückbildet. Von dort ging die Exkursion weiter hierher an den Quarzitsteinsee.

»Weiß denn einer von euch, woher der See seinen Namen hat?«, ruft die Lehrerin in die Runde und schaut sich aufmerksam um. »Karla?«, wendet sie sich einem vor Aufregung auf und ab hüpfenden Mädchen zu.

»Das war mal'n Steinbruch, Frau Weiland«, gibt das Kind eifrig sein Wissen kund.

»Das ist richtig«, übernimmt ihre Lehrerin mit dozierend erhobener Stimme, an den Rest der Rasselbande gerichtet. »Bis vor etwa fünfzig Jahren wurde hier sogenanntes Quarzit abgebaut, welches dann zum Beispiel für Straßenpflaster verwendet wurde. Später ist der Steinbruch mit der Zeit mit Wasser vollgelaufen. So, jetzt geht es weiter zum Leyenweiher!«

»Toll! Noch'n See ...«, mault Wolfram hinter ihr leise, aber deutlich vernehmbar.

»Aber vorher schauen wir uns die Germanensiedlung und das Gräberfeld an, die sind hier ganz in der Nähe. Und passt nachher auf, wenn wir den Heimbach überqueren. Dass mir ja keiner ins Wasser fällt! Vom Weiher geht es dann direkt zum Brunnenkeller.«

* * *

Über einen improvisierten Steg aus halbierten Baumstämmen überquert die Schulklasse vorsichtig und in geordneter Reihe den Heimbach, das einzige Hindernis auf ihrem Weg. Der ohnehin wenig imposant erscheinende Wasserlauf ist hier, an dieser Stelle, kaum mehr als ein Rinnsal, was die Ermahnung der Lehrerin beinahe lächerlich erscheinen lässt. Mehr als nasse Füße kann man sich hier garantiert nicht holen, zumal der Bach infolge der langen Dürre nahezu ausgetrocknet ist.

Nachdem alle trockenen Fußes auf der anderen Seite angelangt sind, geht es weiter zum Brunnenkeller, das verfallene Mauerwerk ist aber erst beim Näherkommen zwischen den Bäumen am Wegesrand zu erkennen. Infolge einer Weggabelung ist hier genügend Platz für alle Kinder.

»Das also ist der Brunnenkeller!«, eröffnet Birgit Weiland der Schulklasse und macht einige Schritte bis an das Kopfende des gemauerten Vierecks. Dahinter fällt das Gelände steil zum Wald hin ab. Das einzige nennenswerte erhalten gebliebene Mauersegment, neben dem sie nun steht, ist auf der Vorderseite etwa hüfthoch und bildet den Abschluss der seit langer Zeit verfallenen Konstruktion.

Der eigentliche ›Keller‹ wurde in den vergangenen weit über hundert Jahren mit angewehter Erde angefüllt. Dahinter befindet sich überwiegend unwegsames Gelände. Irgendwann wird die Natur auch dieses Fleckchen Erde zurückerobert und überwuchert haben.

»Und bevor hier wieder jemand herummault«, wendet sie sich an die Kinder, »was ihr hier seht, ist im Grunde weder ein Brunnen noch ein Keller, sondern einfach eine ummauerte Vertiefung, die damals mit Wasser aus dem Heimbach angefüllt war. Angelegt wurde er um 1850 von Freiherr Clemens von Loë, dem auch die Burg Wissem gehörte.«

Die engagierte Heimatkundlerin muss nicht einmal von einem Blatt ablesen. Alle Daten, die zu den bereits gesichteten und noch vor ihnen liegenden Denkmälern interessant sind, hat sie in ihrem Kopf abgespeichert.

»Von Loë kühlte hier im Sommer die Milch von seinen Kühen, die auf den nahegelegenen Weiden grasten«, fährt sie mit ihrem Vortrag fort. »Im Winter wurde hier Blockeis geschlagen. Die Wiesen gibt es aber nicht mehr, das wurde später alles wieder aufgeforstet. Ihr könnt es euch jetzt aus der Nähe anschauen, wenn ihr möchtet. Fasst aber nichts an!«, ermahnt sie die Kinder und tritt einen weiteren Schritt zurück, damit alle Platz für einen Blick auf die Anlage finden.

Ihr Blick fällt dabei wie beiläufig auf die Rückseite der Mauer, allzu oft stand sie schon an dieser Stelle. Was sie jedoch jetzt am Fuße der Ziegelsteinwand, etwa anderthalb Meter tiefer und vom Gestrüpp halb verdeckt, zu sehen bekommt, lässt ihr das Blut in den Adern gefrieren und ihre Augen weiten sich in jähem Entsetzen.

»Keiner rührt sich von der Stelle!«, gibt sie panisch und mit überschlagender Stimme das Gegenkommando, als ihr ins Bewusstsein dringt, was dort im Unterholz liegt, den Blicken der neugierigen Kinder zum Glück noch verborgen. »Alle zehn Schritte zurück, sofort!«

Die Kinder, solch harsche Töne von ihrer Lehrerin nicht gewohnt, gehorchen verschreckt und weichen widerspruchslos auf den Weg zurück. Dass die beiden letzten Anweisungen sich im Grunde widersprechen, fällt dabei in der Aufregung niemandem auf. Birgit Weiland greift derweil mit immer noch schreckgeweiteten Augen zu ihrem Handy, es hat hier im Wald so gerade mal eben noch Empfang. Jetzt erst nimmt sie den fauligen Verwesungsgeruch wahr, der in der Luft liegt.

»Horst?«, schluchzt die junge Frau aufgelöst ins Telefon, als sie die Stimme ihres Ehemannes am anderen Ende vernimmt. »Du musst sofort kommen, hier liegt eine Leiche!«

EINS

»Warum fahren wir denn hier entlang, Tobi?«, wundert sich Denise Malowski, weil ihr Partner Tobias Heller an der Kreuzung Altenrather/Heerstraße geradeaus weiterfährt, während der VW-Bus der KTU vor ihnen nach rechts in die Heerstraße abgebogen ist.

»Jürgen fährt mit seinem Team vom Friedhof her an den Fundort der Leiche, Denise. Der Weg am Waldfriedhof vorbei ist fast schnurgerade und auch breit genug für den Bus. Am Brunnenkeller ist aber nicht viel Platz, ich kenne die Stelle. Wir werden also ganz brav hier vorne rechts ran fahren und die fünfhundert Meter über einen Seitenweg zu Fuß dorthin zurücklegen. Wir haben ja schließlich keine Gerätschaften zu schleppen und Bewegung tut uns gut«, gibt Tobias mit einem bezeichnenden Seitenblick auf ihre Hüfte zurück.

»Guck nicht so!«, beschwert sie sich halbherzig. »Ich krieg die Pfunde, die mir Leonie nach der Schwangerschaft hinterlassen hat, einfach nicht mehr runter, ich kann machen, was ich will.«

Tobias erinnert sich lebhaft an die ›Fressattacken‹ seiner Partnerin während ihrer Schwangerschaft. Durch eiserne Disziplin gelang es ihr aber nach der Entbindung, ihre ursprüngliche Figur wieder zurückzuerlangen. Oder fast. »Ich finde, es steht dir«, gibt er sich diplomatisch. »Die neue Frisur übrigens auch! Leonie wird doch demnächst zwei Jahre alt, oder?«

»Ja, am 17. November. Und sie ist ein richtiger kleiner Wirbelwind geworden, kaum zu bändigen!« Ein verträumtes Lächeln erscheint auf ihrem Gesicht. Die von Tobias angesprochene neue Haartracht ist aber im Grunde ebenfalls den Pfunden geschuldet, die sich nach Leos Geburt hartnäckig festgesetzt haben. Und das nicht bloß auf den Hüften, ein Teil davon hat sich nämlich in ihrem Gesicht niedergelassen, das dadurch ein wenig rundlicher geworden ist. Der gewohnte Pferdeschwanz ist daher auf Anraten ihrer Friseurin unlängst einer schulterlangen Lockenpracht gewichen. Aber das geht ja niemanden etwas an. »Waren wir hier nicht schon einmal?«, versucht sie, vom Thema abzulenken.

»Vor etwa zweieinhalb Jahren«, geht Tobias bereitwillig darauf ein. »Der Tote im Moor, du erinnerst dich? Das war, als die beiden Lausebengel von zu Hause abgehauen waren. Der damalige Tatort ist nur ein Stück weiter die Straße rauf. Ein knapper Kilometer, schätze ich.« Er dreht den Zündschlüssel herum. »Wir sind da, alles aussteigen!«

Die letzte Bemerkung ist vornehmlich an die ›Passagiere‹ auf dem Rücksitz des Dienstwagens gerichtet: Christina ›Chrissie‹ Ohlsen und Horst Weiland. Wolfgang Müller ist im Kommissariat geblieben und hält dort die Stellung. »Oh, Balensiefen ist auch schon hier!«, freut sich Kommissarin Ohlsen, als sie beim Aussteigen das Fahrzeug der Rechtsmedizin sieht, das vor dem eigenen Auto am Wegesrand geparkt ist. »Vielleicht kann er uns ja schon was zur Leiche sagen!«

* * *

Der schmale Weg, dem die vier schweigend folgen, endet exakt an ihrem Ziel: dem Fundort der Leiche. Deutlich erkennbar ist dies schon von weitem durch das Flatterband, das von einigen Beamten in Uniform soeben rund um die bewusste Stelle herum angebracht wird. Bäume, um das Band zu befestigen, sind ja in ausreichender Menge hier im Wald vorhanden.

Im Inneren des großzügig bemessenen Areals tummeln sich etwa ein halbes Dutzend Forensiker aus Jürgen Vogels Abteilung. Er selbst kommt mit den üblichen raumgreifenden Schritten auf die Ankömmlinge zu.

»Tach auch!«, begrüßt er sie launig. Ihn in voller Montur einschließlich Mundschutz hier draußen zu sehen, ist fast schon ungewöhnlich, aber hier im Wald muss der Raucher auf seine geliebten Zigarillos ohnehin verzichten. »Werd' es wohl nie kapieren, weshalb wir unsere Leichen immer mitten in der Walachei einsammeln müssen«, brummt er missmutig.

»Wo ist denn Balensiefen?«, fragt Denise, weil außer den Kindern und ihrer Lehrerin, die etwas abseits warten, den Polizisten, und den Männern von der KTU niemand zu sehen ist. »Sein Wagen steht oben an der Straße.«

»Die *Rechtsmedizin* ist unten bei der Leiche«, gibt Vogel mit eigenartiger Betonung zurück und zeigt auf eine hüfthohe Ziegelsteinmauer. »Dahinter geht es ein ganzes Stück runter. Ich würde mal sagen, von der Oberkante der Mauer dort sind es gute zwei Meter. Dort unten liegt auch die Leiche.«

»Okay«, übernimmt Kriminalhauptkommissarin Malowski das Kommando. »Chrissie, du nimmst dich der Kinder an«, wendet sie sich an Ohlsen. »Ich will, dass die Kurzen umgehend aus dem Wald und von diesem Ort hier weggebracht werden! Und du, Horst, kümmerst dich um deine Frau. Dabei kannst du ja gleich ihre Aussage aufnehmen. Tobias und ich gehen derweil mal runter zu der Leiche!«

»Ist gut. Komm mit, Chrissie!« Oberkommissar Horst Weiland schreitet zügig aus, den Kindern und deren Lehrerin entgegen, die ihren Ehemann ungeduldig erwartet. Kommissarin Christina Ohlsen folgt ihm. In Gedanken geht sie die ihr zur Verfügung stehenden Möglichkeiten durch, zwei Dutzend Drittklässler wohlbehütet in die nahe gelegene Zivilisation zurückzubringen.

* * *

Rechts neben dem Mauerrest mutet ein schmaler Weg nach unten beinahe wie eine Treppe an, es ist jedenfalls erstaunlich leicht, das anderthalb Meter tiefer gelegene Bodenniveau zu erreichen, was vornehmlich daran liegen mag, dass der Boden infolge der langen Dürre knochentrocken ist. Allerdings ist der Weg schmal und Tobias Heller und

Denise Malowski müssen hintereinander dort hinunter. Der Anblick, der sich ihnen dann bietet, ist indes vertraut: Eine in einen Laborkittel gewandete Gestalt, vor etwas kniend, das sich noch den Blicken der beiden Ermittler entzieht.

»Hallo, Herr Doktor Bal ...«, beginnt Tobias und stockt gleich wieder. »Sie sind ja gar nicht Doktor Balensiefen!«, entfährt es ihm entgeistert, während die Gestalt vor ihnen sich aufrichtet. Vor ihm und Denise steht eine etwa 1,80 Meter messende, knochige Person mit gelocktem, rabenschwarzem Haar, das ihr üppig bis auf den Rücken fällt. Eindeutig eine Frau, die Heller nun spöttisch anschaut.

»Sieh einer an, ein Schnellmerker!«, sagt sie mit erstaunlich tiefer Stimme. »Da ist es ja kein Wunder, wenn ihr Kriminalisten jeden Fall in Windeseile löst!« Der beißende Spott in Ihrer Antwort ist beileibe nicht zu überhören. »De Luca«, wechselt sie aber dann in einen normalen Umgangston. »Martina de Luca. Verzeihen Sie, wenn ich Ihnen nicht die Hand reiche, aber: Sie sehen ja ...« Sie hält demonstrativ eine behandschuhte Hand hoch.

›Na, das ist ja ein Herzchen‹, denkt Denise leicht belustigt. »Malowski und Heller, Kripo Siegburg«, stellt sie sich und ihren Partner vor. »Vertreten Sie Herrn Doktor Balensiefen?« Sie mustert ihr Gegenüber unauffällig. Die Rechtsmedizinerin ist schätzungsweise Anfang Vierzig und trotz ihrer hochaufgeschossenen, hageren Gestalt im Grunde recht attraktiv.

»Malowski und Heller?«, wiederholt de Luca, und dieses Mal liegt echte Bewunderung in ihrer

Stimme. »Hab schon von euch gehört. Doktor Balensiefen spricht ja nur in den höchsten Tönen von euch. Ihm wurde kurzfristig eine Dozentenstelle in forensischer Pathologie angeboten, er wird daher auf jeden Fall für die nächsten Semester als Leiter der Rechtsmedizin ausfallen. Sie sehen in mir sozusagen seine Nachfolgerin!«

Tobias Heller tritt vorsichtig, das Gestrüpp zu seinen Füßen nicht aus den Augen lassend, einen Schritt zur Seite, um einen Blick auf die Leiche werfen zu können, mit der die Pathologin sich bis vor wenigen Augenblicken noch beschäftigte. »Sieht nicht gerade frisch aus«, bekundet er sodann angewidert. »Wie lange, denken Sie, dass er oder sie hier schon liegt?«

* * *

Christina Ohlsen schlendert zu den abseits wartenden Kindern, um sich kurz mit ihnen zu unterhalten. Die Leiche haben sie zwar nicht zu Gesicht bekommen, das konnte ihre Lehrerin zum Glück verhindern. Aber möglicherweise ist ihnen ja sonst etwas für die Ermittlungen Relevantes aufgefallen. Kinder haben eine vollkommen andere Wahrnehmung als Erwachsene und bekommen oft mehr mit, als man denkt.

Kollege Horst Weiland nimmt inzwischen seine Frau tröstend in den Arm und streichelt beruhigend über ihren Kopf. »War es sehr schlimm, Liebes?«, erkundigt er sich mitfühlend. Es ist schließlich nicht jedermanns Sache, so völlig unvorbereitet über eine Leiche zu stolpern. Und die bietet, wie

Birgit schon am Telefon sagte, keinen sonderlich schönen Anblick, sofern man das von einem Leichnam überhaupt sagen kann.

»Es war furchtbar, Horst«, bekennt sie leise. »Ich hab das ja erst gar nicht gerafft, dass da einer liegt. Aber dann ... Du, der muss da schon tagelang liegen, so wie der aussieht!«

»Bist du denn sicher, dass es ein Mann ist?«

»Nein, nein«, schüttelt Birgit Weiland den Kopf. »Hab ja nicht so genau hingeschaut. Was wird denn jetzt?«

»Zunächst muss ich deine Aussage aufnehmen«, erklärt ihr Mann ihr behutsam. »Hast du irgendwas außer der Leiche gesehen? Etwas Ungewöhnliches?« Es handelt sich um eine Standardfrage. Nachdem offenbar seit der Tat, sofern denn überhaupt ein Gewaltverbrechen vorliegt, mehrere Tage vergangen sind, ist es leider nicht sehr wahrscheinlich, hier und jetzt noch brauchbare Hinweise zu erhalten.

Birgit Weiland schüttelt entschieden den Kopf. »Nein, Horst. Es kam ja völlig unvorbereitet. Gesehen habe ich wirklich vorher nichts.«

Mit einem verhaltenen Räuspern macht Christina Ohlsen sich bemerkbar, nachdem sie, von beiden unbeachtet, herangetreten ist. Die Unterhaltung mit den Kindern hatte wie erwartet keine neuen Erkenntnisse gebracht. »Guten Tag, Frau Weiland. Christina Ohlsen, ich bin eine Kollegin Ihres Mannes. Haben Sie kurz einen Augenblick? Es geht um Ihre Schulklasse.«

Birgit Weiland schaut ihren Mann fragend an. »Also, wenn ich hier soweit fertig bin, würde ich die Kinder gerne zur Schule zurückbringen!«

»Ich halte das für keine so gute Idee«, lehnt die Kommissarin den Vorschlag ab, da die Frau ihrer Ansicht nach noch unter Schock steht. »Die Kinder können hier aber nicht bleiben! Es wird daher am besten sein, ich bringe sie gemeinsam mit einem uniformierten Kollegen persönlich zur Schule. Sagen Sie mir nur, wo wir langgehen müssen!«

»Okay, das ist einfach: Sie gehen diesen Weg hier hinunter, er führt am Waldfriedhof vorbei und trifft nach ungefähr fünfhundert Metern auf die Heerstraße. Dort wenden Sie sich nach links und erreichen nach weiteren anderthalb Kilometern die Waldschule. Um 13:15 Uhr kommt der Schulbus.« Sie schaut auf die Uhr. »Für den Weg benötigen Sie etwa eine halbe Stunde, das können Sie bequem schaffen.«

»Ich begleite dich«, bietet sich ein junger Polizeibeamter an, der das Gespräch zufällig mitangehört hat. »Ich bin dort zur Schule gegangen und kenne den Weg!«

* * *

»Der liegt auf keinen Fall länger als drei Tage hier!«, erhält Tobias Heller umgehend zur Antwort. »Der Zustand des Leichnams täuscht hier nämlich, Herr Heller«, doziert de Luca, und tatsächlich: Sie hebt den Zeigefinger dabei! »Aufgrund der anhaltend hohen Temperaturen der letzten Tage ist der

Insektenbefall außerordentlich hoch, sogar jetzt noch, wie Sie sehen.«

Unwillkürlich wandern die Blicke der Ermittler zu der Fliegenwolke, die das menschliche Bündel am Fuße der Mauer umgibt. »Genaueres kann ich Ihnen aber erst nach einer eingehenden Untersuchung der im Körper vorgefundenen Madengenerationen sagen«, fährt Doktor de Luca mit ihrer Einschätzung fort. »Als Untergrenze wage ich eine Prognose von etwa achtundvierzig Stunden. Eingedenk der Tatsache, dass dies ein tagsüber stark frequentierter Ort sein dürfte, und es somit sicherlich jemandem aufgefallen wäre, gehe ich allerdings davon aus, dass der Mann nach Einbruch der Dunkelheit verstarb, sofern es sich um einen gewaltsam herbeigeführten Tod handelt. Was aber aufgrund einer schweren Schädelverletzung naheliegt. Abschließend werde ich erst nach der Leichenschau eine verbindliche Aussage dazu treffen. Nehmen Sie vorerst einen Todeszeitpunkt zwischen achtundvierzig und sechzig Stunden an, längstens zweiundsiebzig.«

»Es handelt sich also um einen Mann?«, vergewissert sich Denise Malowski.

»In der Tat. Ich schätze ihn altersmäßig zwischen Fünfundzwanzig und Dreißig, das kann ich aber erst im Labor genauer überprüfen, da die Leiche ... na, Sie sehen ja selbst. Leider hat er nichts bei sich, das eine Identifikation zulässt«, gibt die Rechtsmedizinerin ungerührt zurück. »Ich fand lediglich einen zerknüllten Zettel in seiner Hand, auf dem irgendwas Unverständliches gekritzelt ist.

Der schäbigen Kleidung nach zu urteilen, haben wir es eventuell mit einem Herumtreiber zu tun, denke ich. Hier, nehmen Sie das schon einmal!«

Jetzt erst bemerken Denise und Tobias ein zerknittertes Stück Papier in de Lucas Hand, die sie den Kommissaren nun auffordernd entgegenstreckt. Schnell kämpft Denise ihre Verblüffung nieder, holt einen leeren Spurensicherungsbeutel hervor und tütet den dargebotenen Zettel darin ein. So etwas wäre bei Balensiefen einfach undenkbar gewesen! Bis auf ein einziges Mal ... Denise schmunzelt still in sich hinein in Erinnerung an ihre erste Begegnung mit den kauzigen Pathologen vor Jahren. »Lässt die Art der Schädelfraktur vorab bereits Rückschlüsse auf die Tatwaffe zu?«, fragt sie die Rechtsmedizinerin.

De Luca zieht die Augenbrauen hoch. »Etwa einen halben Meter neben dem Kopf der Leiche liegt ein recht handlicher Stein, an dem sich reichlich viel Blut befindet«, äußert sie sich. »Größe und Form könnten zudem auf eine Verwendung als Tatwaffe hinweisen. Wobei man in diesem speziellen Fall aber wohl eher von einem Tatwerkzeug sprechen müsste. Aber wie bereits gesagt: Genaueres nach der Obduktion!«

»Und wann werden Sie die vornehmen, Frau Doktor de Luca?«, erkundigt sich Tobias Heller und setzt sein beliebtes, für solche Gelegenheiten einstudiertes ›Weichmacherlächeln‹ auf. »Es wäre wirklich sehr dringend!«

»Montag oder Dienstag«, zeigt sich de Luca indes davon vollkommen unbeeindruckt. »Den genauen

Termin lasse ich Ihnen noch mitteilen. Aber da ist womöglich noch etwas, ich war gerade damit beschäftigt, als Sie vorhin hier ankamen. Warten Sie ...« Sie kniet sich erneut neben den Leichnam und greift mit einer großen Pinzette in eine der Hosentaschen des Toten. »Hier, damit Ihnen bis zur Leichenschau nicht langweilig wird!«

Was die Pathologin den Kommissaren vor die Nase hält, sieht verdächtig nach einem Päckchen Marihuana aus, in Klarsichtfolie eingeschweißt! Stumm hält Hauptkommissarin Malowski ihr einen weiteren Spurensicherungsbeutel hin.

* * *

»Bevor wir in die Tagesordnung eintreten: Wie geht es deiner Frau, Horst?« Kommissariatsleiter Peter Donner richtet die besorgte Frage an Horst Weiland, dessen Ehefrau vor wenigen Stunden immerhin ein schreckliches Erlebnis hatte. Außerdem sind neben den Angehörigen des Kommissariats noch der Leiter der KTU, Jürgen Vogel und einer seiner Mitarbeiter zur ersten Fallbesprechung erschienen.

»Birgit hat den Schock mittlerweile ganz gut verkraftet, Chef«, gibt Weiland zurück. »Sie ist jetzt zu Hause und hat sich etwas hingelegt. Ihre Schwester leistet ihr Gesellschaft, solange ich hier unabkömmlich bin.«

»Dann ist es ja gut. Kommen wir nun aber zu unserem Fall: Habt ihr bereits eine erste Einschätzung? Denise? Tobias?«, ergeht Donners Aufforderung an seine Hauptkommissare, die ja am Fundort der Leiche am meisten involviert waren, nachdem Kommissarin Ohlsen sich der Schulklasse annahm und Oberkommissar Weiland seine Frau befragte.

»Schwer zu sagen, Chef«, erhebt Tobias Heller seine Stimme. »Bis auf die Tatsache, dass da eine Leiche lag, und das wohl schon mehrere Tage, wie die Rechtsmedizinerin ...«

»Rechtsmediziner*in*?«, unterbricht Donner ihn verwundert.

»Ja. Eine Frau Doktor de Luca. Hat anscheinend kurzfristig Balensiefens Stelle übernommen.«

»Aha, dann also weiter ...«

»Wie ich schon sagte, ist die Rechtsmedizinerin der Ansicht, dass der Tote seit mindestens achtundvierzig Stunden dort lag. Es könne aber auch einen Tag länger sein, meinte sie. Und bis auf die Leiche sah der Ort genauso aus wie immer. Ich kenne diese Stelle sehr gut.«

»Frau de Luca vermutet, dass der Mann, dessen Identität wir noch herausfinden müssen, mit einem großen Stein erschlagen wurde«, ergänzt Denise Malowski. »Ob die Kopfwunde tatsächlich die Todesursache war und durch diesen Stein verursacht wurde, der neben der Leiche lag und an dem Blut haftete, wird sie uns aber erst nach der Leichenschau sagen!«

»In den Hosentaschen fand Frau de Luca einen Beutel Marihuana«, übernimmt Heller wieder. »Und in seiner Hand einen zerknüllten Zettel. Ich habe eine Kopie davon an die Tafel gehängt, Chef.«

»Das haben wir uns ja vorhin alle angeschaut, es sind merkwürdige Buchstaben- und Zahlenkombinationen drauf. Weiß einer, was die bedeuten? Könnte es ein Code sein?«

»Also, mir fällt dazu spontan nichts ein«, meldet sich Christina Ohlsen zu Wort. »Weiß von euch einer was?« Allgemeines ratloses Kopfschütteln aus der Runde ist die einzige Antwort, die sie erhält.

»Die übrige Spurenlage ist allenfalls als dürftig zu bezeichnen«, meldet sich Jürgen Vogel zu Wort. »Meine Leute haben das Gebiet rund um diesen Brunnenkeller genauestens abgesucht, aber bis auf einen Schlüsselbund haben wir praktisch nichts gefunden.«

»Ach! Und wo genau lag dieser Schlüssel, Jürgen?«, erkundigt sich Donner.

»Ich habe euch ein Foto der Anlage an die Tafel gehängt«, weist Vogel mit der Hand auf das Whiteboard, an dem ein großformatiges Bild des Brunnenkellers befestigt ist. Nachträglich angebrachte Markierungen weisen auf etwaige Besonderheiten hin.

»Für die, die nicht vor Ort waren: Vorne seht ihr den Teil, der zum Weg hin liegt. Rechts neben der Mauer geht es runter zum Waldboden, wo auch der Tote lag. Und der Stein, den Denise erwähnte. Den Schlüsselbund fanden wir aber oben, vor der Mauer. Er war in den Boden getreten worden, oder etwas in der Art. Jedenfalls haben wir ihn nur durch den Einsatz von Metalldetektoren entdeckt. Lange wird der da nicht gelegen haben, sonst hätten wir Spuren von Rost gefunden.«

»Unten am Fuß der Mauer fanden wir einige Fasern, die sich an einem dornigen Gestrüpp verfangen hatten«, meldet sich August Weise, einer von Vogels Mitarbeitern, zu Wort. »Sie stammen mit hoher Wahrscheinlichkeit von einer hellblauen Jeanshose.«

»Gab es Fußabdrücke?«

»Fehlanzeige! Infolge der langen Trockenheit ist die Erde dort knochentrocken und steinhart. Der Schlüssel und die Stofffasern waren alles, was wir gefunden haben. Wir werden einen Abgleich mit der Kleidung des Toten vornehmen, sobald wir sie hier haben.«

»Hm. Wäre es denkbar, dass dort oben ein Gerangel stattgefunden hat, in dessen Verlauf einem der beiden Kontrahenten der Schlüssel aus der Tasche fiel?«, überlegt Müller.

»Woran denkst du, Wolfgang?«, hakt Donner sogleich nach. In der Anfangsphase einer Todesermittlung ist jeder Denkansatz willkommen.

»Ich überlege, ob es sich um eine aus dem Ruder gelaufene Drogenübergabe gehandelt haben könnte. Es gab vielleicht Meinungsverschiedenheiten, einen Kampf, oder was auch immer. Einer erschlägt den anderen mit einem herumliegenden Stein, möglicherweise sogar in Notwehr. Dann kippt er den Toten über die Mauer und wirft den Stein hinterher ... ich meine ja nur«, fügt Müller schulterzuckend an, weil alle ihn mit skeptischen Mienen anschauen.

»Dann müsste die KTU aber doch oben an oder vor der Mauer Blutspuren sichergestellt haben«, bringt Donner es auf den Punkt und schaut fragend zu Vogel, der aber nur stumm den Kopf schüttelt.

»Trotzdem ... Wir sollten es im Auge behalten«, steht Heller seinem Kollegen Müller bei. »Und deshalb wäre es sicher nicht verkehrt, dort an diesem Gemäuer ein weiteres Mal genau nachzuschauen«, wendet er sich an den Leiter der Forensik. »Ich denke dabei an ein Drogenversteck zwischen den Mauersteinen. Es könnte sich um einen ›Briefkasten‹ handeln! Die Kleidung des Toten bringen wir euch später aus der Rechtsmedizin mit, für den Vergleich mit euren Fasern.«

»Die aber nicht zwangsläufig mit dem Fall zu tun haben!«, warnt Denise Malowski. »Und wir müssen zwei Dinge herausfinden«, fügt sie hinzu. »Wem gehört der Schlüssel und zu welchem Schloss passt er?«

»Sollte er dem Toten gehören, haben wir es jedenfalls nicht mit einem Herumtreiber zu tun, wie de Luca es ausdrückte«, bemerkt Heller abschließend.

»Wie ist der überhaupt dorthin gekommen?«, fällt Wolfgang Müller ein nicht unwesentliches Detail auf. »Die Stelle liegt doch mitten im Wald, wie ich hörte. Könnte irgendwo in der Nähe ein Fahrrad liegen?«

»Das sieht nur so aus«, berichtigt ihn Christina Ohlsen. »Ich habe ja die Kinder zurück zur Schule gebracht. Bis zur nächsten Bebauung sind das nur so um die fünfhundert Meter, das geht ganz gut zu Fuß. Vielleicht steht ja dort irgendwo ein Auto oder ein Motorrad, aber da können wir lange suchen, fürchte ich.«

»Wir haben das Umfeld des Leichenfundortes wie gewohnt großräumig abgesucht«, erklärt Vogel leicht pikiert. »Ein Fahrrad hätten wir dabei wohl kaum übersehen!«

»Sag mal, Tobias«, mischt sich Donner in die Diskussion ein. »Da gibt es doch einen Weiher ganz in der Nähe. Könnte jemand ein Fahrrad dort versenkt haben?«

»Das stimmt, Chef. Der Leyenweiher ist nur ein paar hundert Meter davon entfernt. Aber warum sollte jemand sich die Mühe machen, ein Fahrrad in dem Gewässer zu entsorgen, lässt die Leiche aber liegen? Das macht doch überhaupt keinen Sinn!«

»Auch wieder wahr ...« Donner lässt einen tiefen Seufzer hören und legt endlich den Marker aus der Hand, den er heute nicht ein einziges Mal einsetzen konnte. »Warum sollte ein Fall auch einmal unkompliziert sein!«, gibt er resigniert von sich.

»In Ordnung, machen wir es so«, entscheidet er dann. »Die Forensik versucht, hinter das Geheimnis des Brunnenkellers zu kommen, sofern es denn eines gibt. Und ihr seht zu, dass ihr die Identität des Toten in Erfahrung bringt, schließlich sind wir erst in der Lage, in seinem sozialen Umfeld herumzustochern, wenn wir dieses kennen! Und jetzt an die Arbeit mit euch! Ach ja«, fügt er noch hinzu. »Ich will wissen, was es mit dem merkwürdigen Zettel dort an der Tafel auf sich hat, macht euch mal Gedanken darüber!«

Unter einem einstimmig gemurmelten »geht klar, Chef« verlassen Donners Ermittler zügig den Raum. Nur Christina Ohlsen hält an der Tafel kurz inne, zückt schnell ihr Handy und macht ein Foto des in der Hand des Toten gefundenen Zettels. Für alle Fälle.

Wolfgang Müller verzieht das Gesicht. Womit sich seine Freundin am Wochenende vornehmlich beschäftigen wird, dürfte damit klar sein!

ZWEI

»Du freust dich doch sicher auf ein Wiedersehen mit der neuen Pathologin, Tobi?«, grinst Denise Malowski ihren Partner von der Seite an. Beide sind auf dem Weg in das rechtsmedizinische Institut der Universität Bonn. Frau de Luca rief nämlich höchstpersönlich in aller Frühe auf dem Revier an, um ihnen mitzuteilen, dass sie die Obduktion der Brunnenkeller-Leiche um 9:00 Uhr durchzuführen gedenke. ›Kurzfristiger geht es kaum‹, denkt Denise, ist aber natürlich trotzdem froh darüber, dass der Termin so bald stattfindet.

»Ich kann es kaum erwarten«, brummt Tobias Heller missmutig vom Fahrersitz herüber.

»Na, ein wenig mehr Enthusiasmus hätte ich schon von dir erwartet«, lacht Denise. »Schließlich hat sie doch am Telefon von wichtigen Neuigkeiten gesprochen!«

»Was kann das schon sein? Die Leichenschau hat sie doch noch gar nicht durchgeführt, deswegen sind wir ja jetzt dorthin unterwegs.«

»Ach, komm! Du wirst dich an ihre Art schon noch gewöhnen, so sehr unterscheidet ihr euch eigentlich gar nicht. Also, mir gefällt sie. Und offenbar hat sie die Angewohnheit, die Taschen der Leichen noch am Fundort zu durchsuchen und uns auszuhändigen, was sie findet. Bei Balensiefen wäre das ausgeschlossen, der rückte die Sachen immer erst Tage später heraus, was unsere Ermittlungen teilweise schon sehr verzögerte.«

Tobias Heller lenkt den Dienstwagen besonders konzentriert in eine Parklücke auf dem Universitätsgelände und enthebt sich dadurch selbst einer Antwort. Denise Malowski lächelt wissend in sich hinein. Da hat wohl jemand kräftig an seinem Ego gekratzt.

* * *

Im Sektionssaal, den sie wenige Minuten später betreten, ist bereits alles für die anstehende Obduktion hergerichtet.

Krystina Nowak, vormals Balensiefens Assistentin, steht neben einem der fünf Sektionstische. Sie entfernt soeben das Leichentuch und legt die Instrumente zurecht, als die Ermittler den Saal betreten. Nahezu gleichzeitig betritt Martina de Luca ihn aus einer gegenüberliegenden Tür und wendet sich grußlos dem Sektionstisch zu.

Die übrigen vier Tische sind nicht in Benutzung, sodass die vier Personen - den namenlosen Toten vom Brunnenkeller nicht mitgerechnet - den Raum für sich alleine haben. »Wir werden sofort beginnen«, ertönt die kräftige Stimme der Rechtsmedizinerin. »Ich habe noch ein ziemliches Pensum für heute zu erledigen!«

»Und was ist mit den bedeutsamen Informationen, von denen Sie vorhin am Telefon sprachen?«, wagt Tobias Heller einen Vorstoß.

»Später, später«, brummt de Luca, ohne sich umzudrehen, und greift zum Skalpell, das ihre Assistentin ihr entgegenhält.

Denise und Tobias schauen sich an. Dann eben nicht. Aus sicherer Entfernung verfolgen sie anschließend das hinreichend bekannte Prozedere. Für die nächsten zwei Stunden werden sie nichts anderes zu hören bekommen als das enervierende Geräusch diverser Knochensägen und die halblaut gesprochenen Kommentare der Pathologin.

* * *

Klaus Dreyer sitzt wie immer an seinem großen Arbeitstisch in der rechten hinteren Ecke des Groß-raumbüros der Forensik und werkelt - auch das ist kein ungewohnter Anblick - an irgendeinem technischen Gerät herum, als Christina Ohlsen den Raum betritt.

Da Jürgen Vogel mit einigen seiner Männer auf Geheiß Donners ein weiteres Mal zum Brunnenkel-ler gefahren ist, ist außer dem IT-Spezialisten jetzt kaum jemand in den Räumen der KTU anwesend. Es mag sein, dass dieser Umstand mit dafür verant-wortlich ist, dass Dreyer, der sich normalerweise höchst ungern bei seiner Arbeit unterbrechen lässt, bereitwillig alles zur Seite legt, als die Kommissarin sich ihm nähert. Fragend schaut er sie an.

»Chrissie!«, begrüßt er sie freudig. »Was führt dich denn so früh am Morgen zu mir? Soweit ich weiß, habt ihr in eurem aktuellen Fall doch gar nichts für mich zum Untersuchen, oder ist da etwa doch noch was aufgetaucht?«

Ohlsen schüttelt den Kopf. »Es geht mir um den Zettel, den der Tote in seiner Hand hielt. Ich dachte, ich frag mal nach, ob ihr schon was dazu herausgefunden habt.«

»Was brauchst du denn?«, wundert sich Dreyer. »Fingerabdrücke sind nicht drauf, jedenfalls keine, mit denen man was anfangen könnte. Wie ich hörte, hatte der den Zettel zerknüllt in der geschlossenen Faust, da findet man selten was.«

»Ich bin mehr an dem interessiert, was da drauf steht«, präzisiert Ohlsen ihr Anliegen. »Irgendwie drängt sich mir der Eindruck auf, dass es sich um eine Art Code handelt. Hab mich selbst am Wochenende daran versucht, hatte aber keinen Erfolg. Habt ihr das ebenfalls überprüft?«

»Haben wir!«, lächelt Dreyer. »Du liegst vollkommen richtig, es ist tatsächlich ein Code. Und ich weiß sogar, was er bedeutet!«

* * *

Nach quälend langen anderthalb Stunden, die sie stumm damit verbrachten, de Luca und ihrer Assistentin bei deren blutiger Tätigkeit zuzuschauen, ist es endlich geschafft: Krystina Nowak breitet das Tuch über den geschundenen Körper und die Pathologin wendet sich Malowski und Heller zu, in einer fast beiläufigen Geste streift sie dabei im Näherkommen die Handschuhe ab und entfernt den Mundschutz.

»Als Todesursache kann ich Ihnen definitiv den eingeschlagenen Schädel attestieren«, beginnt sie übergangslos. Small Talk scheint schon einmal nicht ihre Lieblingsbeschäftigung zu sein.«Der Mann dürfte nach meiner Einschätzung innerhalb weniger Sekunden an den Folgen verstorben sein. Als Todeszeitpunkt habe ich den vergangenen Dienstag, also den 10. Juli festlegen können. Irgendwann zwischen 19:00 Uhr und 21:00 Uhr. Exakter geht es leider nicht.«

»Gibt es Anzeichen von Gewalt?«, will Tobias Heller es genauer wissen. »Oder könnte es sich auch um einen Unfall gehandelt haben?« Er hat dabei eine Szene vor Augen, in der der Mann oben an der Mauer über deren Kante gestürzt und unten unglücklich aufgekommen sein könnte. Mit dem Kopf direkt auf einem Stein.

»Sie kennen doch gewiss die sogenannte Hutkrempenregel?«, fragt de Luca ihn und spricht sofort weiter, ohne eine Antwort abzuwarten. »Nun, in unserem speziellen Fall ist eine eindeutige Definition nach dieser Regel leider nicht möglich, da die tödliche Verletzung, also die Zertrümmerung der Schädeldecke und damit eine irreparable Schädigung des Gehirns, exakt auf der Linie liegt.«

»Dann könnte es sich tatsächlich um einen Unfall gehandelt haben?«, schlussfolgert Tobias Heller. Etwas vorschnell, wie sich sogleich herausstellt.

Die Pathologin verzieht spöttisch einen Mundwinkel. »*Sie* sind doch von uns beiden der mit dem kriminalistischen Verstand! Wenn wir uns nur auf besagte Regel stützen, würde ich einen Unfall in der Tat nicht ausschließen wollen, ihn sogar für wahrscheinlich halten.«

»Aber?«

»Der Mann wurde danach noch bewegt, das dürfte Ihnen doch sicher klar sein. Sehen Sie«, bequemt sich de Luca zu einer Erklärung, weil sie in zwei ratlose Gesichter blickt. »Er lag doch auf dem Rücken, als er gefunden wurde. Also, wenn *mir* einer von hinten eins über die Rübe gibt, falle ich doch auf jeden Fall in die andere Richtung. Er hätte also mit dem Gesicht nach unten im Dreck liegen müssen. Und zweitens: Wäre er gestürzt und unglücklich mit dem Hinterkopf auf dem Stein gelandet, läge der sicher nicht einen halben Meter neben der Leiche, oder?«

Denise Malowski grinst still in sich hinein. ›Die hat Haare auf den Zähnen!‹, denkt sie belustigt. ›Mit der hat Tobi definitiv seine Meisterin gefunden. Und ihre Ausdrucksweise ist reichlich drastisch.‹ »Sie haben vollkommen recht, Frau Doktor de Luca«, ergreift sie schnell das Wort, weil ihr Partner offenbar eingeschnappt ist. Aber auf die Sache mit dem Stein hätten sie ja nun wirklich auch selbst kommen können! »Gibt es bezüglich des mutmaßlichen Tatwerkzeugs noch etwas zu berichten?«, kommt sie daher zum Thema zurück.

»Nun, ich kann zu achtundneunzig Prozent bestätigen, dass die Verletzung durch diesen Stein verursacht wurde. Größe und Form der Fraktur lassen kaum eine andere Deutung zu. Hinzu kommt, dass sich Blut des Opfers in nicht geringer Menge daran befindet. Daraus ergibt sich nahezu zweifelsfrei, dass der Mann dort, wo man ihn fand, auch zu Tode kam. Und schließlich ...« Sie ergreift besagten

Stein, der auf einer Ablage neben dem Sektionstisch lagert. »... hat den nach dem tödlichen Schlag noch jemand in der Hand gehabt! Sie können das Tatwerkzeug übrigens nachher für ihre Forensiker mitnehmen, ich benötige es nicht mehr.«

Demonstrativ hält sie Malowski und Heller den etwa kinderkopfgroßen Stein hin. Und tatsächlich ist an einer Stelle inmitten des Blutes ein verschmierter Handabdruck zu erkennen!

* * *

»Du ... du weißt, was die Zeichen bedeuten?«, stößt Christina Ohlsen fassungslos hervor. »Und dann sitzt du seelenruhig hier und schraubst an irgendwas herum?«

»Jetzt komm mal wieder runter«, lacht Dreyer. »Du siehst ja fast aus wie eure Hauptkommissarin, wenn sie sich aufregt! Hab es selbst erst vor einer halben Stunde herausbekommen, es steht aber schon alles in meinem Bericht, der bei Malowski und Heller in der Post liegt!«

»Die sind nach Bonn zur Leichenschau gefahren«, entgegnet Ohlsen, Dreyers unqualifizierte Bemerkung unkommentiert lassend. »Was steht denn nun auf dem Zettel?«

»Vereinfacht ausgedrückt, sind es Koordinaten!«

»Koordinaten?«, wiederholt Ohlsen erstaunt. »Was denn für Koordinaten? Müssten es dann nicht lauter Ziffern sein?«

»Normalerweise schon. Es gibt aber auch Varianten aus Kombinationen von Ziffern und Buchstaben. Drauf gekommen bin ich letztendlich, weil, wenn man die Zeichenfolge genau in der Mitte teilt, zwei Blöcke zu je sechs Zeichen übrig bleiben, wobei einer mit ›X‹ beginnt, und der andere mit ›Y‹. Das erschien mir schon sehr verdächtig. Ich will es kurz machen: Es handelt sich bei der Notiz um einen Wert im ›Natural Area Coding‹, kurz NAC.«

»Und was markieren diese Koordinaten?«

»Du warst erst kürzlich dort«, erhält sie zur Antwort. »Wenn du dich nämlich exakt auf den Schnittpunkt der Koordinaten stellst, stehst du mitten im Brunnenkeller!«

* * *

»Können Sie uns etwas zum Täter sagen?«, ergreift Tobias Heller jetzt wieder das Wort. »Sonderlich groß kann er oder sie ja nicht gewesen sein, wenn der Schlag so tief am Hinterkopf angesetzt wurde!«

»Das ist korrekt, Herr Heller. In Anbetracht der eigenen Körpergröße des Opfers von 1,74 Meter gehe ich davon aus, dass die Person, die den Schlag ausführte, nicht größer als etwa 1,60 Meter sein dürfte, sofern beide aufrecht standen. Sie können aber natürlich auch auf dem Boden liegend miteinander gerungen haben, dann wäre alles wieder offen. Allerdings wäre in diesem Fall das Gestrüpp, in dem die Leiche lag, stärker in Mitleidenschaft gezogen worden, als es der Fall war. Es gibt aber einen weiteren Hinweis darauf, dass sich außer dem Opfer noch eine andere Person zur selben Zeit dort aufhielt. Die Haut des Toten wurde zwar durch

Verwesung und Insektenfraß stark in Mitleidenschaft gezogen, aber wie durch ein Wunder blieben einige Stellen an den Armen und am Oberkörper davon verschont. Und es gibt dort mehrere Blutergüsse, die ich als Abwehrverletzungen interpretieren möchte.«

»DNA unter seinen Fingernägeln?«, fragt Denise.

»Nichts Verwertbares, Frau Malowski. Leider handelt es sich bei dem, was der unter den Nägeln hatte, überwiegend um Dreck«, bedauert die Rechtsmedizinerin. »Aber dafür kann ich Ihnen den Namen des Mannes nennen!«

Denise Malowski und Tobias Heller tauschen ob dieser wie beiläufig vorgebrachten Information einen überraschten Blick aus. »Sagen Sie das nochmal!«, entfährt es beiden Sekunden später vollkommen lippensynchron.

* * *

»Wie ich hörte, gibt es neue Informationen zum Fall«, eröffnet Kommissariatsleiter Donner die Besprechung. »Bevor wir über eure heutigen Ermittlungsergebnisse diskutieren, bringe ich euch aber zunächst den zum Teil wenig erfreulichen Bericht der Forensik zu Gehör. Leider hat die erneute Untersuchung des Brunnenkellers am heutigen Vormittag keine Erkenntnisse hervorgebracht. Das Gemäuer ist laut Jürgen Vogel genau das, wonach es aussieht, nirgends konnte ein Drogenversteck oder etwas in der Art aufgespürt werden.«

Der Erste Hauptkommissar hält demonstrativ den dazugehörigen Bericht hoch. »Jürgen legt besonderen Wert auf die Erklärung seiner Abteilung, dass die Angelegenheit damit für ihn erledigt ist! Und was den Beutel mit dem Gras anbelangt«, fährt er fort, »liegt jetzt die chemische Analyse vor. Es handelt es sich um hundert Gramm Cannabis mit einem überdurchschnittlichen THC-Gehalt von knapp zwanzig Prozent. Handlich gepresst in einen Vakuumbeutel. Das dürfte auf dem Schwarzmarkt gut und gerne einen Tausender einbringen!«

Tobias Heller stößt einen anerkennenden Pfiff aus. »Sowas trägt man doch garantiert nicht einfach so mit sich herum! Ob der doch als Drogenkurier unterwegs gewesen ist?«

»Streng genommen wissen wir ja nicht mit Bestimmtheit, ob es sich bei dem Toten um Verkäufer oder Empfänger der Ware handelt, Tobias«, relativiert Christina Ohlsen. »Sofern es überhaupt einen Handel gab!«

»Jedenfalls kennen wir jetzt aber seinen Namen«, übernimmt es Denise Malowski, die Kollegen über die Erkenntnisse der Rechtsmedizin zu unterrichten. Kurz umreißt sie dabei die ermittelte Todesursache und den Todeszeitpunkt und vergisst auch nicht, die von Doktor de Luca vorgebrachten Theorien und Fakten zu Tathergang und Tatort zu erwähnen.

»Überhaupt scheint die Dame einen ausgeprägten Hang zu haben, sich in Polizeiarbeit einzumischen«, schließt sie ihren Bericht ab. »Sie ließ noch am Freitag auf Verdacht eine DNA-Analyse durchführen und rief danach beim BKA an. Sie kenne da jemanden, der ihr einen Gefallen schuldete, meinte sie. Sie hatte aber den richtigen Riecher, denn die haben unseren Kandidaten tatsächlich in ihrer Kartei!«

»Ein verurteilter Sexualstraftäter«, erklärt Tobias. »Deshalb haben die in Wiesbaden auch dessen DNA abgespeichert. Der Mann heißt Oliver Fuhrmann, war zum Todeszeitpunkt sechsundzwanzig Jahre alt, und hat seinen derzeitigen Wohnsitz in Troisdorf. Ledig, keine Kinder. Auf dem Stein, der den Tod Fuhrmanns verursacht hat, befand sich übrigens ein blutiger Handabdruck, der vom Täter stammen könnte. Leider ist der Abdruck aber nicht sonderlich deutlich, sodass eine Identifizierung nicht möglich sein dürfte.«

»Das war gute Arbeit«, freut sich Donner. »Endlich kommt Bewegung in die Angelegenheit! Die Einschätzung der Rechtsmedizin bezüglich des Tatortes ist auf jeden Fall schon einmal nicht unerheblich. Ich werde umgehend den notwendigen Beschluss zur Durchsuchung seiner Wohnung beantragen. Und ich will, dass ihr euch alle daran beteiligt, nehmt euch also für morgen nichts vor! Bin ja mal gespannt, ob der gefundene Schlüssel dort passt!«

»Und ich kann euch sagen, was auf diesem Zettel steht!«, meldet sich Chrissie Ohlsen zu Wort und erhält umgehend die ungeteilte Aufmerksamkeit aller Anwesenden, da vorher keine Zeit für einen Informationsaustausch war. »Dreyer hat's herausgefunden, es sind Geo-Koordinaten!« Anschließend gibt sie die Erklärung des IT-Spezialisten wieder. »Es handelt sich hierbei um eine ungebräuchliche Notation, meinte Klaus. Aber der Knaller ist: Sie zeigen auf den Meter genau auf den Fundort der Leiche, den Brunnenkeller!«

»Und ein Zufall ist ausgeschlossen?«, vergewissert Donner sich, nachdem das allgemeine Getuschel nach Ohlsens Eröffnung sich wieder gelegt hat.

»Selbstverständlich könnten die Zeichen auf diesem Zettel auch etwas völlig anderes bedeuten, und die Übereinstimmung mit gültigen Geo-Koordinaten wäre einfach ein Riesenzufall. Aber wie wahrscheinlich ist das im Hinblick auf die Tatsache, dass sie exakt den Ort markieren, an dem jemand gefunden wurde, der den Zettel, auf dem sie notiert sind, in seiner Hand hielt?«

»Aber warum nimmt der Kerl nicht eine gebräuchliche Variante?«, wundert sich Horst Weiland. »Das erscheint mir schon reichlich verdächtig!«

»Die Antwort auf die Frage, wie dieser Koordinatensatz zustande kommt und wie das genau funktioniert, ist doch eher von geringem Interesse für uns, würde ich mal sagen«, wirft Wolfgang Müller ein. »Wesentlich bedeutsamer ist doch, aus welchem Grund dieser Mensch einen Zettel mit einer ›Adresse‹ mit sich führte, an der er sich ohnehin befand!«

»Ich glaube nicht, dass das unwichtig ist, Wolfgang«, widerspricht Denise Malowski ihm.

»Man muss sich doch fragen, weshalb er diese in Deutschland kaum gebräuchliche Variante benutzt hat, wo doch beispielsweise die GPS-Funktion für Handys in der Regel mit UTM-Koordinaten arbeitet. Wie sie übrigens auch bei dem Foto, das uns die Forensik vom Brunnenkeller zur Verfügung stellte, unten links eingeblendet sind, falls das jemandem von euch aufgefallen ist!«

»Vielleicht sollte es für den Fall, dass ein Außenstehender den Zettel in die Hand bekommt, nicht gleich offensichtlich sein«, vermutet Weiland.

»Das wäre natürlich möglich«, überlegt Christina Ohlsen. »Außerdem gibt es Apps, mit denen man ganz leicht zwischen den unterschiedlichen Systemen umrechnen kann, ich hab das recherchiert. Es bedeutet aber vor allem zweierlei: Oliver Fuhrmann kannte den Ort nicht, bevor er dort auftauchte, und er wurde dorthin bestellt. Wir müssen nur noch herausfinden, von wem und aus welchem Grund!«

»Aber was ihr alle nicht bedacht habt«, ergreift Wolfgang Müller erneut das Wort, »ist die Tatsache, dass ein Mensch keinen ›Zugvogelsinn‹ besitzt! Wenn Fuhrmann einen Zettel mit Geo-Koordinaten bei sich hatte, wo ist dann das notwendige technische Hilfsmittel abgeblieben, um diese zu lokalisieren? Dazu benötigt man ein GPS-Gerät oder zumindest ein Handy!«

DREI

»Ich weiß wirklich nicht, wozu es gut sein soll, dass wir nachher alle fünf zur Wohnung von diesem Oliver Fuhrmann fahren«, mokiert sich Chrissie Ohlsen, die wie üblich bei Dienstbeginn im Büro der Oberkommissare Weiland und Müller zu einem Schwätzchen aufgeschlagen ist. Christina Ohlsen und Wolfgang Müller sind privat ein Paar und kommen in der Regel ohnehin gemeinsam zum Dienst.

»Ist mir auch ein Rätsel, was wir alle dort sollen«, bläst Horst Weiland in dasselbe Horn. »Zumal unser Riesenbaby die Wohnung wahrscheinlich schon alleine ausfüllen würde«, grinst er den Kollegen und Freund seit der gemeinsamen Schulzeit an, dessen massige Gestalt immer wieder Anlass zu Frotzeleien gibt. Hinzu kommt, dass der knapp 1,90 Meter große und breitschultrige Müller seine zierliche Freundin um beinahe dreißig Zentimeter überragt und gute hundert Pfund schwerer ist. Altersmäßig sind die Freunde ein knappes halbes Jahr auseinander, sodass Müller im Gegensatz zu Weiland seinen dreißigsten Geburtstag schon hinter sich hat.

»Und dann sind ja die von der KTU ebenfalls dort«, fügt Chrissie Ohlsen an. »Da stehen wir uns doch nur gegenseitig auf den Füßen!«

Kriminalhauptkommissar Tobias Heller steckt den Kopf zur Tür herein. »Kleine Planänderung«, ruft der dem Trio zu. »Wolfgang und Horst: Ihr zwei fahrt nachher nicht mit uns, sondern stattet Fuhrmanns Eltern einen Besuch ab, Denise und ich haben die Anschrift ermittelt. Die müssen ja noch über den Tod ihres Sohnes informiert werden. Sie wohnen in Lohmar, hier ist die Adresse.« Heller reicht Ohlsen, die ihm am nächsten ist, einen Zettel. »Chrissie, du kannst mit uns mitkommen, der Chef weiß Bescheid.« Sekunden später sind die drei wieder unter sich.

»Seht ihr?«, freut sich Wolfgang Müller über die glückliche Fügung und schaut auf den Notizzettel, den seine Freundin an ihn weiterreicht. »Das ist gar nicht weit von hier, glaube ich. Wenn man lange genug wartet, erledigt sich alles von alleine!«

»Ich weiß ja nicht, was daran jetzt so toll sein soll, Angehörigen Todesbotschaften zu überbringen«, bremst Horst Weiland seine Begeisterung über den neuen Auftrag. »Das ist ja nun beileibe kein Vergnügen!«

»Ihr bekommt das schon hin«, meint Chrissie dazu und erhebt sich von ihrem Platz. »Ich mach mich dann mal ›ausgehfertig‹, bis nachher dann.«

»Ja, geh' du nur, Verräterin!«, ruft ihr Freund ihr lachend hinterher.

* * *

Über die Autobahn A 3 sind es kaum mehr als sechs Kilometer, die der Audi mit Weiland und Müller an Bord zurücklegen musste, um die Nach-

barstadt Lohmar zu erreichen, wo unweit des Orts-
eingangs die Eheleute Paula und Hartmut
Fuhrmann zu Hause sind. Oliver Fuhrmanns Eltern
sind im Rentenalter und die berechtigte Hoffnung
der Ermittler, beide heute anzutreffen, wird zusätzlich durch einen vor der Garage des schmucken Ein-
familienhäuschens abgestellten PKW genährt.

Horst Weiland legt den Finger auf die Türklingel
und setzt, ebenso wie sein Partner, das für solche
Gelegenheiten vorgesehene neutrale ›Dienstge-
sicht‹ auf. Dann öffnet sich die Haustür, und ein
hagerer Mann mit eisgrauem Haar steht mit einem
misstrauisch-fragenden Ausdruck in den Augen
vor ihnen. »Ja?«, ertönt eine recht kräftige Stimme.
Jetzt erscheint auch die Frau des Hauses, eine
kleine, rundliche Person, und stellt sich neben ihn.
Fast sieht es so aus, als hätte man sie erwartet.

»Guten Tag!«, Horst Weiland zeigt seinen
Dienstausweis vor. »Weiland und Müller von der
Kripo Siegburg. Wir ...«

»Was wollen Sie denn jetzt wieder?«, wird er von
Fuhrmann rüde unterbrochen. »Unser Sohn hat
schon genug durchgemacht wegen der Sache
damals. Die im übrigen Jahre zurückliegt und man
ihm ohnehin nur etwas anhängen wollte! Immer,
wenn die Polizei einen Verdächtigen braucht, kommen Sie als erstes zu uns! Übrigens ist unser Sohn
erwachsen und wohnt hier nicht, falls Ihnen dies
nicht bekannt sein sollte!«

Offenbar erhalten die Eheleute Fuhrmann öfter
Besuch von der Polizei, dem ungehaltenen Tonfall
des Hausherrn zufolge. Allerdings ist es in der Tat

eine beliebte Vorgehensweise von Ermittlungs-
behörden, zunächst bei Angehörigen einschlägig
vorbestrafter Straftäter vorstellig zu werden.

Wolfgang Müller schiebt sich unauffällig in den
Vordergrund. Für das, was nun unweigerlich folgen
wird, ist er aufgrund seiner äußeren Erscheinung
und der sonoren Stimme der bessere Mann. Sein
Auftreten ist meist geeignet, aufgebrachte Gemüter
umgehend zu beruhigen, ohne dabei einschüch-
ternd zu wirken.

»Wir müssen Ihnen leider eine sehr traurige Mitteilung machen«, wendet er sich in ruhigem Ton an
die älteren Leute vor ihm und verstaut den Ausweis
in seiner Hosentasche. »Ihr Sohn, Oliver
Fuhrmann, wurde vergangenen Freitag tot aufgefunden. Es tut mir sehr leid!«

Betroffenes Schweigen ist die Antwort. Während
Hartmut Fuhrmann einfach nur stumm vor den
Polizisten steht, schlägt seine Frau erschrocken eine
Hand vor den Mund. Die Kommissare kennen sol-
che Verhaltensweisen nur zu gut, die nächste Stufe
nach Betroffenheit ist in der Regel Verleugnung.

»Wir würden uns gerne noch ein wenig mit
Ihnen unterhalten«, fügt Weiland nach einigen
Augenblicken der Sprachlosigkeit seitens der
geschockten Eltern vorsichtig hinzu. Zu Beginn
ihrer Tätigkeit beim Kommissariat für Todeser-
mittlungen waren Müller und er stets etwas
gehemmt, was das Überbringen von Todesnach-
richten betraf. Vor allem, wenn es an der Haustür
stattfindet, wie es die Regel ist. Schnell mussten sie

jedoch lernen, dass es den ›richtigen‹ Zeitpunkt für eine solche Mitteilung ohnehin nicht gibt.

»Aber ... aber wenn Kriminalbeamte die Botschaft überbringen ...«, stößt Hartmut Fuhrmann endlich mit bleichem Gesicht hervor, »bedeutet das doch, dass ...« Er wischt sich über die Augen, wie um einen Albtraum zu verscheuchen. »Bitte, treten Sie ein, meine Herren«, besinnt er sich und tritt höflich beiseite, indem er einladend mit der Hand ins Inneres des Hauses weist. Seine Stimme hat jedoch jegliche Kraft verloren.

* * *

Die Wohnung im Dachgeschoss ist klein, geradezu winzig. Tobias Heller, der mit Denise Malowski und Christina Ohlsen in der Eingangstür stehengeblieben ist, weil die Mitarbeiter der KTU bereits alle vorhandenen Räume ausfüllen, schätzt die Zwei-Zimmer-Wohnung auf weit weniger als vierzig Quadratmeter, eher dreißig. Zudem wird der schmale Flur, der Wohn- und Schlafraum verbindet, noch durch ein altes angerostetes Herrenfahrrad beherrscht, an dem man sich förmlich vorbeiquetschen muss, will man die Wohnung betreten.

»Da hatte Horst ja wieder mal recht«, witzelt Ohlsen. »Wolfgang hätte da nicht mehr hineingepasst!«

»Was für uns aber im Augenblick ebenfalls gilt, Chrissie«, erwidert Denise gereizt, weil sie sich reichlich überflüssig fühlt. »Aber zumindest ist das

Geheimnis seines fahrbaren Untersatzes gelöst«, zeigt sie auf den Drahtesel.

»Ich denke, dass unser Mann zu Fuß in den nahen Wald marschiert ist«, überlegt Tobias. »Von hier ist es Luftlinie kaum mehr als einen Kilometer bis zum Weiher und damit auch zum Brunnenkeller, dafür wollte er das Fahrrad wohl nicht die zwei Treppen nach unten tragen.«

»Oder aber er konnte gar nicht fahren!« Christina Ohlsen zeigt auf das Fahrrad. »Schaut genau hin, das Teil hat zwei platte Reifen!«

»Du hast recht, Chrissie, das ist mir gar nicht aufgefallen. Ich frage mich immer noch, was der da gewollt hat!«

»Das tun wir alle, Tobi. Vielleicht finden wir ja in der Wohnung einen Hinweis.« Malowski rollt mit den Augen. »Wenn man uns denn mal hineinließe!«

»Immerhin wissen wir jetzt aber, dass der am Tatort gefundene Schlüssel zu dieser Wohnung hier gehört«, lässt sich Christina Ohlsen vernehmen. »Das ist ja auch schon mal was. Und die Forensik wird in der winzigen Behausung doch bestimmt nicht lange zu tun haben.«

Denise und Tobias geben keine Antwort. Ihre Sinne sind jetzt auf das Innere der Wohnung gerichtet, wo hin und wieder leise Rufe der Kriminaltechniker zu hören sind, wenn einer von ihnen etwas vermeintlich Interessantes entdeckt zu haben glaubt. Wenn sie doch nur endlich selbst dort hinein könnten!

Als wäre ihr stummes Gebet erhört worden, steht im nächsten Augenblick Jürgen Vogel höchstpersönlich vor den drei Kommissaren und grinst sie unverschämt an. »Nun kommt schon rein, bevor ihr hier noch Löcher in den Fußboden stampft, vor lauter auf der Stelle treten.« In seinen Augen erscheint ein allen wohlbekanntes Leuchten, das meist eine mittlere Sensation ankündigt. »Wir haben soeben etwas gefunden, über das ihr euch sicher freuen werdet!«

* * *

»Sie sagten vorhin, man habe damals Ihrem Sohn etwas ›anhängen‹ wollen«, erinnert Weiland die Eheleute Fuhrmann, nachdem sie alle am großen Esszimmertisch Platz gefunden und die Kommissare ihnen die Einzelheiten zum Tod ihres Sohnes genannt haben. Ohne allzu sehr ins Detail zu gehen, versteht sich. »Was genau meinten Sie damit, Herr Fuhrmann?«

»Unser Junge war damals gerade volljährig geworden«, berichtet Paula Fuhrmann anstelle ihres Mannes, aus dem jetzt jegliche Energie entwichen zu sein scheint. »So wurde die Angelegenheit nicht vor dem Jugendgericht verhandelt. Andernfalls wäre das alles längst vergessen, da Jugendstrafen nach einer gewissen Zeit aus dem Strafregister getilgt werden.«

»Nach längstens fünf Jahren«, wirft Wolfgang Müller ein.

»Ja, sicher. Oliver lernte damals ein Mädchen kennen. Sie war erst Vierzehn, wirkte aber älter.

Unser Sohn glaubte ihr, dass sie Siebzehn war. Wie auch immer, die Eltern kamen dahinter und zeigten Oliver an. Er wurde wegen ›Verführung Minderjähriger‹ angeklagt und verurteilt. Sein Anwalt erklärte uns, dass dies selbst dann strafbar sei, wenn dem Beschuldigten die Tatsache, dass das Mädchen minderjährig ist, zur Tatzeit nicht bekannt war. Oliver wurde zu zwei Jahren verurteilt. Er hatte großes Glück, dass das Gericht zu der Einschätzung kam, dass keine schädlichen Neigungen vorlagen. Die Strafe wurde zur Bewährung ausgesetzt.«

»Das einzige Positive daran war, dass der Junge nicht ins Gefängnis musste«, fügt Hartmut Fuhrmann leise hinzu. »Laut Strafgesetzbuch sind zwei Jahre die Mindeststrafe, und höhere Haftstrafen werden nicht zur Bewährung ausgesetzt. Aber er bekam aufgrund seines Führungszeugnisses keinen Ausbildungsplatz, und auch sonst war es mit Arbeit nicht gut bestellt. Und das alles, weil ein frühreifes Früchtchen Angst vor den Eltern hatte und sich etwas ausdachte!«

»Ich kann Ihre Verbitterung sehr gut nachvollziehen«, ergreift Wolfgang Müller das Wort. »Was hat Ihr Sohn denn dann so gemacht. Arbeitsmäßig, meine ich. Und wissen Sie, ob es jemanden gibt, der ihm etwas antun wollte?«

»Ob er Feinde hatte? Keine Ahnung, Herr Kommissar. Ich kann es mir aber nicht vorstellen, Oliver war ein umgänglicher Mensch, der mit allen gut zurechtkam.«

»Dann hatte er doch sicher Freunde?«, erkundigt sich Weiland.

»Ja, da gab es ein paar, mit denen er immer zusammen abhing, wie die jungen Leute heute sagen. Aber wenn Sie Namen brauchen ...«

»War da nicht einer aus seiner Schule, mit dem er dauernd zusammenhing, Hartmut?«, erinnert sich Frau Fuhrmann. »Hieß der nicht Maik? Oder Micha?«

Ihr Mann kratzt sich verlegen am Hinterkopf. »Ja, stimmt. Aber den Nachnamen weiß ich jetzt auch nicht. Unser Sohn ging hier in Lohmar zur Schule. Auf's Gymnasium.«

»Unter Umständen erhalten wir ja dort weiterführende Informationen«, beruhigt Weiland ihn. »Und wie steht es mit dem Broterwerb? Hatte er eine regelmäßige Arbeit?«

»Eine Tankstelle hier in Lohmar. Der Pächter hat nicht lange gefragt und ihn eingestellt, da hatte der Junge endlich einmal Glück. Warten Sie, ich schreibe Ihnen die Adresse auf.« Er greift nach Stift und Papier, die seine Frau in weiser Voraussicht hervorgeholt hat und ihm herüberreicht. »Über die Fahrradwege durch die Heide konnte er da bequem zur Arbeit hinfahren«, ergänzt er. »Ein Auto hatte er nicht, nicht einmal einen Führerschein.«

»Durch die Wahner Heide?«, wird Müller aufmerksam, weil dieser Begriff immer wieder auftaucht. »Wie fährt man denn da?«

»Mit dem Fahrrad ist es am leichtesten über die sogenannte Panzerstraße, da gibt es einigermaßen befahrbare Wege neben der Straße. Aber Oliver war das zu umständlich, er fuhr meist mitten durch den Wald. Das war für ihn näher, und Angst kannte er nicht.«

* * *

»Hier entlang!«, dirigiert Vogel die Ermittler in das kleine Badezimmer. Da es sich hier nicht um einen Tatort handelt, verzichten sie auf das Anlegen von Schutzkleidung, was schon eine spürbare Erleichterung darstellt. Vogel hatte sie lediglich ermahnt, ohne Handschuhe nichts anzufassen. Als ob sie das nicht selbst wüssten! Im Vorbeigehen sind Hinweise auf die Tätigkeit der Spurensicherer unübersehbar. Gelbe Markierungstafeln und jede Menge Stellen, die mit jenem grauen Pulver versehen sind, das vor allem der Sicherstellung von Fingerabdrücken dient.

»Zur Sicherheit«, äußert sich Vogel dazu. »Das hier ist zwar kein Tatort, aber man weiß ja nie, was sich später ergibt, oder? Solltet ihr einmal jemanden im Visier haben, lässt sich auf diese Weise herausfinden, ob derjenige hier in der Wohnung war.«

Im Bad angekommen, lüftet er stumm den Deckel des Spülkastens. »Ist das nicht ein wahrhaft originelles Versteck für sowas?«, grinst er die Kommissare an und lässt sie einen Blick hineinwerfen. »Als ob wir da nicht immer als Erstes nachschauen!«

Tobias Heller pfeift leise durch die Schneidezähne. Der Spülkasten ist leer, also ohne Wasser. Dafür liegen vier weitere Päckchen von der Art, wie es bei dem Toten gefunden wurde, dort drin, verpackt in einen wasserdichten Plastikbeutel. Er greift mit der vorsorglich behandschuhten Hand danach und hält den Beutel seinen Kolleginnen hin. »Na, was haben wir denn hier? Schätze, das sind weitere vierhundert Gramm Marihuana. Damit hätten wir insgesamt einen Wert von fünftausend Euro!«

»Ein bisschen viel für den Eigenbedarf, findet ihr nicht?«, bemerkt Christina Ohlsen trocken. Die drei Ermittler schauen sich bedeutungsvoll an, und jeder denkt das gleiche: Dreht sich in diesem mysteriösen Fall etwa doch alles um Drogengeschäfte? ›Dann wäre es eventuell angebracht, das KK 3 mit ins Boot zu nehmen‹, überlegt Tobias Heller.

»Was meint ihr?«, wendet er sich an die Kolleginnen. »Sollen wir Bachmann über das hier informieren?«

»Wegen der Drogen?« Denise Malowski wiegt nachdenklich den Kopf. »Warten wir doch erst einmal ab, was wir selbst herausbekommen. Im Augenblick ist die Lage noch viel zu unklar, finde ich!« Sie schenkt Jürgen Vogel einen fragenden Blick: »Wir sollten uns aber den Rest der Wohnung noch anschauen. Ist das okay, Jürgen?«

»Klar, geht nur!«, gibt der Forensiker gutgelaunt zurück. »Wir sind soweit durch, ihr dürft euch also austoben. Einen Computer besaß der anscheinend nicht, Handy haben wir auch keines gefunden«, zählt Vogel die wichtigsten Eckdaten im Telegrammstil auf. »Alles, was es an Papieren und sonstigen Unterlagen gibt, haben wir in einen Karton gepackt, der auf dem Tisch im Wohnzimmer steht. Viel Spaß damit!«

»Fangt doch schon mal ohne mich an«, brummt Tobias vor sich hin und öffnet vorsichtig den Beutel, der über einen Reißverschluss verfügt. Zwischen den Cannabis-Päckchen schimmert etwas hervor, das seine Aufmerksamkeit erregt und wie ein gefaltetes Blatt Papier ausschaut, welches er neugierig öffnet. Es ist nicht größer als eine Postkarte und seine Augen weiten sich vor Erstaunen, als er erkennt, was er da an Land gezogen hat. Ein überraschter Laut entfährt ihm, der Denise und Chrissie in der Bewegung innehalten und ihm wieder zuwenden lässt.

»Was gefunden?«, erkundigt seine Partnerin sich interessiert, während sie mit Chrissie nähertritt.

»Das will ich doch meinen!« Mit einem grimmigen Lächeln auf den Lippen zeigt er seine Beute vor. »Damit ist endgültig geklärt, welche Rolle unser Mordopfer in diesem Spiel innehatte!«

* * *

»Die Durchsuchung von Oliver Fuhrmanns Wohnung war insofern ein kleiner Erfolg, weil dort weitere Päckchen Marihuana gefunden wurden«, eröffnet Donner die heutige Fallbesprechung. Der Erste Hauptkommissar ist jedoch alles andere als glücklich über das Ergebnis, bedeutet es doch, dass der Mordfall Fuhrmann die Interessen mindestens einer weiteren Dienststelle tangiert, nämlich die des Kriminalkommissariats 3, Hauptkommissar Bachmanns Ressort.

»Das Gras ist schon auf dem Weg ins Labor zur Überprüfung«, fährt er fort. »Falls es sich dabei um die gleiche Qualität handelt, wie das bei dem Toten Gefundene, haben wir hoffentlich endlich den Beginn einer konkreten Spur. Ich habe daher Bachmann über den Fund vorhin in Kenntnis gesetzt. Cannabis dieser Güte ist relativ selten, es wäre aber möglich, dass dem KK 3 schon einmal ein vergleichbares Produkt in die Hände fiel. Ich halte es jedenfalls für dringend erforderlich, die Herkunft des Rauschgifts in Erfahrung zu bringen. Fuhrmann wird das Zeug ja sicher nicht in seinem Keller selbst gezogen haben, oder?«

»Ich weiß nicht, Chef«, wendet Christina Ohlsen ein. »So, wie der gelebt hat ... eine winzige Wohnung mit Möbeln, die dem Aussehen nach aus dem Sperrmüll stammen. Da passt überhaupt nichts zusammen! Und die Klamotten in seinem Kleiderschrank sind recht übersichtlich und nicht gerade der letzte Schrei. Wenn er Gras für 10.000 Euro das Kilo vertickt hat, müsste er doch in Geld schwimmen!«

»Es gab nirgends Hinweise darauf, dass er das Zeug selbst anbaut«, schlägt Denise Malowski in dieselbe Kerbe. »Und im Keller haben wir nachgeschaut. Vielleicht hat er das Marihuana einem geklaut, und derjenige hat ihn dann getötet.«

»Und lässt hundert Gramm davon bei der Leiche liegen?«, zweifelt Donner. »Das vermag ich mir jetzt aber überhaupt nicht vorzustellen!«

»Das schließt aber eine aus dem Ruder gelaufene Drogenübergabe ebenfalls aus«, überlegt Ohlsen mit einem Seitenblick zu Müller. »In diesem Fall hätte der Täter doch das Gras garantiert nicht zurückgelassen, denke ich.«

»Wisst ihr, was ich glaube?«, ergreift Tobias Heller erstmals das Wort. »Ich denke, der war auf dem Weg zu einer Übergabe. Vorher hatte er etwas an diesem Brunnenkeller zu erledigen. Das Treffen mit seinem ›Kunden‹ fand dann nicht mehr statt, deshalb hatte er auch das Gras noch bei sich. Das eine hat mit dem anderen überhaupt nichts zu tun! Für unseren Fall dürfte es daher wesentlich wichtiger sein, zu erfahren, was Fuhrmann dort im Wald zu tun hatte, und wer ihm dabei in die Quere kam!«

»Hm. Da ist was dran«, gibt Horst Weiland ihm recht. »So herum ergibt es einen Sinn. Trotzdem fände ich es nicht schlecht, wenn wir denjenigen, mit dem er sich zur Drogenübergabe treffen wollte, in die Finger bekämen!«

»Womit wir bei dem Zettel angelangt wären, den wir bei den Drogen fanden«, weist Donner auf das entsprechende Dokument, das an der Tafel angebracht ist.

~~Wolle~~	~~10.07.~~	~~21:00 Uhr~~
Micha	11.07.	22:30 Uhr
Hotte	12.07.	21:00 Uhr
Locke	17.07.	23:00 Uhr
Nobbi	19.07.	23:30 Uhr

»Es scheint sich um eine ›Kundenliste‹ zu handeln. Leider enthält sie nicht wirklich etwas Zielführendes, oder weiß einer von euch mit den Angaben was anzufangen? Offenbar hatte unser Mann einen ausgeprägten Hang zu kryptischen Mitteilungen.«

»Ich finde, dass da schon einiges draus für uns zu entnehmen ist«, meldet sich Wolfgang Müller nach einer Weile zu Wort, nachdem er den Zettel aufmerksam studiert hat. »Man muss eben nur richtig hinschauen!«

»Ach ja? Und was genau soll das jetzt sein?«

»Zunächst sagen mir die Namen, die allesamt Spitznamen sind, dass es sich höchstwahrscheinlich um Bekannte Fuhrmanns handelt. Die Datumsangaben sind natürlich die der geplanten Übergabe. Und zu guter Letzt: Die oberste, durchgestrichene Angabe liegt zeitmäßig in dem Bereich, wo Fuhrmann zu Tode kam, wodurch sich die Todeszeit jetzt viel genauer eingrenzen lässt. Wenn Tobias mit seiner Vermutung richtig liegt, wurde Fuhrmann gegen 20:00 Uhr getötet, da die Übergabe offenbar für 21:00 Uhr geplant war.«

»Womit wir aber immer noch keine Kenntnis über den Ort haben, an dem diese Übergabe stattfinden sollte, Wolfgang!«, erinnert Donner ihn. »Oder weißt du diesbezüglich etwas, das unserer Aufmerksamkeit entgangen ist?«

»Klar doch!«, grinst Müller. »Überlegen wir folgendes: Oliver Fuhrmann ist auf dem Weg zu einer Drogenübergabe. Er hat vorher etwas dort im Wald zu erledigen und beschließt, die beiden Vorhaben miteinander zu verbinden. Wir können daher davon ausgehen, dass es auf dem Weg lag. Und da Fuhrmann zu Fuß unterwegs war, wird es in der Nähe gewesen sein. Und einigermaßen abgelegen muss es ebenfalls sein, damit niemand das ›Geschäft‹ stört!«

»Der Friedhof!«, entfährt es Chrissie Ohlsen, die die örtlichen Gegebenheiten kennt, seit sie die Schulklasse dort entlang zur Schule führte.

»Genau! Entweder direkt vor dem Haupteingang oder dort, wo der Weg in den Wald hineinführt. Ich hab mir das auf dem Rückweg von Lohmar vorhin mal angeschaut, die Lokalität ist absolut ideal. Die beiden folgenden Termine sind zwar verstrichen, aber heute ist laut dieser Liste wieder eine Übergabe, wir dürfen uns die Gelegenheit auf keinen Fall entgehen lassen!«

»Du meinst, es sollen welche von uns zu dem Termin heute Nacht erscheinen? Aber wie erkennen wir unseren Mann? Auf der Liste steht doch nur ›Locke‹. Das ist ja nicht einmal ein richtiger Name!«

Heller lacht laut auf. »Das ist hier in der Gegend ein beliebter Spitzname für einen mit Vollglatze, Chef! Wenn das der Fall ist, wird es nicht allzu schwer sein, den zu erkennen. Das ist ja nun wirklich sehr abgelegen, da wird unser Mann garantiert um die Uhrzeit der Einzige dort sein. Die Frage ist nur: Wer von uns übernimmt die Aufgabe? Dieser ›Locke‹ erwartet einen 1,74 Meter großen, schlanken Mann. Da fallen doch schon alle von uns raus. Horst und ich sind beide über einsachtzig, und Wolfgang ...? Chrissie ist zu klein. Bleibt nur Denise, aber die fällt mit ihrer neuen Frisur direkt auf, selbst im Dunkeln. Die Größe käme aber in etwa hin.«

»Ich könnte mir ja eins von den Kapuzenshirts überziehen, die mein Mann immer beim Joggen trägt«, schlägt Denise vor. »Da werde ich zwar drin versinken, aber als Tarnung würde es genügen.«

»Okay«, gibt Donner kurz entschlossen seine Einwilligung zu der Operation. »Denise wartet heute Nacht dort am Friedhof auf unseren Mann. Und Tobias: Du hältst ihr den Rücken frei! Ziel der Aktion muss es aber vornehmlich sein, etwas über diesen ›Wolle‹ herauszubekommen, das dürfte ja wohl klar sein. Der ist aufgrund des Zeitpunktes, zu dem er mit Fuhrmann verabredet war, immer noch unser Verdächtiger Nummer Eins!«

»Solange ich mich nicht wieder in das winzige Auto von Denise falten muss ...«, fügt sich Tobias in sein Schicksal.

»Ich fürchte, da wird dir nichts anderes übrig bleiben«, grinst Denise ihn an. »Unsere Dienstwagen rufen doch schon von weitem ›Polizei‹, das ist viel zu auffällig!«

»Ich bitte dich, was kann denn auffälliger sein als ein himmelblaues Smart Cabrio? Nee, kommt nicht die Tüte. Ich leihe mir den von Melanie aus und hole dich heute Abend zu Hause ab!«

Da dieser Teil abgeschlossen scheint, ergreifen Müller und Weiland die Gelegenheit, von Ihrem Ausflug nach Lohmar zu berichten. »Bei Oliver Fuhrmanns Boss, einem Tankstellenpächter, haben wir nichts weiter erfahren«, schließt Müller den Bericht ab. »Fuhrmann sei ein ruhiger und zuverlässiger Mitarbeiter gewesen, hieß es. Und er sei immer pünktlich zur Arbeit erschienen. Seine Schicht ging montags bis freitags von 9:00 Uhr bis 18:00 Uhr.«

»Habt ihr ihn gefragt, wie sein Mitarbeiter am Dienstag zur Arbeit kam?«, erkundigt sich Christina Ohlsen bei ihrem Freund. »Als wir heute die Wohnung durchsuchten, stand sein Fahrrad im Flur, mit zwei platten Reifen.«

»Ja, und?«

»Na, überleg doch mal: Wenn der bis 18:00 Uhr auf der Tanke war, und zwei Stunden später getötet wurde, wird er auf dem Heimweg gewesen sein, sonst hätte er das zeitlich doch überhaupt nicht geschafft! Ich glaube nicht, dass der erst nach Hause fuhr, das Fahrrad abstellte und dann zu Fuß wieder in den Wald lief. Das macht doch überhaupt keinen Sinn. Entweder war das Rad schon am Morgen kaputt, oder es ist ihm auf dem Rückweg passiert. Wenn er sich aber den Platten auf dem Weg nach Hause eingefangen hätte, wie ist es dann in die Wohnung gelangt? Fuhrmann verstarb ja vermutlich auf dem Heimweg!«

»Das mag ja alles sein, Chrissie. Es ist aber für den Tatbestand eher unerheblich. Wir sollten lieber diesen Micha oder Maik zu finden versuchen, den Schulfreund von Oliver Fuhrmann, den die Eltern uns gegenüber erwähnten«, unterbricht Weiland den Disput. »Ich habe nur noch keine Ahnung, wie wir das anstellen sollen.«

»Wenn es ein Schulfreund ist, findet ihr gegebenenfalls etwas in den Klassenbüchern«, schlägt Tobias Heller vor. »Wobei das aber nicht eben ein seltener Vorname ist.«

»Darum kümmert ihr zwei euch!«, instruiert Donner die Oberkommissare. »Und du, Denise, gehst jetzt nach Hause und verbringst einen schönen Nachmittag mit deiner Tochter«, wendet er sich lächelnd an Malowski. »Das ist ein Befehl!«

»Aye, Chef!«, grinst Denise und kann gar nicht schnell genug ihre Sachen zusammenpacken. Ihre Elternzeit mit reduzierter Stundenzahl läuft ja erst zum Ende des Jahres aus, aber wann ist in der heißen Phase einer Mordermittlung schon Gelegenheit, darauf Rücksicht zu nehmen?

VIER

Die automatische Außenbeleuchtung flammt schon beim Einbiegen in die großzügig bemessene Zufahrt des Anwesens auf. Hier leben nicht nur die Eheleute Malowski/Leuchner mit ihrer zweijährigen Tochter Leonie, sondern hier befindet sich ebenfalls - in einem abgetrennten Bereich mit eigenem Eingang - die Steuerberaterpraxis von Denises Ehemann.

Tobias Hellers Zeigefinger schwebt noch über dem Klingelknopf, als auch schon die Haustüre geöffnet wird. Sven Leuchner steht vor ihm und legt den Finger an die Lippen.

»Hallo Tobias«, begrüßt er ihn leise. »Die Klingel ist abgestellt, damit Leo nicht wach wird. Die Kleine ist eben erst eingeschlafen. Sie war den ganzen Tag außer Rand und Band, weil ihre Mutter einmal so viel Zeit mit ihr verbringen konnte.« Das Leuchten in Svens Augen verrät Tobias, dass Leonie nicht die Einzige war, die sich über den frühen Feierabend gefreut hat.

»Ich muss sie dir aber jetzt leider wieder für eine Weile entführen«, gibt Tobias ebenso leise zurück. »Sondereinsatz.« Bei dem Wort ›entführen‹ zuckt Leuchner leicht zusammen, was Heller nicht entgangen ist. »Sorry, Sven«, entschuldigt er sich verlegen. »Das war wohl eine etwas unglückliche Wortwahl.«

»Schon gut, ist ja eine Weile her, die Sache damals in den Niederlanden ... Du bringst sie mir doch auch dieses Mal gesund zurück?«

Bevor Tobias eine unverfängliche Antwort formulieren kann, tritt seine Partnerin hinzu. Denise hat sich tatsächlich eins von Svens Kapuzenshirts übergezogen, worin sie fast versinkt, da ihr Mann etwa so groß ist wie Tobias, und etwas breiter als Denise. Es ist jedoch bestens geeignet, ihre Haare unter der Kapuze zu verstecken. »Was habt ihr zwei denn zu bequatschen?«, erkundigt sie sich neugierig, erhält aber keine Antwort. Stattdessen drückt Heller Leuchner stumm zum Abschied die Hand.

»Alles klar bei dir?«, fragt Denise ihn, nachdem sich die Haustür hinter ihr geschlossen hat. »War es schwierig, deine Frau zur Herausgabe ihres Autos zu bewegen?« Was die Nutzung des Wagens angeht, ist Melanie Heller bekannterweise höchst eigen, auch ihrem Mann gegenüber.

Tobias zuckt die Schultern. »Das größte Problem war, Mel davon abzuhalten, mitzukommen«, erklärt er ihr lapidar.

Seine Partnerin bleibt ruckartig stehen. »Lass mich raten: Es ist dir nicht gelungen!«

»Hi, Denise!«, ertönt in diesem Augenblick die kräftige Altstimme Melanies durch das geöffnete Seitenfenster vom Fahrersitz des Hondas. »Du hast doch sicher nicht ernsthaft angenommen, dass ich mir das entgehen lasse?«

»Lass uns fahren«, seufzt Denise ergeben und nimmt ohne weiteren Kommentar auf dem Rücksitz Platz. Jeder, der die Leiterin des Kriminalkommissariats 2 kennt, hätte sich das eigentlich denken können!

* * *

»Du steigst am besten hier schon mal aus, Denise«, schlägt Tobias seiner Partnerin vor, nachdem Melanie den Wagen gleich hinter der Einbiegung zur Heerstraße am Straßenrand abgestellt hat. »Für den Fall, dass der Kerl sich hier jetzt schon herumtreibt, wäre es zu auffällig, wenn du vor seinen Augen aus dem Wagen steigst.«

»Und wie gehen wir weiter vor?«, will Denise Malowski wissen. »Es kommen laut Wolfgang zwei Stellen für die Übergabe in die engere Wahl«, erinnert sie ihn.

»Stell dich gleich hier vorne vor den Schlagbaum, der den Weg am Friedhof vorbei in Richtung Brunnenkeller versperrt«, schlägt Tobias vor und weist auf die andere Straßenseite. »Dort wartest du auf unseren Mann. Melanie und ich stellen uns mit dem Auto in eine dunkle Ecke am Haupteingang des Friedhofs, dort stehen immer mal Fahrzeuge herum, auch um die Uhrzeit. Daher werden wir hoffentlich nicht auffallen. Sollte dieser Locke dort erscheinen, statt bei dir, schicke ich eine SMS, dann kommst du unauffällig herüber. Andernfalls machen wir es umgekehrt.« Er schaut auf die Uhr: »Jetzt ist es 22:05 Uhr, nehmen wir unsere Posten ein!«

* * *

Eine knappe Stunde später

›Eine Stunde kann ganz schön lang werden‹, denkt Denise und überprüft ein weiteres Mal den Sitz ihrer Kapuze. Nicht auszudenken, wenn ihre langen Haare herausschauen und alles verraten. Es ist zwar dunkel hier unter den Bäumen, aber der fast volle Mond verbreitet doch ein gewisses Licht. Die Waffe ist logischerweise ebenfalls unter dem Kleidungsstück, das sie von Sven geborgt hat, verborgen.

›Hoffentlich komme ich im Fall der Fälle schnell genug da dran‹, überlegt sie. ›Aber es ist ja nur ein Treffen mit einem Grasraucher. Der wird ja nicht gleich bis an die Zähne bewaffnet sein!‹, versucht sie, sich selbst zu beruhigen.

Nervös schaut sie auf die Uhr. Kurz nach 23:00 Uhr, es wird also jeden Augenblick losgehen. Ihre Nerven sind zum Zerreißen gespannt. Der Signalton, der in diesem Moment eine eingehende SMS signalisiert, fährt ihr daher förmlich in die Glieder.

›Mist! Ich hab vergessen, das Ding stumm zu schalten!‹, schimpft sie in Gedanken mit sich. ›Nicht auszudenken, wenn da einer zur falschen Zeit angerufen hätte! Wie dämlich kann man denn sein, Frau Hauptkommissarin?‹. Hastig holt sie das Versäumte nach.

Nach einem Blick auf das Display macht sie sich auf den Weg zum Haupteingang, wo Tobias,

Melanie, und hoffentlich auch ihr ›Kunde‹ auf sie warten.

* * *

»Nervös, Mel?«, kommentiert Tobias Heller das unruhige Trommeln seiner Frau mit den Fingern auf dem Lenkrad. »Du wolltest ja unbedingt mitkommen!«

»Schon nach 23:00 Uhr«, erwidert sie ungeduldig, ohne auf seinen Spott einzugehen. »Dieser Mensch könnte ruhig was pünktlicher sein!«

Es gibt eine ganze Reihe von Eigenschaften, die Tobias an seiner Frau schätzt, Geduld gehört gewiss nicht dazu. Er grinst in sich hinein. Aber wenn es darauf ankommt, ist sie mit jeder Faser bei der Sache. Melanie Heller ist eine gute Polizistin und nicht umsonst mit knapp achtunddreißig Jahren schon Leiterin ihres Kommissariats.

»Deine Gebete wurden erhört«, lässt er sich vernehmen, da sie soeben Gesellschaft erhalten. Ein PKW fährt auf den Vorplatz des Friedhofs und wird einige Meter von ihnen entfernt abgestellt. Ein Mann steigt aus.

»Das ist ja ein wahrer Riese!«, entfährt es Melanie, als sie seiner ansichtig wird.

Tatsächlich schätzt Tobias den Mann, bei dem es sich vermutlich um ihr Zielobjekt handelt, auf etwa 1,90 Meter. Und Schultern, die sich hinter denen von Wolfgang Müller nicht zu verstecken brauchen. Schnell ergänzt er die vorsorglich schon vorbereitete SMS: ›VORSICHT! GROßER KERL!‹ und drückt auf senden. Jetzt heißt es, abzuwarten.

* * *

Denise Malowski schlendert betont lässig um die Ecke. Im Mondlicht glänzt die prachtvolle Glatze des Kerls vor dem Tor wie poliert und weist ihr die Richtung.

›Das ist ja tatsächlich ein Riese!‹, schießt es ihr durch den Kopf. Die Hand in der Tasche des Shirts schließt sich um das Cannabis-Päckchen. Es ist nur eine Attrappe, denn es gilt ja nicht, jemanden wegen Drogenhandels hochzunehmen, sondern um einen normalen Zugriff auf eine verdächtige Person. Das Päckchen dient daher nur der Vervollständigung ihrer Tarnung. Wenn alles gut geht, trägt ›Locke‹ in weniger als fünf Minuten Armreife, mit denen er sicher nicht gerechnet hatte.

Mit einem Mal steht der Mann direkt vor ihr. Übler Atem weht ihr entgegen. Allein durch seine Größe wirkt er den Umständen entsprechend äußerst bedrohlich auf die Polizistin, zumal er ihr fast schon auf die Pelle gerückt ist.

›Viel zu nah!‹, durchfährt es sie panisch. ›Der steht zu nah vor mir, wenn er mich angreift, habe ich kaum Raum für eine Gegenwehr!‹ Dennoch rührt sie sich keinen Millimeter vom Fleck, um keinen Verdacht zu erregen. Zudem weiß sie Tobias und seine Frau ja in der Nähe. Melanie! Jetzt ist es doch gut, dass sie unbedingt mitkommen wollte.

Das breite Gesicht des Unbekannten nähert sich dem ihrigen, als der Mann sich vorbeugt und versucht, ihr in die Augen zu sehen. »Du hast was für mich, Oli?«, ertönt eine heisere Stimme, offenbar von übermäßigem Marihuanagenuss zerstört.

Die Situation ist eigentlich eindeutig, sie könnte sich also im Prinzip als Polizistin zu erkennen geben. Unterstützung in Form der Eheleute Heller weiß sie in unmittelbarer Nähe. Um ganz sicher zu gehen, will Denise das Spiel aber noch ein wenig fortführen. Wortlos zieht sie das Päckchen aus der Tasche, bleibt aber damit hängen und zerrt ungeduldig daran. Der Saum des Kapuzenshirts verrutscht und gibt ihr Pistolenholster frei. Für Sekunden bloß, aber es reicht.

»Du bist ein verdammter Bulle!«, knurrt ihr Gegenüber aufgebracht und greift an seinen Gürtel. Einen Lidschlag später blitzt die Klinge eines gefährlich aussehenden großen Messers im Mondlicht. Ohne Vorwarnung stößt der Mann damit zu!

* * *

›Du bringst sie mir doch gesund zurück?‹ Die Worte Sven Leuchners hallen in Tobias Hellers Gedanken immer noch nach. Bilder laufen vor seinem inneren Auge ab: ein stummer Händedruck unter Freunden. Ein Versprechen!

Wenn doch bloß dieses verdammte Gefühl von drohender Gefahr nicht förmlich in seinen Eingeweiden wühlen würde! Denise und er meisterten schon oft brisante Situationen, das gehört in ihrem Beruf dazu. Aber da hatten sie immer zusammengearbeitet, heute ist es anders. Denise ist, obwohl nur einen Steinwurf entfernt, jetzt auf sich allein gestellt.

»Hey! Denise ist Profi, die macht das schon!«, versucht Melanie, ihren Gatten zu beruhigen. Seine Unruhe ist ihr nicht verborgen geblieben. Aber auch sie schaut voller schlimmer Vorahnungen zu, wie der Verdächtige sich Denise nähert und sich vor ihr aufbaut. Es wirkt bedrohlich.

»Ich kann das nicht, Mel!«, ruft Tobias aus und öffnet die Beifahrertür. »Die Sicherheit meiner Partnerin hat Vorrang, ich gehe jetzt raus!«

Es sind gute dreißig Meter bis zu den beiden. Tobias zieht, kaum dass er den Wagen verlassen hat, die Waffe und läuft los. Hinter ihm tut Melanie es ihm gleich. Etwas anderes wäre auch unvorstellbar! Der weiche Boden dämpft ihre Schritte genügend, sodass ihrer beider Annäherung zunächst unbemerkt bleibt.

Doch genau in diesem Augenblick scheint die Situation zu eskalieren. Tobias muss hilflos dabei zusehen, wie der Kerl ein Messer zieht und auf Denise einsticht, seine düstere Vorahnung hat sich bewahrheitet. Und es sind immer noch fünfzehn Meter, wäre er doch nur früher rausgegangen!

* * *

Kriminalhauptkommissarin Denise Malowski ist kürzlich Siebenunddreißig geworden. Und ja, nach Leos Geburt haben sich vier oder fünf Pfund an Stellen abgesetzt, wo sie definitiv nicht hingehören. Aber die Reflexe einer Taekwondo-Meisterin verlieren sich nicht! Und dank regelmäßiger Trainingsstunden mit Chrissie Ohlsen kennt sie zusätzlich einige wirksame Ju-Jutsu Griffe, die ihr jetzt nützlich sind.

Für einen gezielten Angriff mittels Taekwondo steht der Kerl zu nah vor ihr. Katzenhaft dreht sie sich aber zur Seite, bevor das Messer sie berühren kann. Der erste Stich geht ins Leere, zu einem Zweiten kommt es nicht mehr. Ihre Bewegungen sind fließend und dermaßen schnell, dass sie im Ansatz kaum zu erahnen sind. ›Locke‹ liegt wimmernd zu ihren Füßen, noch bevor Tobias und Melanie, beide mit der Waffe in der Hand herbeieilend, sie erreicht haben. Denise Malowski reibt die Hände aneinander, wie um imaginären Staub davon zu entfernen. Na also, geht doch! Mit einem hörbaren Aufatmen zieht sie anschließend die Kapuze von ihrem Kopf.

Tobias, der jetzt schwer atmend angekommen ist, kniet sich unverzüglich zu dem am Boden Liegenden und fixiert ihn mit Melanies Unterstützung mit Kabelbindern. Die grenzenlose Erleichterung, seine Partnerin unverletzt vorzufinden, steht ihm deutlich ins Gesicht geschrieben.

Fünf

»Alles klar bei dir?« Tobias Heller versucht, auffällige Zeichen von Unsicherheit bei seiner Kollegin festzustellen. Ihm jedenfalls steckt der um ein Haar schiefgelaufene nächtliche Einsatz immer noch arg in den Knochen. Was da alles hätte passieren können! »Du siehst müde aus!«

Denise, heute eine Stunde später als üblich, wirkt ausgeglichen wie immer, als sie sich an der Kaffeemaschine, von Tobias vorsorglich gleich zu Dienstbeginn in Betrieb genommen, bedient. »Na, richtig viel Schlaf hatte ich nicht, wie du dir ja sicher denken kannst!«, erinnert sie ihn daran, dass sie alle erst nach Mitternacht ins Bett gekommen sind. Und speziell Denise benötigt ohnehin zwei bis drei Tassen Kaffee, um morgens auf Betriebstemperatur zu kommen.

»Ich denke schon, dass alles in Ordnung ist«, beantwortet sie die Eingangsfrage Hellers. »Das war zwar eine reichlich haarige Angelegenheit gestern, aber ich hatte alles im Griff!«, behauptet sie und nimmt den Platz an ihrem Schreibtisch ein. »Und ich hatte ja professionelle Unterstützung dabei.« Ihre Augen blitzen schelmisch auf. »Und dich natürlich!«

»Ha, ha. Wirklich witzig!« Tobias gibt sich große Mühe, seine Erleichterung nicht zu zeigen. Wenn

Denise nach dem gestrigen Erlebnis noch ihre Witze macht, kann es so schlimm nicht für sie gewesen sein. Zudem ist es eben ihre ganz besondere Art, sich auf diese Weise zu bedanken. Andererseits stellte sie ihre Kämpfernatur und ihren Mut durchaus schon mehrfach unter Beweis. Als man sie beispielsweise damals in die Niederlande verschleppte und tagelang in einem Keller gefangen hielt, nahm sie den Kampf auf, ohne die genaue Zahl ihrer Gegner zu kennen. Dass seine Partnerin eine Kämpferin ist, zeigte sie ja schon in ihrem allerersten gemeinsamen Fall vor beinahe neun Jahren.

»Ich habe das in der Aufregung gar nicht richtig mitbekommen«, nimmt er den Faden wieder auf. »Nach Taekwondo sah mir das aber nicht aus, was du mit dem Kerl veranstaltet hast!« Tobias Heller betreibt zwar selbst keinen Kampfsport, hat seine Partnerin aber durchaus schon einige Male in Aktion erlebt.

»Nee, das war's auch nicht. Der stand für eine wirksame Gegenwehr viel zu dicht bei mir«, gesteht Denise ihm. »Das hätte ich niemals zulassen dürfen! Aber seit Chrissie und ich gemeinsam an den Wochenenden trainieren, beherrsche ich ein paar nützliche Ju-Jutsu Griffe. Das war so einer.«

»Wir werden ihn uns nachher ja noch vornehmen. Dass seine Fingerabdrücke bei uns aktenkundig sind, ist schon mal der Hammer. Bin ja gespannt, was der noch für Überraschungen für uns auf Lager hat!«

»Fingerabdrücke? Was denn für Fingerabdrücke?«

»Ach, das weißt du ja noch gar nicht. Nachdem unser Mann vorhin erkennungsdienstlich behandelt wurde, gab es gleich einen Treffer. Christian Brück, so heißt der Kerl, hat seine Spuren offenbar bei ein paar bislang unaufgeklärten Einbrüchen hinterlassen. Melanie wird sich freuen!«

* * *

»Ich denke, wir können uns heute einmal kurzfassen«, eröffnet Donner die tägliche Fallbesprechung. »Denise und Tobias nehmen sich gleich anschließend unseren ›Neuzugang‹ vor, einen Christian Brück, den sie gestern Abend am Waldfriedhof in Troisdorf festgenommen haben!«

»Was werfen wir dem denn vor, Chef?«, erkundigt sich Christina Ohlsen. »Ich dachte, wir wollten ihn nur allgemein befragen?«

»Ursprünglich schon. Es hat sich aber sicher herumgesprochen, dass er Denise tätlich angegriffen hat. Mit einem Messer. Allein dafür werden wir ihn drankriegen! Außerdem hat er sich damit reichlich verdächtig gemacht. Ganz zu schweigen die Wohnungseinbrüche der letzten Monate, die offenbar auf sein Konto gingen. Damit wird sich deine Frau befassen, Tobias.«

»Sie kann es kaum erwarten«, bemerkt Heller trocken. »Sie war ja sogar bei seiner Festnahme dabei!« Kurz erläutert er den erstaunten Kollegen, wie es zur Teilnahme Melanies an der nächtlichen Aktion kam.

»Hattest du im Ernst geglaubt, sie davon abhalten zu können?«, lacht Donner. »Was wir aber vornehmlich in Erfahrung bringen wollen, sind die Identitäten der anderen Personen auf dem Zettel, den wir bei dem Gras fanden. Vornehmlich die von diesem ›Wolle‹, der am Tattag ein Treffen mit Fuhrmann hatte. Befragt Brück dazu!«

»Und wir werden uns mit der Suche nach dem Kumpel Oliver Fuhrmanns befassen, den seine Eltern erwähnten«, bringt Wolfgang Müller ihre diesbezüglichen Ermittlungen zur Sprache. »Leider haben wir in den Klassenbüchern seiner Schule keinen Eintrag gefunden, auf den die Bezeichnung ›Maik‹ oder ›Micha‹ passt. Der damalige Klassenlehrer, den wir gestern dazu befragten, wusste ebenfalls nichts dazu zu sagen. Wir werden daher die Klassenkameraden befragen. Vielleicht weiß einer von denen ja was.«

»Wir müssen aber erst die Adressen zusammensuchen, Chef«, ergänzt Horst Weiland mit einem gequälten Gesichtsausdruck. »Die Einträge in den Klassenbüchern sind ja mindestens acht Jahre alt. Das dauert!«

»Okay, macht das. Vielleicht kann Chrissie euch dabei unterstützen?« Ein fragender Blick richtet sich auf Kommissarin Ohlsen.

»Klar, kein Problem«, antwortet sie. »Ich bin zwar mit der Durchsicht der persönlichen Unterlagen aus Fuhrmanns Wohnung beschäftigt, aber da scheint ohnehin nichts Wichtiges dabei zu sein.«

»Dann wäre das ja geklärt. Brück habe ich übrigens schon für euch in den Vernehmungsraum bringen lassen«, informiert Donner abschließend

Malowski und Heller. »Ihr könnt ihn euch also gleich vornehmen!«

* * *

»Ich fragte, ob Sie verstanden haben, was Ihnen vorgeworfen wird, Herr Brück!«, wiederholt Denise Malowski ungeduldig ihre Frage, da der Beschuldigte ihr die Antwort bisher schuldig blieb. Stattdessen hockt der Mann mit der Figur eines Ringkämpfers in sich zusammengesunken auf seinem Stuhl im Vernehmungsraum und fixiert die Tischplatte vor sich, als sei etwas für ihn Interessantes darauf zu entdecken. Von dem gestern zur Schau gestellten Gewaltpotenzial ist offenbar nichts mehr übrig. Hin und wieder wagt er einen scheuen Blick auf die Polizistin, die ihn am Abend zuvor mit einem klassischen Hebel zu Boden schickte. Er bleibt jedoch stumm.

»Sie haben mit einem Messer, das eine achtzehn Zentimeter lange, feststehende Klinge aufweist, und damit dem Waffengesetz unterliegt, eine Polizeibeamtin tätlich angegriffen«, erinnert Tobias Heller ihn geduldig. »Und außerdem wurden Ihre Fingerabdrücke in Zusammenhang mit mehreren Wohnungseinbrüchen gebracht. Aber deswegen sind Sie heute nicht hier.«

Jetzt haben die Polizisten offenbar die Aufmerksamkeit Brücks gewonnen, denn er hebt zögernd den Kopf und schaut sie beide fragend an. »Nicht?«, kommt es heiser aus seinem Mund.

›Die Zähne könnten ruhig mal einen Besuch beim Zahnarzt vertragen‹, denkt Denise Malowski beim Anblick des lückenhaften Gebisses. »Bevor Sie mich mit dem Messer attackierten, hatte ich lediglich vor, Sie zu einem Fall zu befragen, den wir momentan bearbeiten. Sie kennen einen Oliver Fuhrmann? Es hat keinen Zweck, es zu leugnen!«

»Ich dachte, Sie wären wegen dem Gras hinter mir her«, übergeht Brück die Frage. »Da hab ich einfach Panik bekommen.«

»Wir sind eine andere Abteilung«, erklärt Heller dem Mann. »Und da Sie ja bei Ihrer Festnahme keine Drogen bei sich hatten, werden Sie diesbezüglich nichts zu befürchten haben! Würden Sie jetzt die Frage der Hauptkommissarin beantworten?«

»Ja, ich kenne den Typ«, quetscht Brück nach einer geraumen Weile zwischen den lückenhaften Zähnen hervor. »Ist ja schließlich kein Verbrechen!«

»Das nicht, aber der Besitz von illegalen Betäubungsmitteln! Und Sie hatten doch offenbar vor, sich gestern Abend damit einzudecken«, ignoriert Denise Malowski bewusst den vorangegangenen Versuch ihres Partners, Brück bezüglich der Drogen in Sicherheit zu wiegen. »Ich frage mich dabei aber allen Ernstes, wie sich einer wie Sie das teure Marihuana von Oliver Fuhrmann leisten kann«, provoziert sie ihn. »Woher haben Sie Tausend Euro für einen Hundert-Gramm-Beutel Gras, Herr Brück?«

Der lacht aber nur. Es klingt blechern. »Was glauben Sie denn, wofür die Einbrüche waren, Frau Kommissarin?«, höhnt er. »Irgendwo muss die Kohle ja herkommen! Aber Sie irren sich, so viel, wie Sie behaupten, hat das Zeug gar nicht gekostet.«

»Nicht?« Tobias Heller wölbt die Augenbrauen. »Wie viel denn dann?«

»Oli nahm nur zweihundert Euro dafür. Überall woanders hätte ich das Doppelte und Dreifache hingeblättert.«

Denise und Tobias wechseln einen erstaunten Blick. Dieser Betrag würde ja nicht einmal dann die eigenen Kosten decken, wenn Fuhrmann den Hanf selbst gezogen hätte. Ob es sich doch um Ware aus einem Diebstahl handelt?

Denise Malowski beugt sich lauernd vor. »Sagen Sie, Herr Brück: Woher kennen Sie Oliver Fuhrmann überhaupt?«

* * *

»Kommt es dir auch so vor, dass Horst die letzten Tage sehr in sich zurückgezogen ist, Wolfie?«, durchbricht Chrissie Ohlsen die nachdenkliche Stille, die seit Beginn der Fahrt an Bord des Audi herrscht. Sie ist gemeinsam mit Wolfgang Müller auf dem Weg nach Lohmar, um eine Klassenkameradin Fuhrmanns zu befragen. Es ist die erste Adresse, die sie aufgrund der Klassenbucheinträge ermittelten und Horst Weiland blieb freiwillig im Kommissariat zurück, um in Ruhe die restlichen Adressen zu recherchieren.

»Horst ist mit Leib und Seele Polizist, wie wir alle, Chrissie. Aber er war immer bestrebt, seine Arbeit von der Familie fernzuhalten«, gibt ihr

Freund zurück. »Und jetzt steckt Birgit mit einem Mal mittendrin, weil sie die Leiche fand! Das geht ihm schon reichlich an die Nieren.«

»Ich verstehe ... Deswegen ist er auch jetzt nicht mit dir unterwegs. Weil er hofft, früher wegzukommen, wenn er im Kommissariat bleibt?«

»So denkt Horst nicht. Ich glaube, er wollte dir einfach was Gutes tun, damit du mal wieder vor die Tür kommst.« Da Christina Ohlsen als Einzige keinen regelmäßigen Ermittlungspartner hat, ist sie darauf angewiesen, dass einer der anderen sie hin und wieder mitnimmt.

»Weißt du, was ich immer noch nicht verstehe?«, wechselt sie unvermittelt das Thema. »Oliver Fuhrmann ist in Lohmar geboren, da kennt er diese Gegend hier doch sicher wie seine Westentasche. Und die Eltern haben ausgesagt, dass er jeden Tag mit dem Fahrrad von Troisdorf nach Lohmar zur Arbeit fährt und dabei den Weg durch die Heide nimmt. Dann wird er doch diesen Brunnenkeller gekannt haben! Warum benötigte er dann Geo-Koordinaten, um dorthin zu gelangen?«

Müller nimmt sich Zeit für eine Antwort und setzt den Blinker, um die A 3 an dieser Stelle zu verlassen. In wenigen Minuten werden sie ihr Ziel erreicht haben. »Ich habe mir das auf *Google Maps* angeschaut«, antwortet er dann. »Die beste Verbindung mit dem Fahrrad ist nicht mitten durch den Wald, sondern außen herum, am Fluss entlang.«

»Trotzdem kommt mir das alles reichlich merkwürdig vor. Es wäre doch möglich, dass er aus irgendeinem Grund diesen Weg nahm, statt den von dir genannten. Und jemand, der seine Gewohnheiten kannte, lauerte ihm dort auf.«

»Und aus welchem Grund hätte derjenige das getan haben sollen? Um sein Handy zu klauen? Das Gras hatte er ja noch bei sich, als er gefunden wurde! Wir sind auch jetzt da«, beendet Müller die fruchtlose Diskussion. Aber insgeheim gibt er seiner Freundin recht. Da stimmt was nicht!

* * *

»Woher ich den kenne?«, wiederholt Brück die Frage Malowskis und schaut reichlich verständnislos drein. »Na, aus ›Berties Eck‹ natürlich!« Seinem dümmlichen Gesichtsausdruck nach zu urteilen, ist er wohl der Meinung, damit sei alles gesagt. Der hellsten einer scheint ›Locke‹ nicht zu sein.

»Ich nehme an, bei der erwähnten Lokalität handelt es sich um eine Kneipe?«, versucht Tobias Heller es mit einer Deutung. »War Oliver Fuhrmann ein Gast?«

»Hä?«, macht Brück und schüttelt den Kopf. »Der ist doch kein Gast! Der hat da bedient. Freitags, samstags und montags geht er dem Bertie abends zur Hand, dann hat der nämlich die Bude gerammelt voll. Was der sonst arbeitet, weiß ich aber nicht.«

»Und wie kamen Sie dazu, ausgerechnet die Bedienung einer Gastwirtschaft nach Marihuana zu fragen?«, hakt Denise Malowski sofort nach. »Soweit ich weiß, steht das normalerweise bei keiner Gaststätte auf der Karte!« Hinter der breiten

Stirn Brücks arbeitet es, das ist deutlich zu erkennen. Dabei war die Frage so schwierig doch nicht, meint die Fragestellerin. »Herr Brück?«

»Oli hat mich mal erwischt, wie ich mir vor der Tür 'nen Joint gedreht hab«, kommt es endlich aus seinem Mund. »Hat mich gefragt, ob ich nicht was Gutes zu einem unschlagbaren Preis haben wollte. Da hab ich natürlich nicht nein gesagt, Frau Kommissarin!«

»Und seitdem sind Sie Stammkunde bei ihm gewesen?«

»Stammkunde? Nee, Frau Kommissarin, das war gestern doch das erste Mal, dass ich mich mit dem treffen wollte! Was ist? Kann ich jetzt nach Hause?«

Denise schickt einen belustigten Blick zu ihrem Partner, der sich ebenfalls das Grinsen kaum verkneifen kann. »Also, was uns betrifft, sind wir soweit durch«, erklärt Tobias ihm die Lage. »Ich fürchte jedoch, meine Frau möchte sich liebend gern ebenfalls mit Ihnen unterhalten. Hauptkommissarin Heller«, fügt er an, weil Brück ihn fragend anschaut. »Sie hatten gestern Nacht schon das Vergnügen, sie kennenzulernen. Ich glaube, sie hat da die eine oder andere Frage zu diesen Wohnungseinbrüchen.«

»Etwas habe ich aber doch noch«, hält Denise ihn zurück. »Ist Ihnen jemand bekannt, der ›Wolle‹ genannt wird?«

»So heißen viele, Frau Kommissarin. Nein, bedaure, so einen kenne ich nicht!«

»Und wie steht es mit ›Micha‹? Oder ›Hotte‹? ›Nobbi‹?«

»Bedaure, nie gehört!«

* * *

Die junge Frau, die Müller und Ohlsen die Tür öffnet, trägt ein etwa einjähriges Mädchen auf dem Arm, das den Besuchern, heftig an einem Schnuller saugend, misstrauisch entgegenblickt. Ein zirka zweijähriger Knirps lugt schüchtern hinter einem Bein der Mutter hervor, an das er sich sicherheitshalber klammert. Der weit ausladende Bauch der Frau weist zudem unmissverständlich darauf hin, dass sich ein weiteres Familienmitglied anschickt, demnächst die beschwerliche Reise in das reale Leben anzutreten.

»Ja?«, ertönt es fragend aus dem Mund der Frau. Es dürfte sich, sofern sie sich nicht in der Adresse geirrt haben, um Heidrun Sommer handeln, die unter ihrem Mädchennamen Heidenreich eine Klassenkameradin von Oliver Fuhrmann war. Vor etwa acht Jahren.

»Bitte erschrecken Sie nicht, Frau Sommer«, warnt Müller die Frau vor und holt den Dienstausweis hervor. Er weiß aus Erfahrung, dass Menschen oft panisch reagieren, wenn sie unvorbereitet Besuch von der Polizei erhalten. Meist ist automatisch der erste Gedanke, es könne etwas Schlimmes geschehen sein. Ein Unfall etwa mit tödlichem Ausgang für Ehepartner oder Kind. »Wir haben nur einige Fragen an Sie, einen ehemaligen Schulkameraden von Ihnen betreffend«, erklärt er ihr. »Mein

Name ist Müller, meine Kollegin heißt Ohlsen. Wir sind von der Kriminalpolizei.«

Die Ansage verfehlt die beabsichtigte Wirkung nicht. Der fragende Gesichtsausdruck der Frau weicht innerhalb weniger Augenblicke einem gewissen Interesse. »Kriminalpolizei?«, wiederholt sie, und verlagert das Kleinkind auf ihrem Arm auf die andere Seite. »Bitte entschuldigen Sie, wie sie sehen, habe ich alle Hände voll zu tun. Aber kommen Sie doch herein!«

* * *

Denise Malowski nippt an ihrem frisch aufgebrühten Kaffee, nachdem sie vorher kurz hineingepustet hat, um ihn abzukühlen. »Was denkst du?«, fragt sie ihren Partner über den Rand der Kaffeetasse hinweg.

»Über ›Locke‹ und seine Geschichte? Ich halte ihn für glaubhaft, weshalb hätte er uns wegen der Drogen auch belügen sollen?«

»Na, immerhin wollte er uns partout nicht verraten, woher er das Gras vorher bezogen hat«, erinnert sie ihn. »Das hätte mich schon interessiert! Und zu den anderen Kerlen auf Fuhrmanns ›Kundenliste‹ hat er sich ebenfalls bedeckt gehalten.«

»Das müssen wir akzeptieren, Denise. Christian Brück mag zwar nicht der Hellste sein, dass er aber jemanden reinreitet, wenn er den Namen ausspuckt, wird sogar ihm klargeworden sein. Ganovenehre sozusagen. Fuhrmann ist ja tot, dem hat er somit nicht mehr schaden können.«

»Das haben wir ihm doch gar nicht gesagt!«, erinnert Denise ihn. »Er kann es also gar nicht wissen. Sonst wäre er doch sicher nicht gestern zum Treffpunkt gekommen, oder?«

»Hm, auch wieder wahr ... Jetzt befasst sich aber erst einmal das Kommissariat 2 mit dem Kerl, da hat er genug dran zu knabbern.«

»Um wie viele Brüche handelt es sich denn da überhaupt?«

»Nachweisen wird man ihm drei, denke ich. Seine Fingerabdrücke fanden sich in drei Wohnungen, sagt Mel. Der Kerl war zu dämlich, Handschuhe überzuziehen. Mel meinte aber, dass der auch in andere Häuser eingestiegen sein muss, weil er in einer Wohnung, wohl aus Frust, dass da nichts für ihn abzustauben war, alles kurz und klein geschlagen hat. Dieses Muster findet sich woanders, wo es keine Fingerabdrücke gab, ebenfalls. Ist aber egal, ich schlage vor, wir beehren als Nächstes diesen Wirt ›Bertie‹ mit unserem Besuch. Es wäre ja möglich, dass wir von dem etwas mehr erfahren. Was meinst du?«

Malowski schaut zur Uhr auf ihrem Schreibtisch. »Es ist jetzt kurz nach 15:00 Uhr. Ich denke, der macht seine Kneipe doch sicher um 16:00 Uhr auf, wie die meisten Gastwirte. Wir machen uns dann besser mal auf den Weg«, stimmt sie Hellers Vorschlag zu und trinkt schnell ihren Kaffee aus. »Lass uns fahren, Tobi!«

»Gib mir wenigstens eine Minute, bis ich die Adresse rausgesucht habe!«

* * *

»Tot, sagen Sie?« Heidrun Sommer ist reichlich blass um die Nase geworden, nachdem Müller ihr vom Tod ihres Klassenkameraden berichtete. »Ich verstehe nicht... Wie...?«, stottert sie hilflos herum. »Wie kann Oliver denn tot sein? Ich habe ihn doch vor ein paar Tagen noch getroffen, da war er völlig in Ordnung!«

»Wir wissen es nicht genau«, übernimmt Ohlsen die Antwort. »Er fiel eventuell einem Gewaltverbrechen zum Opfer. Standen Sie denn noch in Kontakt mit ihm? Sie sagten, Sie hätten ihn diese Tage noch gesehen.«

»Wir sahen uns öfter, er kam ja jeden Tag mit dem Rad hier die Straße entlang, wenn er zur Arbeit fuhr, oder nach Hause. Er winkte immer freundlich, wenn er mich sah. Man kennt sich eben, so groß ist Lohmar jetzt ja nicht. Nur letzte Woche Dienstag nicht, da war er zu Fuß!«

»Ach!« Wolfgang Müller hebt überrascht die Augenbrauen. Das Fahrrad war doch die letzten Tage mehr oder weniger ein Lieblingsthema seiner Freundin und Kollegin Chrissie! Er wirft ihr einen Seitenblick zu. »Haben Sie ihn darauf angesprochen, Frau Sommer?«

»Klar habe ich das. Ich meine, das ist schon eine ordentliche Strecke von dort, wo er wohnt. Da ist er doch sicher zu Fuß eine Stunde unterwegs. Und das auch nur, wenn er einen strammen Schritt hinlegt.«

»Und was sagte er, weswegen er nicht mit dem Fahrrad unterwegs war?«

»Er war stinksauer. Jemand hatte ihm am Tag zuvor beide Reifen zerstochen, als er das Rad auf dem Heimweg kurz abgestellt hatte. Zum Glück war es von dort nicht mehr weit bis zu seiner Wohnung, da konnte er das Fahrrad die paar hundert Meter tragen. Dafür musste er aber am nächsten Tag den weiten Weg hierher laufen, weil er kein Flickzeug im Haus hatte und die Läden schon geschlossen waren, als er Montagabend nach Hause kam.«

»Sagte er, wo er so lange gewesen ist?«, erkundigt sich Müller. »Soweit ich weiß, hatte Herr Fuhrmann um 18:00 Uhr Feierabend. Mit dem Fahrrad ist der Weg in längstens zwanzig Minuten schaffen, da haben die Läden aber noch geöffnet!«

»Bedaure, darüber haben wir nicht gesprochen.«

»Okay. Wir sind aber eigentlich wegen einer anderen Sache hier«, kommt Christina Ohlsen auf den Grund ihres Besuches zurück. »Und zwar suchen wir einen Klassenkameraden, einen Maik oder Micha, mit dem Oliver eng befreundet gewesen sein soll. Wissen Sie etwas darüber?«

»Maik? Oder Micha?« Heidrun Sommer legt nachdenklich die Stirn in Falten. »Nein, tut mir leid, so einen hatten wir nicht in der Klasse.« Sie schüttelt den Kopf. »Aber warten Sie«, ruft sie aus, als wäre durch das Kopfschütteln eine Erinnerung herausgepurzelt. »Der war doch ganz dicke mit einem Mirko! Ja, genau. Der war aber nicht von unserer Schule. Kann sein, dass der die Realschule besuchte, oder die Hauptschule. Den Nachnamen weiß ich aber leider jetzt nicht. Ich erinnere mich aber sehr gut daran, dass da, wo der war, immer irgendwas zu Bruch ging, man hielt sich daher besser von dem fern.«

»War er gewalttätig?«

»Nein, das nicht, Frau Kommissarin. Im Gegenteil, der war total lieb. Aber unglaublich ungeschickt.«

SECHS

Die Kneipe ›*Berties Eck*‹ macht ihrem Namen alle Ehre. Nicht etwa wegen Bertie, der von hier draußen überhaupt nicht zu sehen ist, sondern wegen einer kleinen Besonderheit: Die zum Schnittpunkt der Straßenkreuzung zeigende Kante des Gebäudes ist nämlich abgeflacht und exakt dort befindet sich die Eingangstür der Gaststätte. Eine Eckkneipe im wahrsten Sinne des Wortes also.

Was aber ganz und gar nicht zu übersehen ist, sind zwei Streifenwagen, zwei schwarze Audi aus dem Fuhrpark der Kripo Siegburg, sowie mehrere Polizeibeamte, sowohl uniformiert als auch in Zivil, die sich entweder soeben anschicken, das Gebäude zu betreten, oder aber davor Posten zu beziehen. Kurzum, es sieht alles nach einer großangelegten Razzia aus!

»Ich glaube, wir sind zu spät, Tobi«, stellt Denise Malowski mit kritischem Blick auf das geordnete Gewusel vor dem Haus und auf der gesperrten Straße fest.

»Oder genau zur rechten Zeit, Denise!«, entgegnet Tobias Heller und steuert zielstrebig auf eine markante Gestalt einige Meter abseits zu, die das Geschehen ebenfalls konzentriert zu verfolgen scheint. Eine Weste mit der Aufschrift ›POLIZEI‹, wie sie bei Einsätzen wie diesem seit einiger Zeit auch von Zivilbeamten getragen werden, weist sie als Kollegin aus. Aber das wäre in diesem Fall gar nicht notwendig, denn Oberkommissarin Kirsten Schultz, Ermittlerin im Kriminalkommissariat 3, ist Denise und Tobias wohlbekannt und aufgrund ihrer kompakten Statur kaum zu verwechseln. Schultz ist nämlich bei einer Körpergröße von knapp 1,65 Meter und Schultern, die an die von Wolfgang Müller heranreichen, nahezu quadratisch gebaut.

»Wusste gar nicht, dass es diese schicken Jäckchen sogar in deiner Größe gibt, Kirsten«, spricht Tobias in den Rücken der Kollegin, die sofort in einer erstaunlich schnellen Bewegung zu ihnen herumfährt.

»Wie …? Ach, sieh an, das dynamische Duo! Kann ja nicht jeder so ein Lulatsch sein wie du!«, kontert die ursprünglich aus Berlin stammende Polizistin und legt den Kopf in den Nacken. »Dein Kollege Müller wäre da schon eher mein Geschmack, aber der scheint ja auf solche Hänflinge wie eure Kommissarin Ohlsen zu stehen!«

»Na, lass das mal Chrissie nicht hören«, lacht Heller.

»Ja, hab schon gehört, dass die Kleine was drauf hat. Soll ja recht wehrhaft sein. Und es geht das Gerücht, dass sie euch alle beim Schießtraining reichlich blass aussehen lässt. Was macht ihr überhaupt hier? Wenn ihr zu Bertie wollt, müsst ihr euch schon hinten anstellen, den verfrachten ein paar Kollegen soeben in eine gemütliche Arrestzelle auf dem Revier!«

Tatsächlich verlassen in diesem Augenblick zwei uniformierte Polizisten das Gebäude. Zwischen sich führen sie einen kleinen, kahlköpfigen Mann, etwa Mitte Vierzig, in Handschellen ab. Ihr Ziel ist unmissverständlich einer der am Straßenrand abgestellten Streifenwagen.

Heller und Malowski wechseln einen raschen Blick des Einverständnisses. »Die Frage ist doch, was *ihr* hier macht, Kirsten!«, übernimmt Denise nach der stummen Zwiesprache die Wortführung. »Genauer: Was hat das KK 3 mit Paul Bertram, dem Betreiber von ›Berties Eck‹ zu schaffen?«

»Ihr wollt wissen, was hier abgeht?«, wiederholt die Oberkommissarin Malowskis Worte. »Na, dann kommt mal mit!« Gleichzeitig setzt sie sich zügig in Richtung Kneipentür in Bewegung. Denise Malowski und Tobias Heller folgen ihr mit unverhohlener Neugier auf den Gesichtern in das Gebäude.

* * *

Im Schankraum erwartet sie das übliche Bild einer polizeilichen Durchsuchung: Beamte in Zivil, unterstützt von Kollegen in Uniform, wühlen in Schränken, Schubladen, und was es sonst an möglichen Verstecken gibt. Forensiker sind keine anwesend, was bedeutet, dass es sich nicht um eine Tatortuntersuchung handelt.

Tobias wirft Denise erneut einen Blick zu, er hat durchaus eine konkrete Vermutung darüber, was Bachmanns Leute hier zu finden hoffen. Der Gesichtsausdruck seiner Partnerin sagt ihm, dass sie dasselbe vermutet: Drogen! Unterstützt wird ihr Verdacht zusätzlich durch einen Polizeihund, der von einem der Beamten herumgeführt wird. »Das ist Ronja, unsere Spürnase«, werden Sie von ihrer Begleiterin informiert. »Sie ist der beste Drogenspürhund, den wir haben!«

In einer Ecke steht eine weibliche Bedienung und verfolgt in Abwesenheit ihres Arbeitgebers mit versteinertem Gesicht aufmerksam das Geschehen. »Sie können nach Hause gehen«, schlägt Kirsten Schultz der jungen Frau vor. »Diese Kneipe macht heute nicht mehr auf, fürchte ich! Und ihr zwei kommt mit mir«, winkt sie Denise und Tobias hinter sich her. »Ich zeige euch was, da werdet ihr staunen!« Neugierig folgen die beiden ihr auf der Treppe nach unten. ›Zu den Kegelbahnen‹, steht dort auf einem Hinweisschild.

Am Fuß der Treppe weisen weitere Schilder auf die obligatorischen Toilettenanlagen und insgesamt zwei Kegelbahnen hin. »Also, ich für meinen Teil bin ja mehr für Bowling«, gesteht Tobias Heller der Kollegin vom Kommissariat 3.

»Noch so einer, der die guten alten deutschen Traditionen mit Füßen tritt!«, gibt Schultz brummig zurück. »Das wirst du hier aber nicht tun können, Bowlen meine ich. Was aber übrigens ebenfalls für das Kegeln gilt!«

»Hm. Ich glaube, ich weiß, was du sagen willst«, antwortet Heller verblüfft, nachdem er und Denise einen Blick durch die offene Tür auf die ›Kegelbahn‹ geworfen haben. Der Anblick, der sich ihnen bietet, hat mit einem Gewächshaus wesentlich mehr gemeinsam als mit einer Kegelbahn.

Das einzige Indiz dafür, dass der etwas über zwei Meter breite und ungefähr dreißig Meter lange Raum einmal einer beliebten Freizeitbeschäftigung diente, ist die immer noch vorhandene Aufstellanlage am Kopfende. Der hölzerne Fußboden ist indes mit einer Plane abgedeckt, die wiederum mit hunderten von Pflanztöpfen übersät ist, in denen sich ebenso viele Hanfpflanzen dem Auge darbieten!

»Da seid ihr geplättet, was?«, schneidet Kirsten Schultz' Stimme in die Stille. »Das ist natürlich viel lukrativer als Einnahmequelle als die paar Euro die Stunde für die Kegelbahn!«

»So ganz originell ist das jetzt auch wieder nicht«, äußert sich Denise endlich dazu. »Gerade erst vor ein paar Wochen hat die Krefelder Drogenfahndung eine ähnliche Anlage hochgenommen, habe ich gelesen.«

»Das ist gar nicht mal so selten«, gibt Schultz ihr recht. »Ich persönlich kenne ein halbes Dutzend solcher Fälle aus den vergangenen Jahren. Die halten sich alle für oberschlau, genau wie die Leute, die ihren Hausschlüssel in einem Blumentopf auf der Fensterbank verstecken. Da kommt doch jeder drauf! Von den unzähligen Kleinplantagen, die man sich gerne auf Terrassen und Balkonen oder im heimischen Keller anlegt, will ich gar nicht erst anfangen, ihr würdet euch wundern!«

»Wie seid ihr denn jetzt speziell dem Wirt dieser Gaststätte auf die Schliche gekommen?«, will Heller wissen.

»Den haben wir schon eine ganze Weile im Visier, hatten aber nie genügend Beweise für einen Durchsuchungsbeschluss. Ihr kennt doch unseren Staatsanwalt, wie der sich jedes Mal anstellt! Dieses Mal hatten wir aber Glück und bekamen einen heißen Tipp. Hat sich voll gelohnt, findet ihr nicht?« Die Freude über den Erfolg ist der Polizistin anzusehen. »Und was habt ihr zwei jetzt mit dem Kerlchen zu schaffen?«

»Das ist eine lange und komplizierte Geschichte«, seufzt Tobias und setzt die Kollegin stichwortartig über die bisherigen Ermittlungsergebnisse im Fall ›Heidemord‹ in Kenntnis. »Dein Boss weiß über den Marihuanafund in Oliver Fuhrmanns Wohnung Bescheid«, schließt er seine Ausführungen ab. »Donner hat ihn gestern informiert. Wir haben aber erst heute durch dich erfahren, dass der Kneipenwirt, bei dem unser Opfer sich an einigen Tagen der Woche abends was dazuverdient hat, auf seiner Kegelbahn Hanf zieht. Jetzt fragen wir uns natürlich, wie das Ganze zusammenhängt!«

»Vielleicht hat euer Mann das Gras für Bertram unter die Leute gebracht«, vermutet Kirsten Schultz. »Wir werden ihn dazu befragen. Sagt einfach Bescheid, wenn ihr dabei sein wollt. Ich denke, das geht in Ordnung.«

»Wir würden uns ja momentan schon mit seiner Bedienung zufriedengeben«, gibt Denise Malowski launig zurück, »aber die hast du ja vorhin nach Hause geschickt. Ich könnte mir aber durchaus vorstellen, dass die Dame etwas dazu zu sagen weiß. Komm Tobi, wenn wir Glück haben, erwischen wir sie vielleicht noch!«

* * *

Sie haben Glück. Als Denise und Tobias den Schankraum erneut betreten, herrscht gerade allgemeine Aufbruchstimmung, offenbar ist die Razzia beendet. Die junge Frau, mit der Kirsten Schultz eingangs sprach, und bei der es sich um eine Bedienstete Bertrams handeln dürfte, steht noch an exakt derselben Stelle und klimpert ungeduldig mit einem Schlüsselbund. Wie es aussieht, hat sie vor, die Gaststätte hinter den Beamten abzusperren.

»Haben Sie einen Augenblick Zeit, Frau ...?«, spricht Denise Malowski sie an und zeigt ihr den Dienstausweis. In einer nahezu identischen Bewegung tut Tobias Heller es ihr gleich. In den Jahren, die sie nun schon gemeinsam ermitteln, hat sich eine Routine entwickelt, die dazu führte, dass die Bewegungen, mit denen sie ihre Ausweise hervorholen, fast exakt synchron ablaufen.

Die Frau scheint indes wenig davon beeindruckt und wirft nur einen kurzen Blick auf die Legitimationen. »Monika Walter«, stellt sie sich knapp vor. »Und Zeit werde ich ja jetzt ohne Ende haben, wie ich das sehe! Was wollen Sie von mir? Ich habe mit dem ganzen Kram nichts zu tun, das sagte ich Ihren Kollegen doch schon!«

»Wir sind von einer anderen Abteilung«, informiert Tobias Heller sie. »Genau genommen sind wir zufällig zur selben Zeit hier wie die Drogenfahndung. Wir hatten eigentlich vor, mit Herrn Bertram über eine seiner Aushilfen zu reden, aber Sie können uns auch weiterhelfen, hoffe ich.«

»Meinen Sie den Oliver?«, wird Monika Walter aufmerksam. »Oli ist der Einzige außer mir, der hier arbeitet. Was ist denn mit ihm? Er ist schon seit Tagen nicht mehr aufgetaucht, es ist ihm doch hoffentlich nichts zugestoßen?«

»Ich fürchte, doch. Er wurde am Freitag tot aufgefunden, da war er allerdings schon ein paar Tage tot.«

»Tot, sagen Sie? Aber ...« Die junge Frau ist sichtlich betroffen. »Wie ist das denn ... Hatte er einen Unfall?«

»Wir gehen von einem Tötungsdelikt aus, Frau Walter«, erwidert Malowski. »Wann haben Sie Herrn Fuhrmann denn das letzte Mal gesehen?«

»Das war am Montag vergangene Woche, Frau Kommissarin. Oliver hilft hier freitags, samstags und montags nach seiner Arbeit aus. Sonntags haben wir geschlossen. Als er nicht mehr kam, habe ich mir schon Sorgen gemacht. Ich dachte aber, dass er krank wäre oder so.«

»War denn an dem Montag, als Herr Fuhrmann das letzte Mal hier bedient hat, etwas anders als sonst?«, will Tobias Heller wissen. »Oder hat er sich auffällig verhalten?«

Monika Walter denkt kurz nach und schüttelt dann den Kopf. »Da war alles wie immer ... Nein, warten Sie, da war ja die Sache mit seinem Fahrrad!«

»Was war damit?« Denise Malowski wird hellhörig. War Fuhrmanns Drahtesel nicht schon mehrfach Gegenstand von Diskussionen?

»Oliver kam montags immer gleich hierher zum Dienst, wenn er von seiner regulären Arbeit kam. Das war in Lohmar. Eine Tankstelle, glaube ich. Das Fahrrad stellte er vor der Tür ab. Als er aber letzten Montag gegen Mitternacht nach Hause fahren wollte, waren beide Reifen zerstochen. Sowas war noch nie vorgekommen. Er war reichlich niedergeschlagen, als er sein Rad schulterte und es nach Hause trug. Oli schwamm nicht gerade in Geld, müssen Sie wissen.«

»Könnte einer Ihrer Gäste dafür verantwortlich sein? Kennen Sie jemanden, dem Sie so etwas zutrauen?«

Wieder ein Kopfschütteln. »Oliver war ein ganz ruhiger Vertreter, der hatte mit keinem Stress. Vielleicht war es ja ein Betrunkener, der Langeweile hatte ... Nein, dass jemand Oli was Böses wollte, das kann ich mir beim besten Willen nicht vorstellen, Frau Kommissarin!«

»Eines noch!« Tobias holt einen Zettel hervor, auf dem die Namen der mutmaßlichen Kunden Oliver Fuhrmanns notiert sind, und reicht ihn der Bedienung. »Können Sie mit den Namen etwas anfangen, Frau Walter?«

»Mal schauen. Wolle ... das ist sicher der Wolfgang Lambert, mit dem war Oli ganz gut bekannt. Von dem weiß ich sogar die Adresse, weil er nämlich genau hier drüber wohnt.« Monika Walter schaut auf ihre Armbanduhr. »Er ist sicher jetzt zu Hause, falls Sie ihn zu sprechen wünschen. Bei Locke dürfte es sich um Christian Brück handeln, ein ziemlicher Widerling in meinen Augen. Nobbi ... irgendein Norbert wahrscheinlich ... Ach, jetzt weiß ich, wer das ist! Krämer heißt der mit Nachnamen. Mit Micha ist bestimmt der Michael Lambert gemeint, ein Bruder von Wolle, fragen Sie den am besten, wo er wohnt. Und Hotte ... Horst Steinbach. Ja, genau, der ist das, denke ich.« Sie gibt Heller den Zettel zurück. »Mehr weiß ich Ihnen leider nicht dazu zu sagen, die übrigen Adressen kenne ich nicht.«

»Das ist schon in Ordnung«, beruhigt Heller sie. »Wissen Sie, ob von denen einer am Montag, dem 9. Juli hier war?«

»Mal überlegen ... Brück war definitiv nicht hier, der wäre mir aufgefallen. Die Lamberts ebenfalls nicht, die schlagen meist im Doppelpack auf, die hätte ich bemerkt. Die beiden anderen waren aber hier, haben gleich hier vorn an der Theke gesessen.«

»Und am Dienstag?«

»Nein, da war keiner von denen hier. An dem Abend war nichts los, da saßen kaum mehr als eine Handvoll Gäste an der Theke.«

»Hat sich am Montagabend einer von denen länger draußen vor der Tür aufgehalten? Oder Ihr Chef?«

»Warum sollte der denn Olis Fahrrad kaputtmachen? Und raus gehen die seit dem Rauchverbot doch alle öfter mal. Das sind allesamt starke Raucher. Und wenn Sie mich fragen: Die haben nicht nur Nikotin inhaliert, wenn Sie wissen, was ich meine.«

»Erinnern Sie sich, ob Herr Bertram am folgenden Tag, dem 10. Juli, ebenfalls die ganze Zeit über in der Gaststätte anwesend war?«, fällt Denise Malowski noch ein wichtiges Detail ein.

»Jetzt, wo Sie es erwähnen ... Herr Bertram kam tatsächlich an diesem Tag erst später in die Kneipe. Das kam mir ja erst was komisch vor, weil er normalerweise immer kurz nach mir hier ist, meist so um 17:00 Uhr.«

»Und wie spät war es genau, als Herr Bertram erschien?«

»Ich glaube, das war nach halb neun. Wie ich schon sagte, war an dem Abend nicht so viel los, deswegen hat es mir nichts ausgemacht, aber ungewöhnlich war es schon!«

»Herr Bertram kam also gegen 20:30 Uhr. Haben Sie ihn gefragt, weshalb er so spät war?«

»Er sagte, er hatte was zu erledigen, wollte sich jedoch nicht ausführlicher dazu äußern. Hab dann auch nicht weiter nachgefragt, so wichtig war mir das dann auch wieder nicht.«

Denise macht sich eine Notiz dazu. »Was hatten Sie für einen Eindruck? War er irgendwie anders als sonst?«

Frau Walter schüttelt den Kopf. »Nicht, dass mir das großartig aufgefallen wäre, Frau Kommissarin. Der wirkte auf mich wie immer, 'n bisschen nervös vielleicht.«

»Ich denke, das genügt uns für den Augenblick.« Heller reicht ihr eine seiner Visitenkarten. »Hier. Falls Ihnen noch etwas Wichtiges einfällt. Unter der Nummer bin ich jederzeit zu erreichen.«

SIEBEN

Donnerstag, 19. Juli, 9:58 Uhr

»Wesentlich weiter sind wir jetzt aber immer noch nicht«, fasst Donner die vorgetragenen Ermittlungsergebnisse vom Vortag zusammen. Nicht, dass die Kommissare sich nicht ohnehin gegenseitig austauschen. Der Kommissariatsleiter legt jedoch allergrößten Wert darauf, alles in der großen Runde vorzubringen und zu diskutieren. Nicht selten wurden in der Vergangenheit auf diese Weise wichtige Zusammenhänge aufgedeckt.

»Jetzt bist du aber ungerecht, Chef!«, mokiert sich Denise Malowski. »Immerhin haben wir die vollständigen Namen der Kerle auf diesem Zettel aus Fuhrmanns Wohnung. Und wir wissen, dass der Wirt von ›Berties Eck‹ Hanf auf seiner Kegelbahn zieht.«

»Mit den Namen der drei verbliebenen Kandidaten bin ich beschäftigt«, meldet sich Christina Ohlsen zu Wort. »Es handelt sich zwar durchweg um allgemein gebräuchliche Familiennamen, aber unter der Vermutung, dass die Leute in der Gegend wohnen, in der sich die Kneipe befindet, wird es hoffentlich nicht allzu schwer sein, deren Adressen herauszufinden.«

»Wolfgang Lambert haben wir gestern Nachmittag ja leider nicht angetroffen, obwohl Frau Walter meinte, er wäre daheim«, fügt Tobias Heller hinzu. »Wir werden ihn uns später vornehmen.«

»Und wir kümmern uns um diesen Mirko!«, schließt sich Horst Weiland dem allgemeinen Protest auf Donners Kritik an. »In Lohmar gibt es eine Realschule und mehrere Hauptschulen, die in Betracht kommen. Die jeweiligen Rektoren haben zugesagt, die relevanten Klassenbücher aus der Zeit von vor acht bis zehn Jahren für uns herauszusuchen. Wolfgang und ich fahren nachher los, um sie einzusammeln. Dann sehen wir weiter.«

Der Erste Hauptkommissar atmet hörbar aus und legt den Marker aus der Hand, den er die ganze Zeit in Händen hielt. »Ihr habt ja recht, Leute«, entschuldigt er sich. »Es geht mir eben an die Nieren, dass wir wieder einmal auf der Stelle treten! Immerhin hat die Forensik jetzt bescheinigt, dass die am Tatort sichergestellten Fasern definitiv *nicht* mit der Kleidung des Opfers übereinstimmen. Sie könnten demzufolge vom Täter stammen!« Donner weiß natürlich ebenso wie seine Ermittler, dass diese Erkenntnis erst etwas wert ist, sobald ein konkreter Verdacht vorliegt.

»Wir sollten zunächst die vier übriggebliebenen Männer auf der Liste befragen, sobald wir die noch fehlenden Adressen haben«, schlägt Tobias Heller vor. »Vornehmlich Horst Steinbach und Norbert Krämer, weil sie an dem Abend, an dem die Reifen an Fuhrmanns Fahrrad zerstochen wurden, in der Kneipe waren. Und natürlich Wolfgang Lambert, weil der am Tattag ein Treffen mit ihm hatte.«

»Ist euch eigentlich aufgefallen, dass die Brüder Lambert an zwei verschiedenen Tagen ihre Lieferung erhalten sollten?«, wundert sich Wolfgang Müller. »Warum haben die ihr Gras nicht gemeinsam entgegengenommen? Oder einer für Beide?«

»Na ja, es ist natürlich möglich, dass die zwei diesbezüglich nichts voneinander wissen«, vermutet Tobias Heller. »Das ist meines Erachtens auch nicht weiter von Belang. Wir werden uns daher zunächst mit dem Wirt befassen, den unsere Kollegen vom KK 3 in Gewahrsam haben.«

»Gibt es einen Haftbefehl?«, will Donner wissen.

»Sitz in U-Haft«, bestätigt Heller knapp. »Die haben bei der gestrigen Razzia neben dem Gras nämlich noch härtere Drogen wie Kokain und Heroin in nicht geringer Menge sichergestellt. Da Bertram bei einer Verurteilung eine recht hohe Haftstrafe erwartet, bestehe Fluchtgefahr, meinte Staatsanwalt Stein.«

»Ob Fuhrmann dem das Marihuana geklaut hat? Dann hätten wir ein Tatmotiv!«, äußert sich Ohlsen. »Und vergesst nicht, dass er am Tatabend erst in seiner Kneipe erschien, als Fuhrmann höchstwahrscheinlich bereits tot war!«

»Von der Körpergröße passt es zumindest. Frau Doktor de Luca meinte ja, die Person, die Fuhrmann erschlug, sei nicht sonderlich groß gewesen, und Bertram misst nur etwa 1,60 Meter. Denise und ich haben uns deshalb bei Hauptkommissar Bachmann für heute Nachmittag angemeldet, er stellt uns Bertram gerne für eine ausgiebige Befragung zur

Verfügung. Außerdem wird das bei ihm sichergestellte Gras chemisch untersucht. Wenn es mit dem
aus Fuhrmanns Besitz identisch ist, können wir
sicher sein, dass der es von Bertram erhielt, auf
welchem Weg auch immer.«

Tobias Heller legt eine Pause ein, um sich der
Aufmerksamkeit seiner Zuhörer zu vergewissern.
»Ich habe noch etwas anderes vorbereitet«, verkün-
det er anschließend und greift unter kollektivem
Aufstöhnen der Kollegen zur Fernbedienung für die
Motorleinwand. Sie alle wissen um die mitunter
nervige Vorliebe des Hauptkommissars für allzu
ausführliche Präsentationen.

Während die Leinwand sich auf Knopfdruck
Augenblicke später leise surrend herabsenkt, schaltet Denise Malowski den ebenfalls an der Zimmer-
decke angebrachten Beamer ein.

»In den vergangenen Tagen wurde immer wieder darüber spekuliert, welchen Weg Oliver
Fuhrmann am Tag seines Todes nahm, und
warum«, leitet Heller die vorgesehene Präsentation
mit einem Blick zu Chrissie Ohlsen ein. Auf der
Leinwand erscheint Sekunden später ein großformatiges Abbild aus *Google Maps*, welches die allseits bekannte Gegend rund um den Fundort der
Leiche zeigt.

»Ich habe mir das daher einmal auf dem Routenplaner angeschaut und einige Variationen durchge-
spielt.« Mit ein paar Eingaben über die Tastatur des
angeschlossenen Computers vervollständigt er die
Darstellung mit dem vom Routenplaner vorge-
schlagenen optimalen Weg mit dem Fahrrad, aus-

gehend von der Hauptstraße in Lohmar, wo die Tankstelle liegt, bis hin zu Fuhrmanns Heimadresse.

»Ihr seht, die kürzeste Route, die man mit einem Fahrrad oder zu Fuß zur Verfügung hat, führt eindeutig nicht mitten durch den Wald, wie Fuhrmanns Vater andeutete, sondern an dessen Rand entlang. Mir fällt kein vernünftiger Grund ein, weshalb Oliver Fuhrmann es anders hätte machen sollen.«

Zur Verdeutlichung zeichnet Tobias die angezeigte Route mit dem Laserpointer nach. »Der gesamte Weg ist sechs Kilometer lang und mit dem Rad in fünfzehn bis zwanzig Minuten zu bewältigen. Zu Fuß wird Fuhrmann etwa eine Stunde unterwegs gewesen sein.«

»Wie zum Beispiel vergangene Woche Dienstag«, wirft Chrissie ein. »Bekanntlich wurden ihm ja am Montagabend die Reifen seines Rades vor der Kneipe zerstochen. Er ist daher am nächsten Tag zu Fuß nach Lohmar und zurück.«

»Das bestätigt ja ebenfalls Heidrun Sommer, die ihn am Dienstag dort traf«, nickt Tobias. »Es muss demzufolge einen wichtigen Grund gegeben haben, dass er ausgerechnet an diesem Tag den normalen Weg verließ und einen Umweg durch den Wald in Kauf nahm!«

Einige weitere Tastatureingaben folgen. »Ungefähr hier, also nach etwa Dreiviertel des Weges, wird Fuhrmann den Weg am Dienstag verlassen haben. Es ist die logischste Vorgehensweise, wenn man sich in der Gegend auskennt. Ich schätze, das wird so gegen 19:00 Uhr gewesen sein. Bis zum Brunnenkeller sind es dann noch etwa fünfzehn Minuten durch den Wald. Die gestrichelte Linie führt von dort zum Friedhof, wo aller Wahrscheinlichkeit nach später die Übergabe des Marihuanapäckchens geplant war. Wie ihr unschwer erkennen könnt, wäre der reguläre Weg über die Heerstraße zum Friedhof auch nicht weiter gewesen.«

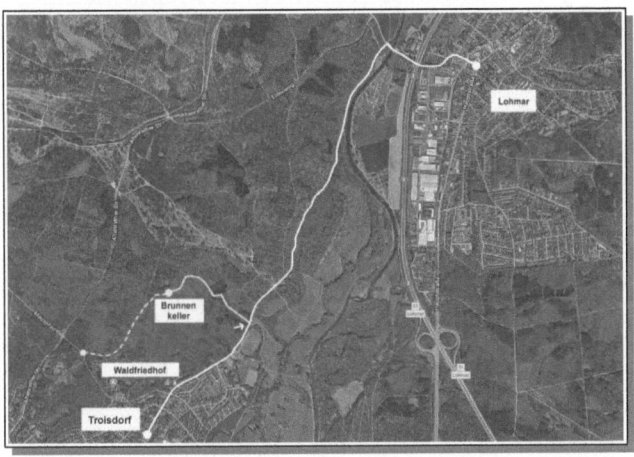

»Was wiederum den Verdacht erhärtet, dass er am Brunnenkeller etwas für ihn Wichtiges erledigen wollte«, überlegt Wolfgang Müller. »Zumal er den Zettel mit den Koordinaten für diesen Ort bei sich hatte. Falls er tatsächlich um 19:15 Uhr dort ankam, fehlt eine Dreiviertelstunde bis zu seinem Tod«, rechnet er schnell nach. »Was hat er in der Zeit dort angestellt?«

»Ja, wenn wir das wüssten, Wolfgang«, erwidert Heller düster. »Außerdem dürfen wir mittlerweile als gesichert annehmen, dass Fuhrmann sich in der Gegend sehr gut auskannte. Wozu dienten dann aber die Koordinaten, die man bei ihm fand? Ich habe daher den Verdacht, dass die Antwort darauf, und der Grund seiner Anwesenheit dort, den Dreh- und Angelpunkt in diesem Mordfall darstellt!«

»Und deshalb ist es dringend erforderlich, es umgehend in Erfahrung zu bringen!«, schließt Donner die Diskussion ab. Dem ist nichts mehr hinzuzufügen.

* * *

Paul Bertram sitzt ihnen im Vernehmungsraum gegenüber, bewacht von einem uniformierten Kollegen an der Tür. Kriminalhauptkommissar Reiner Bachmann, Leiter des Kriminalkommissariats 3, war sofort damit einverstanden, den eines schweren Vergehens gegen das Betäubungsmittelgesetz Beschuldigten hier zu vernehmen, statt in seinem eigenen Verhörzimmer. Es macht die Angelegenheit auf jeden Fall einfacher. Ob man Bertram zusätzlich einen Mord nachweisen kann, wird sich zeigen.

Während Tobias Heller wie üblich eine Reihe von Unterlagen mit großer Sorgfalt vor sich auf der Tischplatte exakt ausrichtet, betrachtet Denise Malowski den Verdächtigen eingehend. Bertram ist etwa 1,60 Meter groß und recht beleibt, der kugelrunde haarlose Schädel ähnelt einer polierten Billardkugel. Oder, den Umständen sicher angemessener, einer Bowlingkugel. Denise Malowski schmunzelt belustigt über diesen absolut zutreffenden Vergleich.

Bertram wirkt entspannt. Entweder hat er ausreichend Erfahrung mit solchen Situationen, oder aber er gehört zu den beneidenswerten Menschen, die sich erst dann einen Kopf machen, wenn die Lage keinen Ausweg mehr zulässt. ›Schauen wir doch mal, ob das heute der Fall ist‹, denkt Denise. Ein vorsorglicher Abgleich seiner Fingerabdrücke mit denen aus Fuhrmanns Wohnung war auf jeden Fall negativ, was aber nichts besagt.

Tobias Heller, offenbar zufrieden mit der Anordnung der Papiere, wendet sich mit einem gekonnten Stirnrunzeln endlich Bertram zu. Es dient, ebenso wie das übertriebene Hantieren mit den Akten, vornehmlich dazu, Verdächtige schon vor Beginn der Vernehmung zu verunsichern. Es handelt sich dabei zudem meist nicht einmal ausschließlich um Unterlagen zum aktuellen Fall. Hauptsache, es sieht nach ordentlich viel aus. Statt einen Blick hineinzuwerfen, greift Heller in die Tasche und holt eines der in Fuhrmanns Wohnung sichergestellten Cannabispäckchen hervor, das er theatralisch auf den Tisch wirft. »Kommt Ihnen das hier bekannt vor, Herr Bertram?«

* * *

Christina Ohlsen reibt sich zufrieden die Hände. Geschafft! Das war die letzte über die elektronische Einwohnermeldeauskunft ermittelte Adresse. Die Recherche erwies sich als nicht sonderlich schwierig, da in der Tat alle fünf Männer im näheren

Umfeld der Gaststätte ›*Berties Eck*‹ zu Hause sind. Zudem konnte sie sich die Überprüfung zur Person des Christian Brück, genannt ›Locke‹, ohnehin sparen, da der ja schon vernommen wurde. Dasselbe gilt für Wolfgang Lambert, dessen Anschrift ebenfalls bekannt ist.

›Eigentlich könnte ich mich jetzt wieder den Dingen zuwenden, die die KTU aus Fuhrmanns Wohnung mitbrachte‹, überlegt sie und schaut in den Karton. ›Viel ist ja sowieso nicht mehr übrig, vielleicht findet sich ja doch etwas Interessantes.‹ Es gibt für sie momentan ohnehin nichts weiter zu erledigen, Denise und Tobias sind in einer Vernehmung, und Wolfgang und Horst auf dem Weg nach Lohmar, die Klassenbücher abholen.

Diverser ungeordneter Kram, vornehmlich unbezahlte Rechnungen und Mahnungen, einige Gehaltszettel, ein Mietvertrag und die Abrechnung der Stadtwerke vom letzten Kalenderjahr liegen schon auf dem Stapel der durchgesehenen Sachen. Bis auf die Tatsache, dass Oliver Fuhrmann offensichtlich notorisch Pleite war, lässt sich nichts daraus entnehmen. Einzig der Kaufbeleg über ein Outdoor-Navigationsgerät mit der Typenbezeichnung ›*Montana 610*‹ zum Neupreis von knapp vierhundert Euro wäre beachtenswert, wenn ... ja, wenn ein solches Teil denn existierte. In Fuhrmanns Wohnung lag es auf jeden Fall nicht, und der Tote hatte ja nichts bei sich, als er gefunden wurde. Nebenbei nimmt die Kommissarin zur Kenntnis, dass der Kauf erst wenige Tage zurückliegt, die Rechnung datiert vom 30. Juni.

Schulterzuckend greift sie in den Karton und erwischt einen Stapel Briefe und Postkarten, von einem Gummiband zusammengehalten, welches sie entfernt. Gleich obenauf fällt ihr eine Ansichtskarte von irgendeiner Mittelmeerinsel ins Auge. ›Kreta‹, vermutet sie anhand der charakteristischen Landschaft. ›Da könnten wir mal Urlaub machen, Wolfie und ich! Wenn dieser Fall abgeschlossen ist, frag ich ihn mal.‹

Sie ist schon dabei, die Postkarte auf den Erledigt-Stapel zu legen, als eine innere Stimme sie innehalten lässt. Chrissie dreht die Karte um und bekommt große Augen: Es ist Kreta, wie vermutet, und die Ansichtskarte ist vom letzten Jahr. Aber als der eigentliche Knaller stellt sich der Absender heraus!

Mit flinken Fingern eröffnet sie erneut eine Sitzung der Einwohnerauskunft und füllt die Eingabemaske. Name: *Heinemann*. Vorname: *Mirko*. Alter: *vermutlich Sechsundzwanzig*. Gewöhnlicher Aufenthaltsort vor acht Jahren: *Lohmar*.

Es dauert nur wenige Sekunden, die das System benötigt, unter allen zigtausend Adressen eine Übereinstimmung zu finden. Dann erscheint auch schon die Ausgabe des Suchergebnisses. Volltreffer! Schade ist nur, dass die zwei nun ganz umsonst nach Lohmar gefahren sind.

In bester Laune verfasst Christina Ohlsen eine handschriftliche Nachricht für Horst Weiland und Wolfgang Müller, um sie auf deren Schreibtisch zu hinterlegen. Anschließend beschließt sie spontan, der Vernehmung des Gastwirtes Paul Bertram durch Denise und Tobias ein wenig zuzuschauen, und schlendert zum Vernehmungszimmer, um von nebenan das Verhör zu verfolgen.

Im Beobachtungsraum ist das Licht in der Regel ausgeschaltet, da ein einseitig transparenter Spiegel nur funktioniert, wenn es auf der Rückseite dunkler ist als auf der Vorderseite. Als sie durch die Tür schlüpft, dreht sich eine nur schattenhaft erkennbare Gestalt zu ihr um und legt den Zeigefinger an die Lippen. Donner! Der Kommissariatsleiter ist bekanntlich ein großer Fan der Vernehmungsmethoden Malowskis und Hellers.

* * *

Derweil in der Nähe von Lohmar

»Das mit dem Einsammeln der Klassenbücher ging doch ordentlich flott über die Bühne«, freut sich Wolfgang Müller über den reibungslosen Ablauf ihres Ausfluges. Bei allen drei Schulen, die sie aufsuchten, lagen die geforderten Unterlagen schon abholbereit für sie im Sekretariat. »Was meinst du, Horst? Wir könnten doch, anstatt sofort zum Kommissariat zurückzukehren, einen kleinen Umweg über Troisdorf machen. Wir fahren bei dem einen der Lambert-Brüder vorbei, von dem wir die Adresse haben. Dann wäre das erledigt!«

»Du meinst den Wolfgang Lambert? Der über der Kneipe wohnt? Klar, warum nicht? Ist auf jeden Fall besser, als im Büro herumzusitzen«, ist Horst Weiland gleich Feuer und Flamme und lenkt den Wagen an der nächsten Kreuzung geradeaus, statt auf die Autobahn. Nach Troisdorf fährt man von hier aus am besten mitten durch die Wahner Heide. »Und wer weiß, ob Chrissie überhaupt schon Erfolg mit ihrer Anfrage bei den Einwohnerämtern hatte.«

»Ja, und Denise und Tobias dürften zur Stunde das Verhör mit Bertram führen, das dauert sicher was länger.«

»Wir fragen Lambert dann auch gleich nach der Adresse seines Bruders.«

»Genau! Aber ich sag besser schnell im Kommissariat Bescheid, damit die wissen, wo wir sind«, überlegt Müller und greift zum Handy.

»Donner?«

»Ach was, der ist doch garantiert im Beobachtungsraum, wie immer, wenn Denise und Tobias in einem Verhör sind.«

»Dann bleibt ja nur Chrissie übrig«, bemerkt Weiland mit einem anzüglichen Grinsen. »Aber wie ich deine überaus wissbegierige Freundin einschätze, leistet sie dem Chef dabei Gesellschaft!«

»Schon möglich«, brummt Müller, und wählt Chrissies Nummer.

* * *

»Das ist einer von meinen Beuteln«, gesteht Bertram ungerührt, da er diesbezüglich vor Bachmann und Schultz bereits ein Geständnis ablegte. »Ich weiß allerdings nicht, was das jetzt soll!«, fügt er daher verständnislos an. »Das wissen Sie doch schon alles!«

»Sie sind sich sicher?«, vergewissert sich Denise Malowski. »Es lässt sich ganz leicht überprüfen. Das Gerät, um solche luftdichten Beutel herzustellen, wurde ja in Ihrer Gaststätte ebenfalls vorgefunden. Ich bin mir sicher, unsere Forensik ist in der Lage, einen entsprechenden Nachweis zu liefern!«

»Die Mühe können Sie sich sparen, Frau Kommissarin. Ich sagte doch schon, dass es sich um mein Eigentum handelt! Es ist an einer speziellen Markierung zu erkennen, sehen Sie?«, zeigt er auf drei kleine eingestanzte Punkte an einer der Ecken. »Das stammt von meinem Vakuumgerät.«

»Ach, wirklich?«, gibt sich Tobias Heller ahnungslos und nimmt das Päckchen wieder zur Hand, um es scheinbar genauer unter die Lupe zu nehmen. Tatsächlich ist ihm diese Markierung vorhin aber schon selbst aufgefallen, und eine Rückfrage bei Kirsten Schultz ergab, dass die gestern in der Gaststätte sichergestellten Beutel haargenau dieselbe Besonderheit aufweisen. »Stimmt, sie haben recht!«, tut er dann beeindruckt.

Denise Malowski, solche Showeinlagen ihres Partners seit Jahren gewohnt, verzieht nicht eine Miene. Zudem gehört es zu Hellers bewährter Taktik, Verhöre auf diese Weise in die gewünschte Richtung zu lenken und Verdächtige zu unbedachten Äußerungen zu verleiten. »Und wie erklären Sie sich dann, dass exakt dieser Beutel hier in der Wohnung von Oliver Fuhrmann gefunden wurde?«, schießt sie die entscheidende Frage ab und beobachtet aufmerksam die Gesichtszüge des Verdächtigen dabei. »Sie kennen Oliver Fuhrmann?«

* * *

»Ich finde es auch nach so vielen Jahren immer noch faszinierend, wie die zwei ihre Verhöre meistern«, flüstert Donner Ohlsen zu. »Dabei brauchen die das überhaupt nicht vorher abzusprechen. Es ist, als hätten Denise und Tobias zusammen *ein* Gehirn!«

»Ich weiß, was du meinst, Chef«, gibt Chrissie ebenso leise zurück. »Deshalb bin ich jetzt hier, um zu lernen. Ich will auch so gut darin werden.«

»Das wirst du ganz sicher«, lächelt Donner wohlwollend. »Du hattest nur leider bislang nicht allzu viel Gelegenheit dazu, aber das kommt schon noch! Wobei für mich feststeht, dass Denise und Tobias Naturtalente sind, die nur in dieser Konstellation funktionieren! Ich werde dafür sorgen, dass du bei einer der nächsten Vernehmungen ...«

Donners Rede wird durch ›*What a wonderful world*‹ unterbrochen, Chrissies Klingelton, der nur für Anrufe ihres Freundes Wolfgang reserviert ist, und der jetzt zwar nicht sonderlich laut, aber dennoch deutlich vernehmbar aus ihrer Hosentasche ertönt. Mit hochrotem Kopf, was bei den hier herrschenden Lichtverhältnissen zum Glück nicht zu sehen ist, nimmt die Kommissarin das Telefon zur Hand.

»Sorry, Chef! Hab wohl vergessen, den Ton abzustellen«, entschuldigt sie sich verlegen bei ihrem Vorgesetzten und verlässt schnell den Raum, um das Gespräch draußen anzunehmen. Donner hingegen wendet sich kopfschüttelnd erneut dem

Geschehen auf der anderen Seite des Spiegels zu, wo die Vernehmung augenscheinlich in diesem Augenblick eine entscheidende Phase erreicht.

* * *

»Oliver?«, wiederholt Bertram entgeistert. Schlagartig entweicht sämtliches Blut aus seinem Schädel, was ihm durch den Kahlkopf beinahe das Aussehen eines Gespenstes verleiht. Ob vor Wut oder Überraschung, ist auf Anhieb nicht festzustellen, zumal ›Bertie‹ ein gewisses schauspielerisches Talent im Umgang mit der Polizei sicher nicht abzusprechen ist.

»Deswegen hat der Kerl sich nicht mehr bei mir blicken lassen!«, entfährt es ihm, wobei er die Worte förmlich zwischen den Zähnen hindurch presst und die Augen zu schmalen Schlitzen verengt. »Hat wohl seinen eigenen Laden aufgemacht. Und das mit *meinem* Stoff!«

»Jetzt tun Sie nicht so, als hätten Sie das nicht gewusst!«, fährt Tobias Heller ihn sofort an. Den Überraschten kauft er ihm nicht eine Sekunde lang ab. »Oliver Fuhrmann bediente sich entweder an fertig verpackten Portionen aus Ihrem Vorrat, was aufgrund der identischen Markierungen naheliegt, oder aber er ›erntete‹ selbst auf der Kegelbahn! Sie wollen mir doch nicht ernsthaft weismachen, dass Sie das nicht bemerkt haben!«

»Wo waren Sie am Dienstag, dem 10. Juli, zwischen 19:00 Uhr und 21:00 Uhr, Herr Bertram?«, lässt Denise Malowski ihm keine Zeit, nachzudenken. »Haben Sie Oliver Fuhrmann getötet?«

Tobias wirft ihr einen mahnenden Blick zu. ›Nicht so schnell vorpreschen!‹, will er ihr damit sagen. »Also?«, erinnert er Bertram, als der keine Anstalten macht, auf die Frage einzugehen. »Wo waren Sie zu der Zeit, die meine Kollegin nannte? Wo haben wir es denn ...?« Er blättert demonstrativ in einer seiner Akten. »Ach, hier steht es ja: Laut Ihrer Bedienung Monika Walter kamen Sie an dem fraglichen Abend erst um 20:30 Uhr in die Gaststätte! Wo waren Sie vorher?«

Bertram hat scheinbar mittlerweile endlich begriffen, worauf das Ganze für ihn hier und heute hinausläuft. Trotzdem lässt er mit keiner Miene erkennen, dass ihn die unbedachte Äußerung der Hauptkommissarin über Fuhrmanns Tod unvorbereitet trifft. »Nee, nee, Leute!«, schüttelt der heftig den massigen Schädel. »So läuft das jetzt aber überhaupt nicht! Ohne einen Anwalt sage ich nichts mehr!«

In die entstehende Stille platzt Kommissariatsleiter Donner herein. »Kommt ihr mal kurz?«, wendet er sich einsilbig an seine Ermittler. »Es gibt Neuigkeiten!« Und schon ist er wieder draußen.

»Wir sprechen ein anderes Mal weiter, Herr Bertram!« Denise Malowski weist den Beamten an der Tür mit einer Geste an, den Verdächtigen abzuführen. »Und Sie bemühen sich besser umgehend um einen fähigen Rechtsbeistand!«, rät sie diesem beim Hinausgehen.

»Hab ich's vergeigt?«, fragt sie ihren Partner in besorgtem Tonfall auf dem Weg zu Donners Büro. Im Nachhinein war es offenbar keine gute Idee,

Bertram so früh auf den Tod Fuhrmanns anzusprechen. Ihn zunächst nur zu fragen, wo er in der fraglichen Zeit war, wäre möglicherweise zielführender gewesen.

»Ach was, lass nur!«, brummt Tobias unzufrieden. »Der hätte ohnehin nichts ausgespuckt, fürchte ich. Der Mann ist nicht von gestern, und wir haben zu wenig gegen ihn in der Hand. Wenn wir nur beweisen könnten, dass er Dienstagabend am Brunnenkeller war, oder wenigstens davon wusste!«

»Hören wir uns doch erst einmal an, was der Chef für uns hat, Tobi!«

ACHT

Was vorher geschah

Die stets offene Eingangstür, über der ein großes Leuchttransparent mit dem Gaststättennamen hängt, führt nicht unmittelbar in den Schankraum, wie es normalerweise üblich ist, sondern zunächst in einen kleinen Flur, an dessen Stirnseite der Zugang zur Gaststätte liegt. Jetzt allerdings ist dieser mit einem polizeilichen Siegel versehen, da die Räume auf richterliche Anordnung hin bis zur Aufnahme des Verfahrens gegen den Betreiber nicht genutzt werden dürfen.

Links davon führt eine schmale Holztreppe in die beiden Obergeschosse. Ganz oben unter dem Dach bewohnt Wolfgang Lambert, sechsunddreißigjähriger Single und Hartz IV Empfänger, eine kleine Zwei-Zimmer-Wohnung, an deren Tür Wolfgang Müller in Ermangelung einer Klingel kräftig anklopft. Horst Weiland steht schräg hinter ihm, da er ansonsten nicht zu sehen wäre, weil Müller den Türrahmen nahezu vollständig ausfüllt.

Man hätte es zwar auch umgekehrt machen können, aber so ist die psychologische Wirkung beim Öffnen der Tür wesentlich größer. Indes tut sich diesbezüglich nicht allzu viel, die Tür bleibt auch nach einem weiteren Klopfen geschlossen. Müller, der über ein feines Gehör verfügt und zudem direkt vor der Tür steht, vermeint aber, Geräusche in der

Wohnung zu hören. Leise zwar, aber vernehmbar. Ob der Kerl gestern, als Denise und Tobias hier waren, auch hier war und nur einfach nicht aufmachte?

Er dreht sich zu Weiland um und nickt ihm wissend zu. Horst und er verstehen sich notfalls ohne Worte. ›Der hat garantiert die Razzia gestern mitbekommen und verkriecht sich vor uns!‹, drückt er damit aus. Im nächsten Moment erzittert das Türblatt förmlich unter den jetzt deutlich kräftigeren Schlägen von Müllers Pranken. »Öffnen Sie die Tür, Herr Lambert!«, dröhnt seine tiefe Stimme gleichzeitig durch das Treppenhaus, wobei er sie bewusst nicht in der Lautstärke dämpft. »Hier ist die Polizei, wir wissen, dass Sie zu Hause sind!«

Der letzte Schlag geht voll ins Leere und Müller hätte um ein Haar versehentlich das schmächtige Männchen umgehauen, das kreidebleich und mit wirren Haaren in der ruckartig geöffneten Wohnungstür aufgetaucht ist.

»Was veranstalten Sie denn hier für einen Lärm?«, bringt Wolfgang ›Wolle‹ Lambert fassungslos hervor. Seine Augen sind dabei weit aufgerissen und die verengten Pupillen verraten dem aufmerksamen Beobachter das erst kürzlich konsumierte Rauschmittel. Dies, und der süßliche Geruch, der aus der Wohnung dringt. Damit erklärt sich, weshalb Lambert ihnen nicht sofort die Tür aufmachte. »Sie schlagen mir ja noch die Tür zu Bruch!«, beschwert er sich erbost, scheinbar von der massigen Gestalt des unmittelbar vor ihm stehenden Polizisten wenig beeindruckt. Seine helle, sich überschlagende Stimme spricht jedoch eine andere Sprache. Der Mann ist in höchstem Maße erschrocken!

Wolfgang Müller mustert das Kerlchen vor ihm eingehend: rappeldürr bei einer Körpergröße von unter 1,70 Meter, zottelige dunkelblonde Haare, die ihm ungekämmt in die Stirn fallen. Kurzum, das genaue Gegenteil von ›Locke‹. Er hält ihm den Ausweis vor das Gesicht. »Kriminaloberkommissare Müller und Weiland, Kripo Siegburg«, stellt er sie beide knapp vor. »Und Sie sollten sich nicht so aufregen, Herr Lambert. Ich dachte immer, dass Grasrauchen beruhigt? Und Sie hätten uns ja sofort öffnen können! «

»Was ...? Ach, kommen Sie schon rein. Und damit Sie es wissen: Ich habe nur die erlaubte Menge hier in der Wohnung!«

* * *

»Übrigens gibt es sowas wie eine ›erlaubte Menge‹ bei Rauschmitteln nicht«, belehrt Weiland den Wohnungsinhaber kurz darauf, während sein Kollege kommentarlos ein Fenster öffnet. »Es existiert lediglich eine Bagatellgrenze, unterhalb derer von einer Strafverfolgung abgesehen wird. Und dabei kommt es nicht auf die Menge Marihuana beziehungsweise Cannabis an, sondern auf den THC-Gehalt. Aber seien Sie beruhigt, deswegen sind wir überhaupt nicht hier!«

»Sondern wegen des Mannes, von dem Sie das Zeug beziehen, Herr Lambert«, präzisiert Wolfgang

Müller, nachdem er sich zu den beiden gesellt hat. »Sie sollten aber wirklich öfter mal lüften.«

»Bertram? Was haben Sie denn mit dem zu schaffen?«

»Mein Kollege meinte damit eher den Herrn Fuhrmann, Herr Lambert!«, stellt Horst Weiland klar, und schaut seinem Gegenüber bei der Namensnennung aufmerksam ins Gesicht, daher entgeht ihm dessen heftiges Zusammenzucken nicht. »Ich sehe, Sie kennen Oliver Fuhrmann?«, legt er deshalb sofort nach. »Sie sehen etwas blass aus, Sie sollten dieses Zeug wirklich nicht rauchen!«

»Wir wissen, dass Sie am Dienstag, dem 10. Juli, eine Verabredung mit dem Herrn hatten«, ergreift Wolfgang Müller das Wort. »Erzählen Sie uns doch etwas mehr darüber!«

»Ich ... ich habe den Oliver nicht mehr gesehen, seit ... das muss am Samstag vor acht Tagen gewesen sein«, stottert Lambert, sichtlich verwirrt. »Das war dann wohl der 7. Juli«, fügt er nach kurzem Nachdenken hinzu. »Was ist denn mit ihm?«

Hören die Kommissare einen bangen Unterton in der Frage? Seine Stimme jedenfalls hat er dabei um eine halbe Oktave angehoben. Müller kneift kritisch ein Auge zusammen. Lambert macht sich in seinen Augen soeben mehr als verdächtig! »Wo waren Sie am 10. Juli? Sagen wir, so etwa in der Zeit zwischen 19:00 Uhr und 21:00 Uhr?« Lamberts Frage lässt er dabei bewusst unbeantwortet. Erst einmal zappeln lassen! Kriminalbeamte bekommen mit der Zeit ein recht gutes Gespür, wenn es darum geht, zu erkennen, ob jemand etwas zu verheimlichen versucht. Und das ist hier nach Müllers Gefühl garantiert der Fall.

»Da war ich hier!«, kommt es wie aus der Pistole geschossen. Etwas zu schnell. »Ja, genau. Ich war an dem Abend zu Hause!«

»Sind Sie sicher? Ich muss Sie darauf hinweisen, dass Sie bei polizeilichen Vernehmungen die Wahrheit sagen müssen, Herr Lambert! Denken Sie genau nach, hatten Sie nicht um 21:00 Uhr eine Verabredung mit Herrn Fuhrmann? Und ging es dabei nicht um den Ankauf von Marihuana?«

Lambert sackt förmlich in seinem Sitz zusammen. »Jetzt sagen Sie mir doch endlich, was los ist!«, gibt er weinerlich von sich. »Warum stellen Sie mir all diese Fragen? Ist Oliver etwas zugestoßen?«

»Er wurde letzten Freitag tot aufgefunden, Herr Lambert«, übernimmt es Weiland, ihn endlich zu informieren. »Getötet wurde er aber drei Tage zuvor!«

»Mord?« Lambert wird womöglich noch eine Nuance blasser. »Aber wann soll das denn gewesen sein? Als ich am Abend dort ...« Erschrocken hält er inne und legt die Hand vor den Mund, wie um sich selbst daran zu hindern, noch mehr preiszugeben.

»Ja?«, hakt Weiland aber sofort ein. »Was wollten Sie sagen? Kommen Sie, immer heraus damit!«

»Ich ... ich hatte tatsächlich eine Verabredung mit Oli«, beginnt Lambert zögernd. »Um 21:00 Uhr am Brunnenkeller, wenn Sie wissen, wo das ist. Ich war ...«

»Sagten Sie Brunnenkeller?«, vergewissert Müller sich verwundert. »Nicht am Friedhof?« Kollege Weiland ist ebenfalls aufmerksam geworden, wie ihm ein schneller Seitenblick verrät. Damit ist Lambert gleich ein gutes Stück auf der Liste der Verdächtigen nach oben geklettert. Sollte Donner recht behalten?

»Am besten erzählen Sie uns die ganze Geschichte von Anfang an«, schlägt Horst Weiland in bemüht ruhigen Tonfall vor. »Wir haben Zeit. Also?«

Wolfgang Lambert brütet eine Weile still vor sich hin, wobei er mit den Lippen stumme Worte formt. Die Ermittler lassen ihn gewähren, aus Erfahrung wissen Sie, wann ein Verdächtiger kurz davor ist, umzukippen und sich alles von der Seele zu reden. Schließlich, nach mehreren Minuten, richtet Lambert sich ruckartig auf und blickt die Polizisten entschlossen an. »Okay, ich sage Ihnen, was Sie wissen wollen!«

Müller legt demonstrativ sein Handy vor sich auf den Tisch und öffnet die Diktier-App zum Aufzeichnen des mutmaßlichen Geständnisses. »Dann schießen Sie mal los!«, ergeht mit einem Kopfnicken die Aufforderung an Lambert, sich zu äußern. »Ich weise Sie aber vorsorglich darauf hin, dass es sich hierbei ab sofort um eine offizielle Vernehmung handelt!« Mit einem Finger tippt er den Startbutton der App an, um die Aufzeichnung zu starten.

* * *

»Herr Lambert«, stellt Wolfgang Müller seine erste Frage, »Sie sagten, Sie waren am Dienstag, dem 10. Juli, mit Herrn Oliver Fuhrmann verabredet. Ist das so korrekt?«

Die Antwort kommt, ohne zu zögern: »Ja, das stimmt, Herr Kommissar. Und zwar war das um 21:00 Uhr«, bestätigt er noch einmal das vorhin Gesagte und fügt nach einer kleinen Pause hinzu: »Am Brunnenkeller.«

»Am Brunnenkeller?«, wiederholt Horst Weiland für das Protokoll. Lambert nannte ja vorhin schon diese Lokalität, aber da lief die Aufzeichnung noch nicht. »Das liegt doch im Wald, oder? Warum trafen Sie sich denn dort, und nicht am Friedhof?«

»Dort wollten wir uns auch ursprünglich treffen, Oliver und ich«, entgegnet Lambert. »Aber dann meinte Oliver, er müsse den Ort ändern, und nannte diesen Platz im Wald. Ich kannte den bis dahin noch gar nicht.«

»Und wann hat er Ihnen den geänderten Treffpunkt genannt?«, wundert sich Weiland. »Nach Aussage der Bedienung der Gaststätte ›Berties Eck‹ waren Sie am Montag nicht dort, und Sonntag war geschlossen.«

»Oliver rief mich Dienstag gegen Mittag an und sagte, er müsse kurzfristig umdisponieren. Wenn ich noch interessiert wäre, solle ich eben jetzt dorthin kommen.«

»Nannte er Ihnen einen Grund für die Änderung?«

»Nein. Ich habe ihn aber auch nicht danach gefragt.«

»Okay. Sie sagten vorhin, dass Sie den Ort nicht kannten«, ergreift Müller wieder das Wort. »Wie fanden Sie denn dann dorthin?«

»Ich traf zufällig im Hausflur auf Bertie. Also den Wirt, Herrn Bertram. Er wollte wohl gerade in die Gaststätte. Da hab ich ihn gefragt«, erklärt Lambert ihm. »Er wusste auch sofort, wo das war, und hat mir den Weg beschrieben.«

»So?« Oberkommissar Weiland hebt die Augenbrauen. »Wie spät war es denn da? Frau Walter sagte aus, Herr Bertram sei am Dienstag erst am späten Abend in der Gaststätte anwesend gewesen.«

»Das war, glaube ich, so gegen 17:00 Uhr, Herr Kommissar.«

»Also gut, Sie gingen dann also in den Wald. Und weiter?«

»Ich machte mich sehr früh auf den Weg, weil ich nicht wusste, wie lange ich dafür benötigen würde. Als ich dann kurz nach 20:00 Uhr dort ankam, war dort natürlich noch niemand. Ich hab dann einfach gewartet, ich war ja fast eine Stunde zu früh dran.«

»Ist Ihnen irgendetwas aufgefallen, während Sie dort warteten?«

Lambert schüttelt den Kopf. »Nein, nichts. Aber als ich dort an der Weggabelung erschien, lief jemand den Weg entlang, aber in die andere Richtung, also von mir weg«, erinnert er sich. »Es sah aus, als sei die Person vor mir dort an diesem Brunnenkeller gewesen.«

»Haben Sie erkennen können, um wen es sich handelte? War es ein Mann oder eine Frau?«

»Nein, das ging alles sehr schnell. Es war ja auch schon recht dämmerig um diese Zeit im Wald, und ich sah die Person nur von hinten. Besonders groß war er oder sie aber nicht.«

»Hatten Sie den Eindruck, dass diese Person es sehr eilig hatte?«, will Weiland wissen. »Verhielt derjenige sich normal, oder eher wie jemand, der davonläuft?«

»Ja, so sah das für mich zunächst aus. Ich habe mir aber gedacht, es war einer von diesen Joggern.«

»Und das war um 20:00 Uhr, sagten Sie?«

»Ja. Oder einige Minuten danach.«

»Wie ging es dann weiter?«, kehrt Weiland wieder zum Thema zurück. »Herr Fuhrmann erschien nicht, nehme ich an?«

»Das ist richtig, Herr Kommissar. Also nein, er kam nicht. Ich bin dann noch bis 21:30 Uhr geblieben und bin dann abgehauen, weil es langsam dunkel wurde und es mir unheimlich vorkam, so ganz allein dort im Wald.«

»Und Sie haben sich nicht umgeschaut?«, fragt Müller ihn. »Immerhin haben Sie sich anderthalb Stunden dort aufgehalten! Da sieht man sich doch bestimmt mal die Gegend an, zumal Sie an diesem Ort ja noch nie vorher waren.« ›Oliver Fuhrmann war auf jeden Fall bereits tot, als Lambert am Brunnenkeller erschien‹, überlegt Müller. ›Und der hielt sich anderthalb Stunden dort auf. Was wiederum bedeutet, dass die Tat *vor* 20:00 Uhr stattfand!‹

»Nein, Herr Kommissar. Das hat mich nicht so interessiert. Und mir stand auch nicht der Sinn danach, ich war ja wegen was anderem dort. Hab mich auf die Mauer gesetzt und gewartet, im Warten bin ich ganz gut.«

»Und das war alles? Weiter ist nichts passiert? Denken Sie genau nach!«

»Das nicht, Herr Kommissar. Aber als ich den Ort wieder verlassen wollte, bin ich auf was getreten. Es knackte ziemlich laut und hässlich. Viel sehen konnte ich nicht mehr, ich habe dann so lange herumgetastet, bis ich dieses kaputte Handy hier fand.«

Lambert holt etwas aus einer Schublade und reicht es Müller. Es ist ein in der Mitte gebrochenes Smartphone mit zersplittertem Display. »Ich dachte, es wäre mein eigenes, das mir aus der Tasche gefallen war, und habe es eingesteckt.«

»Zeigen Sie mal. Das sieht ja wirklich ziemlich demoliert aus. Ihres ist es aber nicht, sagten Sie?«

»Nein, zum Glück nicht. Sie wissen doch, was die Teile heutzutage kosten. Das wäre eine Katastrophe für mich gewesen!«

»Wir müssen dieses Mobiltelefon mitnehmen, es könnte sich um ein Beweisstück handeln. Sie haben doch nichts dagegen einzuwenden?«

»Nein, natürlich nicht.«

Während sein Kollege das kaputte Mobiltelefon in einen Spurensicherungsbeutel steckt, fällt Weiland noch eine wichtige Frage ein: »Eines noch: Sie gaben an, das Marihuana vorher von Herrn Bertram bezogen zu haben. Wann genau trat Herr Fuhrmann denn diesbezüglich an Sie heran?«

»Das war ungefähr eine Woche vor der Sache im Wald«, erinnert sich Lambert. »Es war ein Montag., das muss dann also der 2. Juli gewesen sein. Er bot mir den Stoff für weniger als die Hälfte von dem an, was Bertie immer verlangte.«

»In Ordnung. Das war es, denke ich«, schließt Weiland die Vernehmung ab. »Ich muss Sie aber bitten, sich bis auf weiteres zur Verfügung zu halten und in den nächsten Tagen im Kommissariat zu erscheinen, um das Protokoll zu unterschreiben. Weiterhin belehre ich Sie darüber, dass Sie in der Mord-sache Fuhrmann zumindest zu den Tatverdächtigen gehören. Sie werden daher um erkennungsdienstliche Maßnahmen nicht herumkommen. Möglicherweise benötigen wir Ihre Kleidung zur Untersuchung, es wäre daher in Ihrem eigenen Interesse, diese in den nächsten Tagen weder zu entsorgen noch zu waschen. Haben Sie das alles soweit verstanden, Herr Lambert?«

»Ja, das habe ich. Ich bin auch gerne bereit, Ihnen jetzt schon an Kleidung mitzugeben, was ich getragen habe. Ich habe nichts zu verbergen.« Die Erleichterung darüber, dass die Polizisten ihn nicht gleich festnehmen, ist dem Mann deutlich anzusehen.

* * *

Donners Büro ist leer. »Nanu«, wundert sich Denise. »Jetzt ist er nicht da! Hatte sich das vorhin nicht superdringend angehört?«

»Hm. Ich könnte mir vorstellen, dass er den Besprechungsraum meinte. Aber das würde bedeuten, dass es um was Größeres geht!«

»Ob denn Horst und Wolfgang schon aus Lohmar zurück sind und etwas herausgefunden haben? Dann gehen wir halt in den Besprechungsraum!«

Wenige Augenblicke später wird ihre Vermutung insofern bestätigt, dass in der Tat der Rest der Mannschaft einschließlich Chef dort versammelt ist. Vier Augenpaare sind auf Denise und Tobias gerichtet, während die erwartungsvoll ihre Plätze einnehmen.

»Ich dachte mir, dass eine kleine Dienstbesprechung angebracht ist, nach dem, was Horst und Wolfgang soeben an Informationen mitbrachten«, beginnt Donner unverzüglich. »Und zwar waren sie auf dem Rückweg noch bei Herrn Lambert, um ihn zu vernehmen.«

»Du meinst sicher den Wolfgang Lambert«, vergewissert sich Tobias. »Der über der Kneipe wohnt.«

»Korrekt. Wolfgang hat seine Aussage auf dem Handy mitgeschnitten. Ich denke, es wird am besten sein, wenn er euch einfach die Aufnahme vorspielt. Es ist ein Knaller, sage ich euch! Wolfgang?«, ergeht die knappe Aufforderung an Müller, der sein

Handy auf der Tischmitte abgelegt hat und nun die Wiedergabe startet. Sekunden später werden sie indirekt Zeuge der besagten Vernehmung.

* * *

»Hier ist das Handy, das Lambert am Tatort fand«, zeigt Weiland den Beutel mit dem zerbrochenen Mobiltelefon vor, nachdem der letzte Ton verklungen ist. »Es könnte das von Oliver Fuhrmann sein. Ob da allerdings noch was zu retten ist, weiß ich nicht.«

»Und Lambert fand das Handy ganz sicher oben am Brunnenkeller, und nicht unten bei der Leiche?«, vergewissert sich Denise. »Ist das glaubhaft?«

»Wenn, dann würde es die Theorie, dass es da oben einen Kampf gab, jedenfalls weiter erhärten«, meint Tobias dazu.

»Wir haben die paar Jeans, die Lambert besitzt, mitgebracht«, informiert Wolfgang Müller sie. »An einer davon haben wir Reste von irgendwelchem Gesträuch gesehen, unten am Hosenbein. Es könnte sich also um die handeln, die er an dem Tag trug. Er selbst wusste es nicht mehr. Wir haben sie in die KTU zur Untersuchung gegeben. Bald wissen wir mehr.«

»Auf jeden Fall hat er den Täter gesehen, sofern er die Wahrheit sagt«, mutmaßt Denise. »Dessen bin ich mir ziemlich sicher. Wer sonst sollte ausgerechnet um diese Uhrzeit dort herumlungern?«

»Und vergessen wir nicht die Tatsache, dass Lambert mit dem Wirt über den Brunnenkeller sprach«, ergänzt Tobias Heller. »Damit wusste der also Bescheid. Im Zusammenhang mit den zerstochenen Reifen ergibt sich somit ein dringender Tatverdacht, Chef! Zudem ist es mehr als verdächtig, dass Bertram auf dem Weg in die Kneipe nach Lamberts Frage zum Brunnenkeller offenbar wieder kehrtmachte und erst spät am Abend zurückkam!«

»Wir benötigen umgehend einen Durchsuchungsbeschluss für seine Wohnung!«, drängt Denise Malowski. »Bertram ist jetzt unser Verdächtiger Nummer Eins! Er hat für die Tatzeit kein Alibi, weil er erst nach 20:30 Uhr in der Gaststätte erschien. Da er aber mutmaßlich vom Diebstahl seines Angestellten wusste, ergibt sich daraus ein vortreffliches Tatmotiv, zumal wir jetzt von Wolfgang Lambert erfuhren, dass die Übergabe des Marihuanas gar nicht am Friedhof stattfinden sollte, sondern am Brunnenkeller!«

»Bertram hat eventuell durch Lamberts Frage nach dem Weg dorthin etwas vermutet«, fügt Horst Weiland hinzu. »Wir könnten in der Wohnung Beweise für seine Anwesenheit am Tatort zu finden. Wenn wir Glück haben, gibt es Schuhe, an denen Erde von dort haftet. Oder Kleidung mit Blutflecken!«

»Ich habe vorhin in den Unterlagen Fuhrmanns einen Kaufbeleg für ein GPS-Gerät gefunden«, informiert Christina Ohlsen die Kollegen. »Er muss also so ein Teil besessen haben. Da wir es aber weder bei ihm noch in der Wohnung fanden, solltet ihr bei der Hausdurchsuchung darauf ebenfalls ein Augenmerk haben. Falls der Täter es mitgenommen hat und wir es dort finden, wäre das ein unwiderlegbarer Beweis für Bertrams Schuld!«

»Ich werde das sofort in die Wege leiten. Es ist heute wieder etwas spät geworden, aber morgen früh fahren zwei von euch erst einmal zu diesem Mirko. Chrissie hat nämlich seine Adresse herausgefunden, während ihr unterwegs wart. Wir dürfen in dieser Angelegenheit nicht die kleinste Kleinigkeit außer acht lassen. Und wenn es nur die Möglichkeit bietet, endlich zu erfahren, was Fuhrmann dort am Brunnenkeller zu suchen hatte! Wenn sein bester Freund es uns nicht sagen kann, wer dann?«

NEUN

»Du hast uns eine Menge Arbeit erspart, Liebes«, lobt Wolfgang Müller seine Freundin ein weiteres Mal wegen ihres Erfolges vom Vortag. »Horst und ich hätten die ganzen Klassenbücher durchackern, und dann noch Adressen heraussuchen müssen.«

»Ich hatte doch bloß Glück, dass der seinem Kumpel eine Ansichtskarte aus dem Urlaub geschickt hat«, wiegelt Christina Ohlsen ab. »Aber ich freue mich natürlich darüber, dass ich wieder mit dir raus darf.«

»Das hast du dir verdient! Denise, Tobias und Horst haben jetzt sicher die drei restlichen Kandidaten von Fuhrmanns Kundenliste in der Mangel. Damit haben die drei erst einmal genug zu tun.« Tobias Heller rief gestern Nachmittag kurzerhand bei Michael Lambert, Horst Steinbach und Norbert Krämer an und beorderte sie für heute Vormittag ins Kommissariat zur Vernehmung. »Ich bin ja mal gespannt, ob dieser Mirko Heinemann überhaupt etwas zu der ganzen Sache zu sagen weiß. Ich fürchte, der weiß nicht mal, dass sein Freund tot ist!«

»Ja, das werden wir ihm auch noch beibringen müssen«, seufzt Chrissie. »Wenn er überhaupt zu Hause ist«, fügt sie dann hinzu. »Schon mal auf die Uhr geschaut?«

»Dieses Schicksal teilen polizeiliche Ermittler mit Vertretern, Chrissie. Dass sie unter Umständen mehr als einmal losziehen müssen. Aber da der Kerl nicht im Telefonbuch steht, bleibt uns eben nichts anderes übrig, als auf Verdacht dorthin zu fahren. Immerhin ist jetzt Urlaubszeit, vielleicht ist er ja zu Hause!«

»Oder er ist wieder auf irgendeiner Insel«, unkt seine Freundin. »Meinst du, wir haben unseren Mörder?«, wechselt sie unvermittelt das Thema.

»Bertram? Ich weiß nicht so recht, Chrissie. Möglich wär's ja, aber mir persönlich passt da immer noch einiges nicht zusammen.«

»Und das wäre?«

»Dieser verdammte Brunnenkeller, Chrissie! Wie kommt Oliver Fuhrmann auf die Idee, ihn aufzusuchen? Und weshalb ausgerechnet an dem Tag, an dem er ohne Fahrrad unterwegs war? Und selbst, wenn Bertram davon gewusst haben sollte, wäre das schon äußerst knapp gewesen. Kurz nach 20:00 Uhr sah Lambert jemanden, den er nicht erkannt hat, von dort fortlaufen. Unser ›Bertie‹ ist von der Gestalt aber ja nicht eben unauffällig, oder? Und um 20:30 Uhr soll er nach Aussage der Bedienung in der Kneipe gewesen sein. Klar, wenn man es darauf anlegt, ist das zu schaffen. Das sind nur etwas mehr als zwei Kilometer, und er könnte das Auto in der Nähe abgestellt haben. Lambert gab aber zu Protokoll, dass der Unbekannte sich von ihm entfernte, also tiefer in den Wald hinein gelaufen ist! Warten wir doch erst einmal ab, was die Hausdurchsuchung ergibt.«

Ihr Ziel ist ein achtstöckiges Hochhaus im Zentrum Lohmars. Das umfangreiche Klingelbrett neben der Eingangstür umfasst vierundsechzig Klingelknöpfe, von denen aber nur etwa die Hälfte, wie dies bei solchen Wohnsilos meist der Fall ist, ordnungsgemäß beschriftet ist.

»Acht Wohneinheiten pro Etage«, zählt Christina Ohlsen und studiert das Klingelbrett eingehend. Anschließend betätigt sie eine Klingel im fünften Obergeschoss, auf der ›M. Heinemann‹ zu lesen ist. Nachdem nach einer gefühlten Minute keine Reaktion erkennbar ist, klingelt sie ein weiteres Mal.

»Wie ich befürchtet hatte, Wolfie. Der ist nicht zu Hause!«

»Dann kommen wir eben heute Nachmittag wieder«, beschließt Wolfgang Müller schulterzuckend, und wendet sich zur Straße, wo ihr Wagen geparkt ist. »Das gibt es doch nicht, diese dreisten Kerle stellen sich ständig einfach irgendwo hin, als hätten sie die ganze Straße gepachtet!« Gegenstand seiner Entrüstung ist ein gelbes Taxi, in zweiter Reihe neben ihrem Dienstwagen stehend, der dadurch blockiert ist.

»Der fährt doch sicher gleich wieder weg«, beruhigt seine Freundin ihn. »Sieh doch nur, der Fahrgast zahlt ja bereits!«

Müller brummt etwas Unverständliches vor sich hin, wird dann aber aufmerksam, als der Fahrgast sich zielstrebig ihrem Standort nähert: Ein voluminöser, riesiger Kerl, einen im Verhältnis zu seiner imposanten Erscheinung fast wie ein Spielzeug anmutenden Koffer hinter sich herziehend. »Der kommt garantiert aus dem Urlaub, so braungebrannt wie der ist«, überlegt er und fasst einen Entschluss. »Und er wohnt hier. Los, an den hängen wir uns dran, wenn er das Haus betritt! Es wäre ja möglich, dass Heinemann zwar zu Hause ist, aber keine Lust verspürt, die Tür zu öffnen. Dann sind wir wenigstens schon mal im Haus. Wenn Polizeibeamte erst einmal vor der Wohnungstür stehen, fühlt sich so mancher gleich weniger sicher, als wenn es nur die Haustür ist.«

»Du meinst, für den Fall, dass er etwas zu verbergen hat?«

»Genau!«

Der mutmaßliche Urlauber trottet bedächtig mit gesenktem Kopf, und ohne sie eines Blickes zu würdigen, an ihnen vorbei und kramt umständlich einen Schlüsselbund hervor, um aufzuschließen. Aus dieser Perspektive fällt die ausgeprägte Birnenform des gewaltigen Körpers des Mannes direkt ins Auge, Müller schätzt ihn auf etwa zweihundertfünfzig Pfund bei einer Körpergröße von etwas über 1,80 Meter. Auffallend sind die keulenartigen Arme mit einem Umfang, der bei vielen Menschen zum Oberschenkel gereicht hätte. Schnell betreten Chrissie und er hinter ihm den Hausflur, bevor die Tür wieder ins Schloss fällt.

Der einzige Aufzug, über den das Gebäude verfügt, hat eine geschätzte Grundfläche von etwa drei Quadratmetern, die aber schon zur Hälfte durch den schwergewichtigen Mann mit dem Koffer aus-

gefüllt sind, als Müller und Ohlsen die Kabine erreichen. Rasch schlüpfen sie durch die sich bereits im
Schließen befindliche Tür und quetschen sich in
den verfügbaren Raum. Mit einem kritischen Blick
auf das Schild mit der höchstzulässigen Belastung
drückt Christina Ohlsen auf den Knopf für das
fünfte Obergeschoss.

Der Unbekannte rührt keinen Finger, offenbar
hat er dasselbe Ziel. Stattdessen schaut er, wie es in
Aufzügen üblich ist, unbeteiligt vor sich hin, einen
imaginären Punkt an der Wand ihm gegenüber
fixierend. Ruckartig setzt sich die Kabine in Bewegung.

Chrissies Blicke wandern vom Gesicht ihres
Freundes, der sie liebevoll anlächelt, zu dem anderen Mann neben Wolfgang, und von diesem zu seinem Koffer. Ein Namensschild ist etwa zur Hälfte
sichtbar. ›...nemann‹ ist gerade noch zu entziffern.
Mit einem Mal kommt ihr ein verwegener Gedanke:
Könnte der unbekannte, äußerst schwergewichtige
Mann ihr gegenüber nicht ...? Möglich wär's ja, die
Chance für einen Treffer steht immerhin 1:8, wenn
man die Anzahl der Wohneinheiten auf der Zie-
letage berücksichtigt!

»Heißen Sie Mirko Heinemann?«, kleidet sie
ihren Verdacht in Worte. Der Mann neben
Wolfgang Müller hebt überrascht den Kopf, was
jedoch nur an seinen Augen erkennbar ist, die Kopf-
bewegung als solche wirkt dagegen übertrieben
langsam und bedächtig. In diesem Moment bleibt
die Aufzugskabine mit einem leichten Ruck stehen.

* * *

Wenn Rudolf Klein den Kopf zur Tür hereinsteckt, ist das immer ein Ereignis. Und dies nicht nur, weil der Wachmann mit über zwei Meter Körpergröße und der Schulterbreite eines Kleiderschranks den Türrahmen komplett ausfüllt, sondern auch, weil er meist mindestens einen Besucher mitführt. Aus Gründen der Sicherheit ist es dem Publikum nämlich seit geraumer Zeit nicht mehr erlaubt, sich ohne Begleitung durch das Gebäude zu bewegen.

»Ich habe hier vier Männer, die zu Ihnen möchten, Frau Malowski«, meldet der Polizist mit grollend tiefer Stimme. »Sie hätten sie vorgeladen?«

»Ja, aber ... wieso denn gleich vier?« Denise Malowski schickt ihrem Partner Tobias Heller einen ratlosen Blick. »Wir hatten nur drei Zeugenbefragungen für heute terminiert!« Wobei es den Kommissaren zusätzlich etwas befremdlich erscheint, dass die drei gemeinsam zur Vernehmung erscheinen. Als hätten sie sich abgesprochen. Aber wer ist der Vierte?

Klein hebt die massigen Schultern an. »Da bin ich überfragt. Ich vermute aber, einer von denen ist Anwalt, so wie der aussieht.«

»Schicken Sie den doch bitte als Ersten herein, Herr Klein«, äußert sich Tobias Heller dazu. »Die anderen sollen einen Augenblick draußen warten!«

»Darf ich fragen, wer Sie sind und weswegen Sie heute mit den drei Herren mitgekommen sind?«, erkundigt sich Tobias Heller geradeheraus bei dem nun Eintretenden. ›Klein hat vermutlich richtig geraten‹, denkt er beim Anblick des überaus korrekt gekleideten Herrn. ›Wenn das kein Rechtsverdreher ist, verspeise ich auf der Stelle einen Besen!‹ Bekannt ist ihm der Mann aber nicht.

»Mein Name ist Burghard Keller«, stellt der Mann sich vor. »Ich bin Anwalt und vertrete heute auf deren ausdrücklichen Wunsch hin die Interessen der Herren Krämer, Lambert und Steinbach.«

»Nun, Herr Keller«, übernimmt Denise die Gesprächsführung und weist dabei einladend auf den Besucherstuhl neben ihrem Schreibtisch. »Dann wird es aber einige logistische Probleme für Sie geben, fürchte ich. Wir haben nämlich vor, die Herren zeitgleich und getrennt voneinander zu vernehmen.«

»Das können Sie nicht machen!«, protestiert Keller energisch.

»Selbstverständlich dürfen wir das«, wird er von Tobias Heller belehrt. »Die Männer werden lediglich als Zeugen vernommen, ihnen wird in keiner Weise etwas vorgeworfen! Und selbst wenn: Sollten Krämer, Steinbach und Lambert sich in irgendeiner Weise gegenseitig belasten, geraten Sie doch unweigerlich in einen Interessenkonflikt!«

»Ich mache Ihnen und Ihren Mandanten einen Vorschlag«, ergreift Denise wieder das Wort. »Wir belehren die Herren in Ihrem Beisein über ihre Rechte. Sofern eine Situation eintritt, die einen Rechtsbeistand für einen oder mehrere der Herren erfordert, brechen wir die Vernehmung ab. Ist das für Sie in Ordnung?«

»Unter der Bedingung, dass ich in der Nähe bleibe und gegebenenfalls sofort tätig werden kann, Frau Kommissarin!«, gibt Keller nach.

»Wie Sie wünschen!«

* * *

Peter Donner atmet tief durch, als die Männer der KTU vor ihm zügig das Gebäude betreten. Der Erste Hauptkommissar betrachtete es als eine Fügung des Schicksals, dass seine Mitarbeiter entweder im Außendienst oder mit Vernehmungen beschäftigt sind, und nahm kurzerhand den richterlichen Beschluss zur Durchsuchung der Wohnung von Paul Bertram selbst zur Hand. Das Kommissariat weiß er außerdem bei seinem Stellvertreter Tobias Heller in zwar chaotischer, aber durchaus kompetenter Hand.

Außerdem ist da ja noch Denise, die zwar, ebenso wie alle seine Leute, ihre Eigenheiten hat, jedoch in einer höchst effizienten Weise einen Gegenpol zu Tobias darstellt. Das Geheimnis des Erfolges der beiden Hauptkommissare liegt nach Donners Einschätzung darin, dass sie sich bei aller Gegensätzlichkeit effektiv ergänzen. Dieses Potenzial hatte der Kommissariatsleiter schon bald nach der Einstellung Malowskis vor Jahren entdeckt und behutsam gefördert.

Seine Gedanken driften ab zu Christina Ohlsen, dem jüngsten Mitglied der Mannschaft. Sie erinnert ihn in vieler Hinsicht an die damals gleichaltrige

Denise. Chrissie ist in puncto Recherchen nahezu genial. Ihre Fähigkeiten sind damit bei weitem nicht erschöpft, sie ist aber leider nicht immer in der Lage, diese zielgerichtet einzusetzen, da es ihr an einem ständigen Ermittlungspartner fehlt. ›Ich werde mir diesbezüglich langsam etwas einfallen lassen müssen‹, nimmt er sich vor, diesen seiner Meinung nach völlig unhaltbaren Zustand zu beenden.

Der luxuriöse Bungalow des inhaftierten Gastwirtes liegt, nur etwa einen knappen Kilometer von ›Berties Eck‹ entfernt, am Ortsrand von Troisdorf. Von dort ist es nicht mehr weit bis zum Stadtwald oder der Wahner Heide. Der Durchsuchungsbeschluss in Donners Hand hat lediglich einen symbolischen Charakter, da der geschiedene Bertram alleine hier lebt und ihnen unter dem Druck der Ereignisse den Hausschlüssel ›freiwillig‹ überließ.

Allerdings war der zuständige Richter nicht eben erbaut davon, innerhalb weniger Tage zwei Beschlüsse für dieselbe Wohnung ausstellen zu müssen. Die Kollegen vom Kommissariat 3 waren wegen der Drogen nämlich ebenfalls bereits hier. Ein Beschluss dieser Art ist jedoch immer zweckbestimmt, und somit musste Richter Biber für heute erneut einen ausstellen. Der für Bachmanns Leute ausgestellte Beschluss war auf die Suche nach illegalen Betäubungsmitteln ausgelegt.

Der Leiter des Kriminalkommissariats 1 setzt sich in Bewegung und folgt den Forensikern ins Innere des Gebäudes. Jetzt gilt es, in diesem

Gemäuer genügend belastbares Material zusammenzutragen, um Bertram des Mordes an Oliver Fuhrmann zu überführen.

* * *

Horst Steinbach ist ein noch recht junger Mann von Anfang Dreißig. Sein Auftreten entspricht dem Durchschnitt: Jeanshose und T-Shirt, die Haare sind mit einem Gel in Form gebracht. Er wirkt in keiner Weise eingeschüchtert, als er auf dem Stuhl vor Hauptkommissarin Malowskis Schreibtisch Platz nimmt und die Polizistin mit mäßigem Interesse fragend anschaut. Kollege Heller hat sich mit seinem Kandidaten in das Vernehmungszimmer zurückgezogen.

»Herr Steinbach, bevor wir mit der Befragung beginnen, muss ich Ihnen sagen, dass Herr Oliver Fuhrmann tot ist«, eröffnet sie ihm in aller Direktheit. »Und wir, also die Kripo Siegburg, sind mit der Aufklärung seines Todes beauftragt. Sie kennen Herrn Fuhrmann?«

»Also stimmt es tatsächlich, Oliver ist tot!«, beantwortet Steinbach die Frage indirekt. »Und was hat das jetzt mit uns ... ich meine, mit mir zu tun?« Steinbachs Stimme klingt angenehm. Verunsicherung kann Malowski nicht in ihr erkennen, eher etwas wie Neugierde.

»Ich entnehme Ihren Worten, dass Ihnen der Sachverhalt nicht völlig unbekannt ist«, geht sie auf seine Antwort ein. »Wie haben Sie vom Ableben des Herrn Fuhrmann erfahren?«

»Norbert, also Herr Krämer rief mich an«, eröffnet er ihr nach kurzer Denkpause. »Er hatte sich gewundert, dass ›Berties Eck‹ außerhalb der üblichen Zeiten geschlossen war. Ich selbst hatte das noch gar nicht mitbekommen, ich geh da nicht so oft hin. Ich rief dann bei Micha an. Michael Lambert. Und der hatte von seinem Bruder, der über der Kneipe wohnt, erfahren, dass man den Bertie verhaftet hat. Wolfgang wusste auch das von Oliver, Ihre Kollegen sind wohl deswegen schon bei ihm gewesen?«

»Ja, das ist korrekt. Sie selbst waren unserer Kenntnis nach vor einigen Tagen außerhalb der Gaststätte mit Herrn Fuhrmann verabredet. Und zwar war dies am 12. Juli um 21:00 Uhr«, konfrontiert Malowski Steinbach mit den wenigen ihr bekannten Fakten. Bringt man bei einer Vernehmung möglichst viel eigenes Wissen ein, entsteht leicht der Eindruck, dass man alles andere auch bereits weiß. Die Hemmschwelle, etwas zu verheimlichen, ist dann umso größer. »Worum genau ging es bei diesem Treffen, Herr Steinbach?«

»Dazu möchte ich mich nicht äußern, Frau Kommissarin«, weicht der aber dennoch zunächst aus.

»Ich mache Sie darauf aufmerksam, dass Sie bei einer polizeilichen Vernehmung die Wahrheit sagen, sich jedoch nicht selbst belasten müssen«, wird er daher umgehend belehrt. »Ich will Ihnen aber auf die Sprünge helfen: Wir ermitteln in dieser Sache nicht gegen Sie. Strafbar ist lediglich der Besitz von Rauschmitteln, nicht die Kaufabsicht. Also?«

»Also gut, Sie haben recht«, räumt Steinbach schließlich zögernd ein. »Oliver wollte mir Gras verkaufen. Er meinte, dass er mir den Stoff wesentlich billiger überlassen könne als Bertie. Wobei der ohnehin nicht liefern konnte.«

Jetzt wird es interessant! Denise Malowski beugt sich bei ihrer nächsten Frage interessiert über den Schreibtisch: »Wieso konnte Bertram nicht liefern?«, hakt sie mit zusammengekniffenen Augen nach. »Bei der polizeilichen Durchsuchung seiner Gaststätte wurden an die Tausend Hanfpflanzen sichergestellt. Da sollte man doch eigentlich annehmen, dass er nicht eben knapp damit gewesen ist!«

»Das muss aber erst noch irgendwie behandelt werden, glaube ich. Jedenfalls hatte ich nichts mehr zu rauchen und ging zu Bertie wegen Nachschub. Da meinte er, dass ihm einige Päckchen abhandengekommen seien und er momentan in Lieferschwierigkeiten stecken würde.«

»Aha. Und wann war das in etwa?«

Steinbach zieht die Stirn in Falten. »Das muss Anfang Juli gewesen sein«, erinnert er sich schließlich. »Ein paar Tage später sprach mich dann Oliver darauf an. Ich war erst sprachlos, dass er davon wusste. Wir verabredeten uns dann für den kommenden Donnerstag am Waldfriedhof für die Übergabe. Er ist aber nicht erschienen. «

»Zu diesem Zeitpunkt lebte er schon nicht mehr. Sagte er, warum es ausgerechnet dort am Friedhof sein sollte? Das ist doch ziemlich abgeschieden.«

»Nein, Frau Kommissarin. Aber ich hatte den Eindruck, dass er Angst hatte, erwischt zu werden. Wenn Sie mich fragen: Der hat das Zeug dem Bertie geklaut!«

»Haben Sie irgendwem davon erzählt?«

»Ich bin doch nicht total verblödet! Nein, ich habe niemandem was gesagt, auch meinen Kumpels nicht. Und Bertie erst recht nicht!«

»Also gut!«, gibt die Hauptkommissarin sich mit den erhaltenen Informationen zufrieden. »Eines noch: Sie waren am Abend des 9. Juli in der Gaststätte ›Berties Eck‹, wie uns die Bedienung berichtete. Haben Sie etwas davon mitbekommen, dass jemand die Reifen des Fahrrades von Herrn Fuhrmann zerstochen hat?«

»Das Fahrrad? Ich weiß nur, dass Oliver es immer vor der Gaststätte angekettet hat. Nein, von einem solchen Vorfall weiß ich nichts, Frau Kommissarin. Davon höre ich heute zum ersten Mal!«

»In Ordnung, das war es für Sie von meiner Seite aus, Herr Steinbach. Sie können dann gehen!«

* * *

Die Spuren der Anwesenheit der Drogenfahndung sind nicht zu übersehen, überall fallen Donners Blicke auf offene Schranktüren und herausgezogene Schubladen. Abgehängte Bilder und weitere entstandene Unordnung zeugen von einer akribischen Durchsuchung der Räumlichkeiten. Keiner der beteiligten Beamten hielt es offenbar für erforderlich, danach den ursprünglichen Zustand wieder herzustellen.

›Da wird Bertram einiges aufzuräumen haben‹, vermutet der Erste Hauptkommissar. ›Ob er aber die nächsten Jahre Gelegenheit dazu erhält, ist mehr als fraglich‹. Denn selbst, wenn dem Gastwirt der Mord an Oliver Fuhrmann nicht nachzuweisen ist, wird er allein wegen der Drogengeschäfte mit einer mehrjährigen Haftstrafe zu rechnen haben.

»Wir sind dann soweit durch«, informiert Jürgen Vogel ihn nach einiger Zeit. Er wirkt unzufrieden.

»Schon? Das ging aber schnell!« Donner schaut auf die Uhr: Seit er und die KTU die Wohnung betraten, ist kaum mehr als eine halbe Stunde vergangen.

»Es gab nicht mehr viel zum Untersuchen«, wird er von Vogel belehrt. »Bachmanns Leute haben hier ja schon gewütet und einiges mitgenommen, fürchte ich. So ist zum Beispiel der Platz, an dem ein Computer gestanden haben muss, jetzt leer!«

»Okay, dann werde ich Bachmann bitten, uns das Teil zu überlassen«, entscheidet Donner. »Wie sieht es mit Kleidung und Schuhen aus?«

»Haben wir eingepackt. Wäre durchaus möglich, dass da was für uns dabei ist, das wird das Labor entscheiden. Und wegen des Computers fragst du nachher mal bei Klaus nach. Ich wette, der steht längst bei ihm auf dem Tisch.«

»Okay, mach' ich. Und was ist das für ein Gerät in deiner Hand?«, fragt Donner neugierig.

»Das hier?« Vogel zeigt ihm eine Art Messgerät oder etwas in der Art. Mit dem Display und von der Form und Größe her ähnelt es beinahe einem der ersten Smartphones, die es zu kaufen gab. »Das ist ein GPS-Gerät. Damit ist es möglich, Koordinaten in den verschiedensten Formaten zu ermitteln und auf einer Karte darzustellen. Du kannst dir das in etwa wie bei einem Navi vorstellen, nur umgekehrt. Ich dachte, das interessiert euch bestimmt!«

»Und ob es das tut!« Donner kramt aufgeregt in seiner Hosentasche und zieht einen Zettel hervor, auf dem er die Bezeichnung des gleichartigen Gerätes aus Fuhrmanns Besitz notiert hat, dessen Kaufbeleg sich in seinen Unterlagen befand. ›Montana 610‹ steht da geschrieben.

»Zeig doch mal her!«, fordert er Vogel auf und schaut sich das Teil in dessen Hand genauer an. Auf dem Gehäuse ist derselbe Name zu lesen: Montana 610!

* * *

»Guten Tag, Herr Lambert. Schön, dass Sie es einrichten konnten, pünktlich zur Vernehmung zu erscheinen. Sie wissen, worum es geht?« Kriminaloberkommissar Horst Weiland führt den draußen wartenden Michael Lambert in sein Büro, das er momentan für sich alleine hat, da Wolfgang Müller sich mit Christina Ohlsen im Außendienst befindet.

»Ja, Herr Kommissar«, nickt Lambert bestätigend, während er auf dem Besucherstuhl Platz nimmt. »Mein Bruder sagte mir, dass eine der Bedienungen meiner Stammkneipe, ›Berties Eck‹, gestorben ist. Bei ihm waren Sie auch schon, wie er mir sagte. Aber wie kann *ich* Ihnen helfen? Ich weiß überhaupt nichts darüber!«

»Wir werden sehen, Herr Lambert«, gibt Weiland vage zurück. »Manch einer weiß, wenn man die richtigen Fragen stellt, mehr über eine Angelegenheit zu berichten, als er zunächst denkt. Ich nenne Ihnen zur Einstimmung einfach mal ein Datum und Sie sagen mir, wo Sie zu diesem Zeitpunkt waren. Ist das okay für Sie?«

»Ich weiß zwar jetzt nicht, was Sie damit bezwecken ...«, zuckt Michel Lambert mit den Schultern. Äußerlich stellt er das krasse Gegenteil zu Wolfgang Lambert, seinem Bruder, dar. Gute zehn Zentimeter größer und mit einer ausgeprägten Stirnglatze ausgestattet.

»Gut. Nehmen wir den 11. Juli. Wo waren Sie an diesem Tag um 22:30 Uhr? Das war übrigens ein Mittwoch.«

»Ich ... ich verstehe nicht ...«, wundert sich Lambert über die Frage. »Zu Hause, nehme ich an?«

»Sie wissen es nicht mehr genau? Sie waren nicht zufällig am Waldfriedhof in Troisdorf und warteten auf Herrn Fuhrmann?«, konfrontiert Weiland ihn mit seinem Wissen. »Denken Sie gut nach, Herr Lambert, Sie sind hier zur Wahrheit verpflichtet!«

Michael Lambert lässt einen Seufzer hören. »In Ordnung, ich war dort!«, gibt er endlich zu. »Aber Oliver kam nicht, ehrlich! Ich bin dann wieder abgezogen.«

»Okay, lassen wir das zunächst einmal so stehen. Herr Fuhrmann war zu diesem Zeitpunkt bereits tot, er konnte den Termin also nicht einhalten«, erklärt Weiland ihm. »Und am Tag zuvor, am Dienstag? Sagen wir, zwischen 19:00 Uhr und 21:00 Uhr? Was machten sie da? Joggen Sie? Im Wald vielleicht?«

»Was soll das?« Lambert springt erregt auf. »Man sagte mir vorhin ausdrücklich, es handele sich hierbei um eine Zeugenvernehmung! Bin ich jetzt verdächtig?«

»Jetzt setzen Sie sich schon wieder hin und beruhigen Sie sich, Herr Lambert! Es handelt sich lediglich um eine Routinefrage, sie dient dazu, die einzelnen Aussagen miteinander zu vergleichen. Also?«

»Na gut, wenn Sie es sagen ... Ich war bei einem Freund. Er wird Ihnen das bestätigen.«

»In Ordnung, wir werden ihn dazu befragen, geben Sie mir nur nachher seine Adresse, bevor Sie gehen.« Der Ermittler macht sich eine Notiz. »Ihr Bruder lebt doch von Sozialhilfe«, erinnert er sich. »Wie kann er sich davon das teure Marihuana leisten?«

»Das fragen Sie ihn besser selbst. Ich denke aber, der spart sich das vom Mund ab. Lebt nur von Dosensuppen und so, und nuckelt abends in der Kneipe eine geschlagene Stunde an einem Bier.«

»Ist ja auch nicht so wichtig«, behauptet Weiland. »Kommen wir zum Grund Ihres Treffens an diesem Mittwoch. Wir wissen, dass es um den

Ankauf von Marihuana ging. Wie kam es zu dem Geschäft mit Oliver Fuhrmann? Wie haben Sie erfahren, dass er damit dealt und woher haben Sie das Gras vorher bezogen?«

»Und ich werde auch wirklich deswegen nicht belangt?«

»Nein, das werden Sie nicht. Wenn Sie derzeit keine Drogen in Ihrem Besitz haben, haben Sie nichts zu befürchten.«

»Also gut. Oliver sprach mich eine Woche zuvor darauf an. Er habe ›zufällig‹ einen kleinen Vorrat, von dem er mir günstig etwas überlassen könne, sagte er. Ich dürfe aber mit niemandem darüber reden, vor allem nicht mit dem Wirt. Von dem bekam ich das Zeug nämlich vorher. Und das Angebot von Oli war tatsächlich unschlagbar günstig!«

»Also haben Sie selbst Ihrem Bruder nichts davon gesagt?«

»Ja. Also nein, ich habe auch meinem Bruder nichts davon gesagt, Herr Kommissar.«

Weiland schlägt die Fallakte, die er zur Unterstützung seiner Vernehmung vor sich liegen hat, zu. »Ich habe dann keine weiteren Fragen an Sie«, informiert er Lambert, der hörbar aufatmet. »Sie sind für heute entlassen.«

* * *

Wolfgang Müller stellt sich in die offene Fahrstuhltür und hindert sie auf diese Weise wirksam daran, sich zu schließen. Derweil zeigt Christina

153

Ohlsen dem Mann - es handelt sich in der Tat um den gesuchten Mirko Heinemann, wie dieser mit einem gemurmelten »ja, bin ich« bestätigte - ihren Dienstausweis und umreißt in aller Kürze den Grund ihrer Anwesenheit, bleibt dabei jedoch zunächst vage: »Ich bin Kommissarin Ohlsen von der Kripo Siegburg. Mein Kollege heißt Müller. Wir müssten dringend in einer Angelegenheit mit Ihnen sprechen. Sie haben doch einen Augenblick Zeit?«

Heinemann bleibt auf diese bewusst suggestiv gestellte Frage nur ein Kopfnicken übrig. Stumm folgt er den beiden Ermittlern in den Hausflur. Der gesprächigsten einer scheint der Mann nicht zu sein. Die Tür zu seiner Wohnung ist gleich gegenüber und Heinemann zieht erneut umständlich seinen Schlüsselbund hervor. »Um was genau geht es eigentlich?«, fragt er unvermittelt, während er den Schlüssel im Schloss herumdreht. Es sind die ersten zusammenhängenden Worte, die die Kommissare von dem schwergewichtigen und lethargisch wirkenden Mann zu hören bekommen.

»Wir haben einige Fragen zu Ihrem Schulfreund Oliver Fuhrmann«, informiert Wolfgang Müller ihn und zuckt im nächsten Augenblick gemeinsam mit Christina Ohlsen erschrocken zusammen, weil Heinemann der Tür einen derart heftigen Stoß verpasst, dass sie mit einem peitschenden Knall gegen die Dielenwand prallt. Nach der vorangegangenen zur Schau gestellten Trägheit kommt diese offensichtliche Gefühlswallung vollkommen unvorbereitet für Müller und Ohlsen, die sich daraufhin konsterniert anschauen.

»Ups, das war wohl was heftig«, entschuldigt sich der Verursacher in gewohnter Trägheit und schlurft ins Innere der Wohnung. Müller und Ohlsen folgen ihm kopfschüttelnd. Gestik, Mimik und Sprache passen bei diesem Menschen in absolut keiner Weise zusammen!

* * *

Tobias Heller weist einladend auf den freien Stuhl ihm gegenüber am Vernehmungstisch, nachdem er den Zeugen Norbert Krämer persönlich in den Raum führte. »Nehmen Sie Platz, Herr Krämer! Und entschuldigen Sie bitte die etwas unpersönliche Umgebung, ein anderer Raum war leider nicht frei. Weshalb ich Sie heute zur Vernehmung geladen habe ...«

»Ich habe nichts damit zu tun, Herr Kommissar!«, fällt Krämer ihm gleich unhöflich ins Wort.

»Äh ... womit genau haben Sie jetzt nichts zu tun?«, tut Heller erstaunt. »Ich habe doch kein Wort über den Grund der Vorladung gesagt! Aber gut, fangen wir mit Herrn Oliver Fuhrmann an«, kommt er umgehend zur Sache. »Sie wissen, dass er tot ist?«

»Ich hörte davon. Stimmt es, dass er ermordet wurde?«

»Wir gehen zurzeit von einem Tötungsdelikt aus, ja. In diesem Zusammenhang würde ich als Erstes gerne wissen, wo Sie am 10. Juli zwischen 19:00 Uhr und 21:00 Uhr waren.«

»Warum wollen Sie das wissen? Ihre Kollegin sagte vorhin, dass wir nicht als Tatverdächtige vernommen werden sollen!«, regt Krämer sich auf.

»Das ist reine Routine!«, beruhigt Heller ihn. »Diese Fragen müssen wir außerdem jedem stellen, der in irgendeiner Form in die Angelegenheit involviert ist. Also?«

»Lassen Sie mich kurz nachdenken ... Ja, genau. Ich war mit meiner Frau im Kino, da lief dieser neue Film von ...«

»Ist schon gut, so genau will ich das jetzt auch nicht wissen!«, bremst Heller seinen Eifer und macht sich eine Notiz. Sie dient jedoch vornehmlich dazu, dem Zeugen das Gefühl zu geben, ernst genommen zu werden, da Tobias ohnehin selten etwas vergisst. »Ihre Frau wird das im Zweifel bestätigen, nehme ich an?«

»Natürlich!«

»Na gut. Kommen wir zum gestrigen Abend. Sie waren mit Herrn Fuhrmann außerhalb der Stadt verabredet. Ist das korrekt?«

»Ja, das stimmt, Herr Kommissar. Ich bin aber nicht dort gewesen.«

»Nicht? Gab es einen triftigen Grund dafür? Denken Sie gut nach, Herr Fuhrmann war zu diesem Zeitpunkt bereits tot!«, erinnert Heller ihn. »Oder wussten Sie das, und sind deswegen gar nicht erst zum Treffen erschienen?«

»Sie unterstellen mir ja schon wieder etwas!«, erregt sich Krämer erneut. »Und nein, ich wusste es nicht, habe es gerade erst vor wenigen Minuten draußen auf dem Flur von Horst Steinbach und Michael Lambert erfahren! Ich hatte einfach nur keine Lust mehr auf diesen Unfug. Ich hätte mich sowieso niemals darauf einlassen sollen!«

»In Ordnung. Gehen wir wieder einige Tage zurück zum Abend des 9. Juli«, fährt Heller ungerührt fort. »Herr Fuhrmann musste sein Fahrrad nach Hause tragen, weil jemand beide Reifen zerstochen hatte. Können Sie darüber etwas sagen, oder haben Sie eine verdächtige Person gesehen, die dafür infrage kommt?«

Krämer verzieht das Gesicht, als leide er unter Zahnschmerzen. »Also, ich weiß nicht ... sagen Sie aber nicht, dass Sie das von mir wissen, Herr Kommissar.«

»Ich bin ganz Ohr!«

»Okay. Ich könnte mir vorstellen, dass der Wirt es vielleicht selbst gewesen wäre!«, ergeht Krämer sich in einem doppelten Konjunktiv.

»Paul Bertram?« Heller übergeht mit der Namensnennung geschickt die Tatsache, dass Norbert Krämer sich um eine konkrete Antwort drückte.

»Genau der!«, bestätigt der aber immerhin, jetzt ohne zu zögern. »Als ich nämlich zwischendurch mal nach draußen zum Rauchen ging, da kam der mir mit einem ziemlich bösartigen Grinsen im Gesicht entgegen. Und er steckte schnell ein Klappmesser weg, als er mich sah. Hab dann erst später von den Reifen erfahren. Aber wenn Sie mich fragen ... der war's!«

»Also gut. Ich habe dann im Augenblick keine weiteren Fragen mehr. Sie können gehen.« Norbert Krämer verlässt erleichtert den Raum.

* * *

»Sie kommen aus dem Urlaub?«, eröffnet Müller das Gespräch mit einer unverfänglichen Frage. Ihr Gastgeber stellte nach dem Vorfall mit der Tür den Koffer achtlos in der Diele ab und führte anschließend seine Gäste wortlos in ein geschmackvoll eingerichtetes Wohnzimmer. ›Man sollte doch von jedem normalen Menschen erwarten, dass er sich über die Anwesenheit von Polizei in seiner Wohnung wundert‹, überlegt der Oberkommissar. ›Aber so phlegmatisch, wie der sich verhält, ist dem das alles offenbar reichlich gleichgültig.‹

»Was?« Heinemann hebt in Zeitlupe den Kopf, verwundert über die Frage. »Ja, auf Mallorca«, beantwortet er sie dann jedoch bereitwillig. »Aber nur eine Woche. Oder anderthalb, besser gesagt. Mittwoch bin ich auf den Flieger, brauchte mal Abstand von allem!«

»Ein Spontan-Urlaub also. Sind Sie immer so impulsiv?«

»Normalerweise nicht, Herr Kommissar. Aber ich musste einfach mal raus. Super-Last-Minute. Morgens gebucht, mittags geflogen. Aber Sie sind sicher nicht den weiten Weg hierher gefahren, um mit mir über Urlaub zu plaudern ... Erwähnten Sie nicht vorhin meinen Freund Oliver? Was ist mit ihm?«

»Er ist tot, Herr Heinemann!«, übernimmt Christina Ohlsen kurzerhand brutal die Initiative, weil sie glaubt, dass ihr Freund und Kollege mit dem vorangegangenen Geplänkel bewusst um den heißen Brei herumredet. ›Es hilft ja nichts, sonst sitzen wir bis zum Sankt Nimmerleinstag hier!‹, schimpft sie in Gedanken. Außerdem verliert sie langsam die Geduld. Oder verfolgt Wolfgang etwa eine sich ihr auf Anhieb nicht erschließende Strategie damit?

Weiter kommt sie mit ihren Gedanken nicht, da jetzt aus heiterem Himmel eine Wasserflasche quer über den Tisch genau auf sie zuschießt. Die Kommissarin kann gerade noch in Deckung gehen. Offenbar hatte Heinemann die Absicht, in genau dem Moment danach zu greifen, als Ohlsen ihm die Nachricht vom Tod seines Freundes verkündete. Stattdessen verpasste er dem gläsernen Gefäß aber einen heftigen Stoß, der sie quer über den Tisch beförderte.

›Wo der war, ging ständig was zu Bruch‹, kommen Chrissie die Worte Heidrun Sommers in den Sinn, von ihr in dieser oder ähnlicher Weise in Bezug auf Mirko Heinemanns zerstörerischer Tollpatschigkeit benutzt. Dies war soeben sicher solch eine Gelegenheit. Und das vorhin mit der Tür ebenfalls!

»Bleiben Sie sitzen!« Die von Wolfgang Müller in ungewohnt heftigem Tonfall hervorgestoßenen Worte nageln den Unglücksraben förmlich auf seinem Sitzplatz fest. Mirko Heinemann machte nämlich unmissverständlich Anstalten, aufzustehen und der von ihm unabsichtlich attackierten Kommissarin zu Hilfe zu eilen. »Es ist nur zu Ihrem Besten, glauben Sie mir!«, grinst Müller in Gedanken an die Wehrhaftigkeit seiner Freundin, die soeben wortlos die zum Glück heilgebliebene Flasche auf den Tisch zurückstellt.

Heinemann lässt sich wieder auf den Sitzplatz zurückfallen, die Augen vor Schreck weit aufgerissen. »Es ... es tut mir sehr leid«, entschuldigt er sich verstört. »Solche Sachen ... sowas passiert mir andauernd. Ich kann nichts dafür, ehrlich!« Es ist schon irgendwie rührend, wie dieser große, schwere Kerl mit einem Mal total in sich zusammengesunken vor ihnen sitzt. Ist es lediglich wegen seines Missgeschicks, oder weil er erst jetzt realisiert, dass sein Freund tot ist?

Behutsam übernimmt es Müller, ihn über den Grund Ihres Besuches zu informieren. Ohlsen bedenkt er mit einem missbilligenden Blick, den sie mit einem Schulterzucken zur Kenntnis nimmt. Heinemann folgt den Erklärungen des Oberkommissars, ohne ihn ein einziges Mal zu unterbrechen.

»Ich ... ich kann es nicht begreifen!«, stößt er hervor, nachdem Müller mit seinen Ausführungen fertig ist. »Als wir uns das letzte Mal sahen, war er doch noch putzmunter! Und das ist wann passiert? Am Dienstag? Am Tag vor meiner Abreise ... Hätte ich doch nur davon gewusst!« Seine Stimme bleibt dabei, den Worten zum Trotz, gleichbleibend neutral, und er spricht in dem schon gewohnten leiernden Tonfall, der seinem Naturell zu entsprechen scheint.

»Wann genau war das denn, dass Sie Herrn Fuhrmann das letzte Mal sahen?«, erkundigt Ohlsen sich. »Und Sie sollten dringend etwas gegen diese Zuckungen unternehmen«, rät sie ihm bezüglich der vorangegangenen Missgeschicke. »Das ist ja lebensgefährlich!«

»Das ist genau der Grund dafür, dass ich mich so langsam bewege«, erklärt Heinemann ihr. »Hypermetrie. Ist nicht behandelbar.«

»Hypermetrie?«

»Eine Störung in der Bewegungskoordination. Sie führt zu unkontrollierten Bewegungen einerseits, und dazu, dass ich ständig daneben greife oder etwas wegwerfe, statt es zu mir zu holen. Wenn ich alles extrem langsam angehe und mich auf das konzentriere, was ich zu tun beabsichtige, geht es meist eine Weile gut. Aber ich mache schon einiges kaputt.«

»Verstehe. Sie sind gut versichert, nehme ich an«, rutscht es Ohlsen heraus. »Dann habe ich Sie vorhin also mit meiner unbedachten Bemerkung verschreckt und aus dem Takt gebracht. Das tut mir wirklich außerordentlich leid. Aber wann haben Sie denn nun Ihren Freund das letzte Mal getroffen?«, kommt sie unmittelbar zum Thema zurück. Zeit ist ein wertvolles Gut, vor allem in einer Mordermittlung.

»Wann das war? Warten Sie ...« Heinemann scheint konzentriert zu überlegen, denn er kneift nachdenklich ein Auge zusammen. »Das war, glaube ich, Freitag vor drei Wochen. Ja, genau, der 29. Juni war das! Er kam, um mir seine neueste Errungenschaft zu zeigen, ein reichlich teures GPS-Gerät. Ich erinnere mich daran, weil Oliver sich das genau genommen gar nicht leisten konnte, so knapp, wie der ständig war.«

»Ein GPS-Gerät?«, horcht Christina Ohlsen auf. »Und daran erinnern Sie sich genau?«

»Sehr genau, Frau Kommissarin, kein Irrtum möglich!«

»Wissen Sie, was Ihr Freund damit vorhatte?«

»Das würde mich ebenfalls brennend interessieren!«, wirft Müller ein. »Wir können uns nämlich immer noch keinen Reim darauf machen, was Herr Fuhrmann dort wollte, wo man ihn fand.«

»Das habe ich mich auch gefragt, Herr Kommissar. Aber leider ist ... war Oliver einer von denen, die auf solchen Hightech-Kram total abfahren. Der fragte nie lange danach, ob eine Anschaffung für ihn sinnvoll war, deshalb hatte er ja nie Geld!«

Ohlsen zieht die Stirn kraus, was in niedlicher Weise, wie ihr Freund findet, ebenfalls ihre Nase einbezieht. »Und Sie sind sich ganz sicher, dass Oliver am 29. Juni hier bei Ihnen vorstellig wurde? Mit dem neuen Navigationsgerät?«

»Ja, Frau Kommissarin, da bin ich mir sicher. Weshalb fragen Sie?«

»Ach, nur so!«, entgegnet sie nichtssagend und notiert sich etwas auf ihrem Notizblock.

»Okay.« Müller schaut Ohlsen fragend an, die darauf mit einem Kopfschütteln antwortet. »Ich denke, das war es von unserer Seite, wir haben dann zunächst keine weiteren Fragen an Sie. Haben Sie vielen Dank für Ihre Geduld!«

* * *

»Was sollte denn vorhin die Frage nach dem Datum?«, erkundigt er sich auf dem Weg zum Fahrstuhl neugierig, da er weiß, dass Chrissie niemals überflüssige Fragen stellt.

»Ach, nichts weiter. Mir war bloß aufgefallen, dass auf der Rechnung für das Navi der 30. Juni stand«, antwortet sie ihm. »Also einen Tag, *nachdem* Oliver Fuhrmann hier war, um seine neueste Errungenschaft zu präsentieren!«

»Das muss aber nichts bedeuten, Chrissie. Im Versandhandel werden Rechnungen gerne einen oder zwei Tage vordatiert. Wegen der Garantielaufzeit.«

»So wird es wohl sein. Ich wollte mich nur vergewissern.«

ZEHN

»Halten wir zunächst noch einmal alle uns bekannten Fakten im Fall Oliver Fuhrmann fest, und zwar bezogen auf eine mögliche Beteiligung von Paul Bertram, unserem derzeitigen Hauptverdächtigen!« Kommissariatsleiter Peter Donner wendet sich zum Whiteboard und beginnt, mit einem schwarzen Marker darauf zu schreiben.

»Und zwar ergibt sich sowohl durch die am Freitag durchgeführten Befragungen der Zeugen Lambert, Krämer und Steinbach ein etwas klareres Bild«, fährt er fort. »Das wenige, was Mirko Heinemann zu sagen wusste, ist aber in diesem Zusammenhang durchaus ebenfalls von Interesse, da es das Ganze abrundet. Fangen wir also damit an, was alle Zeugen einhellig über den Zeitpunkt aussagten, zu dem Oliver Fuhrmann erstmals bezüglich des Verkaufs von Marihuana an sie herantrat. Was sagte Wolfgang Lambert nochmal dazu?«

»Der sprach vom 2. Juli, Chef«, beantwortet Horst Weiland die an ihn gerichtete Frage.

»Korrekt. Der Zeuge Steinbach sprach ebenfalls von Anfang Juli und ergänzte dies um den Hinweis, dass Bertram selbst zu diesem Zeitpunkt nicht liefern konnte, weil ihm einige Päckchen Marihuana abhandengekommen waren. Bertram wusste demnach also schon über eine Woche, bevor Fuhrmann getötet wurde, dass etwas von seinem Gras weggekommen war. Es erscheint mir hierbei nicht unerheblich, dass Fuhrmann sich nur wenige Tage vorher ein teures GPS-Gerät kaufte, wie Herr Heinemann aussagte.«

»Die Alibis der Herren Lambert, Steinbach und Krämer haben wir überprüft, Chef«, wirft Tobias Heller ein. »Es scheint alles in Ordnung damit zu sein. Nur bei einer Aussage ist mir eine Diskrepanz aufgefallen. Steinbach sagte aus, Krämer habe ihn angerufen, weil er sich über die geschlossene Kneipe wunderte. Steinbach rief dann bei Lambert an, der wiederum durch seinen Bruder vom Tod Fuhrmanns wusste. Krämer aber behauptete, erst gestern kurz vor der Vernehmung davon erfahren zu haben. Es ist aber möglich, dass es diesbezüglich keine Rückmeldung durch Steinbach gab. Wir haben das nicht hinterfragt, da sein Alibi, wie gesagt, bestätigt ist.«

»Dann haken wir das ab. Ich stelle mir das so vor, dass Fuhrmann dringend Geld benötigte und sich am Vorrat seines Arbeitgebers bediente«, entwirft Donner eine Theorie. »Er kam zufällig hinter das Geheimnis der Kegelbahn und nahm in einem unbewachten Augenblick mindestens fünf Päckchen Marihuana an sich. Der Zeuge Krämer sagte ferner aus, dass er am Abend vor dem Mord, also am Montag, dem 9. Juli, den Wirt mit einem Klappmesser in der Nähe des abgestellten Fahrrades sah. Gehen wir daher davon aus, dass Bertram an diesem Tag irgendwie herausbekam, was Fuhrmann plante. Und aus Wut darüber, von ihm beklaut worden zu sein, zerstach er die Reifen. Wenn wir das Messer in die Finger bekämen, könnte die KTU garantiert nachweisen, ob die Reifen damit durchlöchert wurden.«

»Eventuell hatte er das Messer bei seiner Festnahme bei sich«, überlegt Christina Ohlsen. »Solche Klappmesser hat man doch meist in der Hosentasche. Wir sollten beim KK 3 nachfragen, ob die es in den Asservaten haben, Chef!«

»Das ist ein guter Vorschlag«, lobt Donner sie. »Nimmst du dich bitte der Sache an?«

»Dann fehlt jetzt eigentlich bloß noch der Beweis, dass Bertram sich am Abend des 10. Juli zur fraglichen Zeit am Brunnenkeller aufgehalten hat«, zieht Denise Malowski ihr Resümee aus den vorgetragenen Fakten. »Wenn wir ihm das nachweisen, ist er fällig!«

»Vergessen wir nicht eine andere Aussage von Wolfgang Lambert«, erinnert Donner sie. »Er sah den Wirt gegen 17:00 Uhr das Gebäude, in dem die Gaststätte ist, betreten. Frau Walter sagte aber, er sei erst nach 20:30 Uhr dort aufgetaucht. Bertram muss also gleich, nachdem Lambert ihn auf den Brunnenkeller ansprach, wieder losgezogen sein.«

»Zum Brunnenkeller?«

»Das wissen wir ja nicht. Leider haben wir den Bericht der Forensik bezüglich der Hausdurchsuchung am Freitag noch nicht. Wenn die Fasern vom Tatort mit einer seiner Hosen übereinstimmt, sind wir ein gutes Stück weiter! Jürgen versprach aber, heute im Laufe des Tages die Ergebnisse zu liefern. GPS-Geräte wie das in der Wohnung sichergestellte haben einen internen Speicher für besuchte Orte, sagt Jürgen. Wenn Bertram das Teil bei sich hatte, als er sich dort aufhielt, haben wir unseren Beweis! Ach, übrigens ...« Donner hält ein Blatt Papier hoch. »Der Bericht der KTU zu den Kleidungsstücken aus Wolfgang Lamberts Wohnung. Von seinen Hosen sind die Fasern nicht, sagt die Forensik.«

»Es wundert mich, dass wir mittlerweile gleich zwei baugleiche Geräte dieser Art im Umfeld der Ermittlungen kennen, Chef«, äußert sich Wolfgang Müller nachdenklich. »Wobei das von Fuhrmann nach wie vor unauffindbar ist. Aber sowohl er als auch Bertram haben so eins!«

»Das mag dann halt Zufall sein. Oder bei dem von Bertram handelt es sich in Wahrheit um das gesuchte Gerät von Oliver Fuhrmann, dann gäbe es wieder nur eins dieser Teile!«

»Wir müssten es ihm aber nachweisen!«, weist Heller auf einen wesentlichen Umstand hin.

»Hm. Vielleicht können wir das ja tatsächlich!«, gibt Ohlsen zurück.

»Und wie willst du das anstellen, Chrissie?«

»Ich muss erst was überprüfen. Wartet es ab!« Die Kollegen nehmen es geduldig hin, aus Erfahrung wissen sie, dass Nachbohren bei ihr sinnlos ist, solange sie nicht mit konkreten Angaben aufwarten kann.

»Und wir nehmen uns den Bertram ein weiteres Mal vor, sobald der hoffentlich positive Bericht der

KTU vorliegt«, verkündet Denise Malowski nach einem abstimmenden Blick zu Tobias Heller.

»Ja, macht das. Seinen Computer haben aber schon vor uns Bachmanns Leute mitgenommen«, unterrichtet Donner die Mitarbeiter. »Dreyer nimmt ihn gerade auseinander, ich glaube aber nicht, dass da für uns etwas Relevantes drauf zu finden ist. Ich habe Klaus trotzdem gebeten, auf Besonderheiten für unseren Fall zu achten.«

* * *

Christina Ohlsen steht ratlos vor ihrem Schreibtisch. ›Fange ich an, zu verkalken?‹, fragt sie sich nicht zum ersten Mal in den letzten fünf Minuten verunsichert, nachdem sie das ganze Büro gründlich abgesucht hat. Groß ist der Raum ja beileibe nicht. ›Hier, und nirgends anders, hat doch diese verflixte Kiste zuletzt gestanden!‹

Aber der Platz neben dem Aktenregal, wo sie den Karton abstellte, nachdem sie den kompletten Inhalt durchgesehen hatte, ist definitiv leer, da gibt es kein Vertun! ›Ich wieder mit meiner großen Klappe! Jetzt kann ich sehen, wie ich den blöden Wisch wiederfinde. Zum Glück hab ich denen nichts versprochen! Der Karton kann doch nicht einfach so ... Nein, und Geister gibt es nicht!‹, stellt sie kategorisch fest und macht, zu allem entschlossen, auf dem Absatz kehrt.

›Na, warte!‹, grummelt sie erbost in Gedanken und verlässt mit einer gehörigen Portion Wut im Bauch ihr Büro. Keine halbe Minute später steht sie in einem anderen, weitaus größeren Raum.

»Weißt du etwas über den Verbleib der Kiste mit den Sachen aus Oliver Fuhrmanns Wohnung?«, überfällt sie ihren Vorgesetzten, gleich nachdem sie ohne anzuklopfen das Zimmer betreten hat. Aber das tut hier ohnehin niemand.

»Die Kiste?«, wiederholt Donner überflüssigerweise, über den respektlosen Tonfall seiner jüngsten Ermittlerin erstaunt die Augenbrauen hebend. »Die hab ich in die Asservatenkammer gegeben. Du warst doch damit durch, und ich wollte dir einen Gefallen tun. Hab's nur gut gemeint!«

›Gut gemeint ist das Gegenteil von gut!‹, denkt Chrissie und stürmt nach einem gemurmelten »Danke! Vielen Dank auch!« aus dem Büro. Ihr Chef widmet sich kopfschüttelnd wieder dem Bericht der Forensik, den er vor ihrem Überfall zu lesen begonnen hatte.

Aber nach Ohlsens Auftritt fällt es ihm mit einem Mal schwer, sich darauf zu konzentrieren. ›Was sie wohl mit der Kiste will?‹, grübelt er vor sich hin. Eine Antwort erhält er aber natürlich nicht. Es muss jedoch immens wichtig sein, wenn die Kommissarin einen solchen Aufstand deswegen macht. ›Aber womöglich fehlt ihr bloß jemand, den sie herumkommandieren kann‹, überlegt der Kommissariatsleiter lächelnd und konzentriert sich wieder auf die Abhandlung der Spurensicherung.

Der vor wenigen Minuten von Vogel persönlich überbrachte vorläufige Bericht über die Hausdurchsuchung bei Bertram ist übersichtlich und enthält vornehmlich eine umfangreiche Liste von Zahlenwerten, die laut beigefügter Erläuterung eine Auflistung der Inhalte aus dem Speicher des GPS-Gerätes darstellen, das bei Bertram gefunden wurde. Die Analyseergebnisse der ebenfalls dort sichergestellten Kleidung sind lediglich mit einem Vermerk versehen, dass die Laborergebnisse noch ausstehen und nun doch erst für den morgigen Tag erwartet werden.

Das zerbrochene Handy, das Wolfgang Lambert nach eigenen Angaben am Brunnenkeller fand, war selbst durch Klaus Dreyer nicht mehr zu retten gewesen. Es wurde nachhaltig zerstört, als Lambert versehentlich darauf trat. Einzig die SIM-Karte war laut KTU unbeschädigt, enthielt aber keine verwertbaren Daten. Der Besitzer des Handys speicherte die Kontakte und sonstige Informationen vermutlich im nicht mehr verfügbaren internen Speicher des Smartphones.

Einen abschließenden Beweis dafür, dass besagtes GPS-Gerät aus Bertrams Besitz ursprünglich Oliver Fuhrmann gehörte, gibt es leider nicht. Damit ist ja die ungeduldige junge Kommissarin, die ihn soeben mit ihrem Besuch beehrte, derzeit beschäftigt. Ob dies der Grund für ihr ungewöhnlich ungestümes Auftreten war?

›Mit dem Bericht sollen sich meine Meisterdetektive vergnügen‹, beschließt der Erste Hauptkommissar und macht sich damit auf den Weg zum Büro Malowskis und Hellers, das seinem direkt gegenüberliegt.

Die Hauptkommissare bereiten sich nämlich zur Stunde auf das anstehende zweite Verhör Bertrams vor, da kommen diese Informationen wie gerufen.

Hoffentlich reichen sie auch aus, ihn des Mordes zu überführen. Aber wenn das Denise Malowski und Tobias Heller nicht schaffen, wer dann?

* * *

Christina Ohlsen lässt den Karton ächzend auf den Besucherstuhl vor ihrem Schreibtisch fallen. Auf diesem ist nämlich momentan kein Platz dafür. ›Wozu habe ich eigentlich einen großen, starken Freund?‹, grummelt sie. Aber Wolfgang Müller glänzt ebenso wie sein Partner Horst Weiland seit der Fallbesprechung durch Abwesenheit, wie sie vorhin mit einem Blick in deren Büro feststellen musste.

›Wohin sind die eigentlich?‹, wundert sie sich. ›Mit den Befragungen sind wir doch im Augenblick durch! Der Brummbär hätte ja auch was sagen können ... Na warte!‹ Wolfgang Müller, der Chrissie in ihrer Beziehung mehr oder weniger freiwillig die Zügel überlässt, ist eben *hier* der Oberkommissar und sie selbst die Kommissarin, und das nutzt er manches Mal schamlos aus!

Aber am meisten ärgert Ohlsen sich über den Verwalter der Asservatenkammer, weil der sich weigerte, nur das von ihr benötigte Teil aus dem Karton herauszurücken. »*Wo kämen wir denn da hin, junge Frau!*«, meinte der wesentlich ältere Kollege tadelnd, weil angeblich die Kiste in ihrer Gesamtheit katalogisiert sei. ›Dabei merkt der blöde Kerl es doch sowieso nicht, wenn ich was da herausnehme und behalte, wenn ich den Kram zurückgebe!‹, ärgert sie sich über diese Borniertheit.

Aber was soll's, die Kiste steht jetzt hier und gut ist! Stück für Stück angelt sie den Inhalt daraus hervor, bis sie auf das von ihr Gesuchte stößt: den Kaufbeleg des verschwundenen GPS-Gerätes. Sorgsam studiert Christina Ohlsen den DIN A4 Bogen. Kaufdatum, Preis, Typenbezeichnung ... alles vorhanden, nur das, was die Kommissarin am meisten interessiert, steht da nicht, nämlich die Seriennummer des Gerätes. Mist! Und was jetzt?

Aber so schnell gibt eine Chrissie Ohlsen nicht auf! Mit einem prüfenden Blick auf den Fußbereich der Rechnung greift sie zum Telefon.

* * *

»Und was erhoffst du dir jetzt von unserem Ausflug hierher in die Wildnis?«, verdrängt Wolfgang Müllers tiefe Stimme vorübergehend die Stille des Waldes. Seine Worte sind an Horst Weiland gerichtet, der neben ihm auf der Weggabelung am Brunnenkeller steht und die friedliche Szene nachdenklich in sich aufnimmt. Sie sind allein, weit und breit ist keine Menschenseele zu sehen.

»Zunächst einmal Inspiration, Wolfgang«, entgegnet er nach einigen Augenblicken des Überlegens. »Immerhin sind wir zwei die einzigen, die hier noch nicht gewesen sind«, erinnert er den Freund. »Und dabei wurde die Leiche vor mehr als einer Woche gefunden!«

»Ja, von Birgit. Wie geht es ihr eigentlich?«

»Soweit ganz gut«, gibt der Freund einsilbig zurück. »Aber lass uns doch mal zu der Mauer dort gehen«, schlägt er vor, und beendet damit das für ihn heikle Thema. Horst Weiland ist ein Mann, der Dienstliches und Privates stets auseinanderzuhalten versucht, selbst Wolfgang Müller gegenüber.

»Wie groß war Oliver Fuhrmann noch gleich?«, fragt er, als sie direkt vor dem Mauerrest stehen, auf dessen Rückseite der Tote vor genau zehn Tagen gefunden wurde. »1,74 Meter?«, beantwortet er anschließend seine rhetorische Frage selbst. »Dann dürfte ihm die Mauer hier knapp bis an den Hintern gereicht haben, wenn er davor stand.«

»Worauf willst du wieder hinaus, Horst?«, erkundigt sich Müller interessiert. Kollege Weiland ist im Kommissariat für seine mitunter unorthodoxen Ermittlungsansätze bekannt, die aber schon des Öfteren zum Ziel führten. Zuletzt im Fall der entführten Modedesignerin Gisela Michaelis vor etwa einem Jahr.

»Worauf ich hinaus will? Du selbst hast doch die Vermutung geäußert, es könne hier oben einen Kampf gegeben haben, in dessen Verlauf Fuhrmann hier ›über Bord‹ ging. Erinnerst du dich? Als Beleg für diese These haben wir einen in den Boden getretenen Schlüsselbund, der zu Fuhrmanns Wohnung gehört. Und suchen wir nicht immer noch sein GPS-Gerät? Er muss eins besessen haben, das sagte jedenfalls Mirko Heinemann. Das Handy lag ja ebenfalls hier, leider hat es Lambert, als er am Tattag hier auf Fuhrmann wartete, kaputtgetreten.«

»Das stimmt, Chrissie fand einen Kaufbeleg zu einem solchen Teil in den Unterlagen aus Fuhrmanns Wohnung. Die Pathologin, Frau Doktor de Luca, schließt aber einen Unfall aus!«, widerspricht Müller ihm nachdrücklich. »Und das GPS-Gerät lag hier ja nicht, als die KTU mehrmals vor Ort war und alles absuchte. Und die sind immer äußerst gründlich, Jürgen springt dir ins Gesicht, wenn du ihm damit kommst!«

»Hm, ja. Das passt nicht so recht, da stimme ich dir zu. Aber trotzdem sollten wir die Gegend noch einmal gründlich unter die Lupe nehmen. Wie oft kommt es vor, dass ein Täter Beweismittel unterwegs einfach in eine Mülltonne oder einen Abfallkorb entsorgt, wenn er vom Tatort flüchtet?«

»Das ist jetzt aber nicht dein Ernst, oder?«, fragt Müller vorsichtshalber nach, obwohl er es besser wissen müsste. »Hast du eine Vorstellung davon, wie viele Abfallkörbe es hier in der Gegend gibt? Und dann sind die doch sicher in der Zwischenzeit schon längst gelehrt worden! Und was, wenn er das Teil einfach zwischen die Bäume geworfen hat? Dann finden wir es nie!«

»Ach komm schon! Nur die Abfallkörbe im Umkreis von hundert Metern! Finden wir das Teil, sind wir die Helden des Tages. Und wenn nicht … Na, dann haben wir auf Staatskosten einen schönen Spaziergang in der gesunden Waldluft gemacht.«

»Na gut«, gibt Wolfgang Müller nach. Wenn Horst sich etwas in den Kopf gesetzt hat, ist er ohnehin so leicht nicht davon abzubringen. »Aber du hast hoffentlich nicht vergessen, dass exakt so ein GPS-Gerät, wie Fuhrmann es besessen hat, bei

Bertram im Haus gefunden wurde. Und der hat für die Tatzeit kein Alibi!«

»Das besagt gar nichts, Wolfgang. Wer sagt uns denn, dass die nicht einfach nur dasselbe Hobby haben? Wir dürfen in dieser Sache keine Möglichkeit außer acht lassen!«

* * *

»Spreche ich mit dem Vertrieb der Firma Hoffmann?«, fragt Christina Ohlsen nach, weil sie die Dame am anderen Ende der Leitung nicht ganz verstanden hat. »Frau Hoffmann, guten Tag! Mein Name ist Ohlsen, Kriminalpolizei des Rhein-Sieg-Kreises«, stellt sie sich ordnungsgemäß vor, nachdem die Frau ihren Namen geduldig wiederholt hat. Offenbar handelt es sich nicht um ein großes Unternehmen und die Chefin ist selbst in der Leitung.

Kurz hatte die Kommissarin erwogen, sich als deren Kunde Oliver Fuhrmann auszugeben, um unnötiges bürokratisches Geplänkel zu vermeiden. Aufgrund ihrer kräftigen Stimme hätte dies durchaus Aussicht auf Erfolg haben können.

Sollte sie jedoch die gewünschte Information aufgrund falscher Angaben erhalten, wäre diese vor Gericht nicht als Beweis verwertbar, wie sie sehr wohl weiß. Dass die folgenden Minuten nicht ohne Diskussionen verlaufen werden, ist daher nahezu unvermeidbar.

»Und zwar geht es mir um Folgendes«, wählt sie bedacht ihre Worte. »Wir haben hier eines Ihrer Geräte, als Beweisstück in einer polizeilichen

Ermittlung, vorliegen. Um eine eindeutige Zuordnung zum ursprünglichen Eigentümer vornehmen zu können, benötigen wir jetzt die Seriennummer zum Vergleich. Wir haben hier jedoch zwar eine Rechnung von Ihnen für einen Oliver Fuhrmann vorliegen, datiert auf den 30. Juni, aber daraus ist die Seriennummer nicht ersichtlich!«

»Hören Sie«, erklärt sie der Dame am Telefon geduldig, nachdem die sie erwartungsgemäß mit einem minutenlangen Vortrag über Datenschutz zugetextet hat. »Seriennummern von elektronischen Geräten unterliegen *nicht* dem Datenschutz! Und wenn Sie weder Arzt noch Rechtsanwalt oder Geistlicher sind, unterliegen Sie auch nicht der Schweigepflicht. Zudem ist der Adressat besagter Rechnung kürzlich verstorben, ich kann daher auch keine Verletzung eines Persönlichkeitsrechts sehen!«

Frau Hoffmann scheint nicht nur eine ausgeprägte Redegewandtheit zu eigen zu sein, sondern diese Form der Kommunikation gerne und ausgiebig einzusetzen, jedenfalls folgt ein erneuter Redeschwall, den Ohlsen stumm über sich ergehen lässt. Immerhin lenkt die Frau am Ende ein, indem sie sich nach der Rechnungsnummer erkundigt. Aufatmend nennt die Kommissarin ihr die achtstellige Zahl.

* * *

»Haben die beiden dir eigentlich etwas darüber gesagt, weswegen sie vorhin noch einmal rausgefahren sind?«, fragt Denise Malowski ihren Partner, der ebenso wie sie selbst mit dem KTU-Bericht beschäftigt ist, den Donner ihnen vorhin überbrachte. »Also mir ist jetzt nichts von irgendwelchen Befragungen bekannt!«

»Horst und Wolfgang?«, brummt Tobias Heller, ohne sich umzuwenden. Er steht schon seit geraumer Zeit vor einem großformatigen Plan der Wahner Heide, den er an der Korkwand hinter seinem Schreibtisch mit einigen Nadeln befestigt hat. Scheinbar wahllos, jedoch mit sichtbarer Konzentration, bringt er mit einem schwarzen Filzschreiber Markierungen darauf an.

»Die wollten irgendwas nachschauen, glaube ich«, bequemt er sich endlich zu einer Antwort und dreht sich zu ihr um. »Am Tatort, mehr weiß ich auch nicht. Du kennst doch Horst, er hatte sicher mal wieder eine seiner berühmten Eingebungen und musste das unbedingt auf der Stelle überprüfen.« Sein Blick geht zur Uhr hinter Malowski an der Wand. »Es ist schon nach 16:00 Uhr. Kann sein, dass sie heute nochmal ins Kommissariat kommen, dann erfahren wir ja, ob ihr Ausflug von Erfolg gekrönt war!«

»Horst ist aber offenbar nicht der einzige Geheimniskrämer hier, Chrissie kann das auch sehr gut. Und kannst du mir bitte endlich mal erklären, was du da die ganze Zeit auf diesem Plan herummalst?«, bittet Denise ihn ungehalten, da Tobias sich diesbezüglich äußerst geheimnisvoll gab, seit er mit dem Plan, den er wer weiß wo aufgetan hatte, vor einer halben Stunde das Büro betrat.

»Klar doch!« Heller legt den Stift weg und setzt sich wieder an seinen Arbeitsplatz. »Ich übertrage die gespeicherten Koordinaten aus dem GPS-Gerät auf den Plan. Ich versuche, auf diese Weise herauszufinden, was sich an den jeweiligen Orten so interessantes befindet, dass man sich dort herumtreiben muss. Außerdem hatte ich gehofft, ein Muster zu erkennen, wenn ich die Plätze markiere.«

»Und? Hattest du Erfolg?« Denise äugt neugierig an Tobias vorbei zur Pinnwand hinter ihm. »Sieht eher nicht so aus, oder?«, kommentiert sie die unordentlich und ohne erkennbares System angebrachten oder gar geometrische Muster bildenden Markierungen.

»Nein«, muss Tobias Heller zugeben. »Da war ich wohl auf dem Holzweg. Ich weiß ja nicht einmal, was das alles für Orte sind, oder ob es etwas Besonderes dort zu bewundern gibt, da bin ich noch dran. Morgen zur Fallbesprechung werde ich aber etwas dazu sagen können«, gibt er sich optimistisch. »Und wie läuft es bei dir?«

»Ebenfalls Fehlanzeige auf der ganzen Linie«, beschwert sich Denise über den mehr als dürftigen Bericht aus Vogels Abteilung. »Das Ergebnis des Faservergleichs mit Bertrams Kleidung steht noch aus, hoffentlich liegt es bis zur zweiten Vernehmung, die wir für morgen geplant haben, vor! Und einen Beweis, ob das in seiner Wohnung sichergestellte GPS-Gerät ihm gehört, oder doch das von Oliver Fuhrmann ist, gibt es zur Stunde ebenfalls nicht!«

»Damit wollte sich doch Chrissie befassen«, erinnert sich Heller an die vollmundige Ansage der Kollegin auf der heutigen Dienstbesprechung. »Ob sie schon etwas herausgefunden hat?«

»Dann wäre sie garantiert längst hier hereingestürmt«, grinst Denise. »Aber was, wenn sich herausstellt, dass es sich bei Bertrams Exemplar *nicht* um das Gesuchte handelt? Wenn es tatsächlich sein eigenes ist? Dann gibt es nämlich irgendwo noch ein Weiteres von der Sorte, und das müssen wir dann unbedingt finden!«

»Kann man solche Geräte eigentlich orten?«, überlegt Tobias. »So wie Handys?«

»GPS-Geräte? Nein, kann man nicht, ich habe mich bei Klaus Dreyer erkundigt. Solche Systeme arbeiten rein passiv, so wie das Navi im Auto. Zudem haben diese Dinger ja keine SIM-Karte oder etwas Vergleichbares, das man einer Person zuordnen könnte. Bei der GPS-Funktion im Handy ist das was anderes, da gibt es ja eine SIM.«

»Na, dann ... ich werde mich mal wieder der Wahner Heide dort an der Wand zuwenden. Wenn du magst, kannst du mir dabei helfen, herauszufinden, was sich im Einzelnen an den markierten Punkten befindet.«

»Klar helfe ich dir, was muss ich machen?«

»Man kann die Koordinaten in *Google Maps* als Suchbegriffe eingeben. Schau einfach mal, was dabei herauskommt. Wenn wir Glück haben, gibt es Fotos, die auf eine landschaftliche Besonderheit hinweisen, an einigen der Orte. Man kann ja auch als Nutzer dieser Dienste Bilder einpflegen und das tun erstaunlich viele.«

»Ja, Horst fand damals den alten Bunker, in dessen Trümmern sich die beiden Jungs vor uns versteckten, auf diese Weise«, erinnert sich Denise an den spektakulären Fall vor zweieinhalb Jahren, der ebenfalls in der Wahner Heide seinen Anfang nahm, und macht sich konzentriert an die Arbeit.

* * *

Chrissie Ohlsen betrachtet zufrieden den Zettel mit der Seriennummer, die Frau Hoffmann von der gleichnamigen Versandfirma für Kleinelektronik aller Art schlussendlich doch herausrückte. Nicht ohne ausdrücklich darauf hinzuweisen, dass es sich um eine absolute Ausnahme handele, aber immerhin.

Aber wohin jetzt mit der Beute? ›Es gibt nur zwei Möglichkeiten‹, überlegt sie. ›Entweder liegt das Teil noch bei Klaus auf dem Tisch, oder der Chef hat es ebenfalls schon persönlich in die Asservatenkammer getragen. Ob der sonst nichts zu tun hat, als hinter seinen Kommissaren aufzuräumen?‹

Da die Kommissarin nicht schon wieder bei Donner nachfragen möchte, ist das erste Anlaufziel die Forensik, deren Bereich gleich neben ihrem eigenen Büro beginnt. Mit dem Zettel in der Hand macht sie sich nach einem Blick zur Uhr auf den Weg dorthin. ›Hoffentlich ist Klaus überhaupt noch da!‹

* * *

Keine fünf Minuten später sitzt Christina Ohlsen wieder an ihrem Schreibtisch und starrt das vor ihr liegende GPS-Gerät, welches sie boshaft anzugrinsen scheint, entmutigt an. Dreyer, der gerade Feierabend machen wollte, drückte ihr das Teil mit den Worten »viel Spaß damit« in die Hand, nickte ihr zu, und ließ sie mit ihrer Beute stehen. Wie sich dann sofort herausstellte, war die Seriennummer auf der Gehäuserückseite nicht einmal annäherungsweise mit der auf ihrem Zettel identisch!

›Also Fehlanzeige auf der ganzen Linie‹, resigniert sie seufzend, stützt den Kopf in beide Hände und fixiert das Beweisstück, das nun ja überhaupt keines mehr ist, mit ihren Blicken. ›Oder vielleicht doch nicht?‹

»Was ist dein Geheimnis?«, murmelt sie nachdenklich vor sich hin. Eine Antwort erhält sie aber natürlich nicht. Langsam drängt sich ihr der Verdacht auf, dass sie alle die ganze Zeit womöglich einem Phantom nachgejagt sind, und diesem Gerät womöglich überhaupt keine tragende Rolle in ihrem Fall zukommt.

›Wer weiß, was mit dem von Fuhrmann passiert ist‹, denkt sie. Es gibt unzählige Möglichkeiten. ›Er hat es vielleicht sofort wieder verhökert, weil er knapp bei Kasse war. Oder es wurde ihm gestohlen, oder …‹

»Kommst du, Liebes?«, holt sie die tiefe Stimme ihres Freundes aus ihren Gedanken. Wolfgang Müller steckt den Kopf zur Tür herein. »Ich dachte, wir machen für heute Feierabend. Die anderen sind längst weg.«

»Ihr seid wieder zurück? Geh doch schon mal vor zum Wagen, Wolfie!«, ruft sie ihm müde zu. »Ich komme gleich nach, ich will nur schnell den Schreibtisch etwas in Ordnung bringen.«

Nachdenklich hält sie das Gerät einige Augenblicke in der Hand, bevor sie es mit einem Schulterzucken in die Schreibtischschublade legt. »Schade, du wärst ein vortrefflicher Beweis für die Schuld deines Besitzers gewesen!«, schickt sie enttäuscht hinterher, schließt die Lade und wendet sich der Tür zu. Ihr Freund hat recht, es ist Zeit für den Feierabend.

* * *

Am Abend

Esmeralda und Quasimodo, Chrissies handzahme Frettchen, toben ausgelassen durch die geräumige Wohnung, während der leidenschaftliche Hobbykoch Wolfgang Müller unter Mithilfe seiner Lebensgefährtin ein leckeres Abendessen für sie beide zaubert.

Frettchen sind zwar normalerweise eher in der Morgen- und Abenddämmerung aktiv, verfügen aber über einen ausgeprägten Zeitsinn. Sind sie domestiziert, passen sich die äußerst lebhaften und geselligen Tiere daher gerne den Lebensgewohnheiten ihrer Menschen an. Jetzt im Sommer verbringt das Pärchen den ganzen Tag und die Nacht im geräumigen, allseits geschlossenen Gehege im Gartenbereich des Wohnhauses, wo sie viel Platz für sich haben. Zur Stunde sind sie wie immer außer Rand und Band, weil Chrissie und Wolfgang endlich zu Hause sind.

»Wie alt sind die überhaupt?«, fragt Müller seine Freundin beiläufig. Als er Chrissie vor zwei Jahren kennenlernte, hatte sie die Tiere ja schon.

»Esmeralda und Quasimodo? Die werden im Frühjahr Vier, haben also noch nicht ganz die Hälfte ihrer Lebensspanne erreicht«, antwortet sie und zieht lachend die Hand zurück, weil Wolfgang ihr spielerisch draufhauen wollte. Da muss er aber schon früher aufstehen, die Reflexe der Trägerin eines schwarzen Gürtels in Ju-Jutsu sind ausgezeichnet.

»Finger weg, Topfgucken gibt's bei mir nicht!«, stellt er dennoch einmal mehr in gespielt strengem Tonfall klar. »Warte es ab, es wird garantiert lecker!« Da die junge Frau die herausragenden Kochkünste ihres Lebenspartners zur Genüge kennt, ist dem nichts hinzuzufügen.

* * *

»Daf ift fuperlecker!«, nuschelt Christina Ohlsen mit vollem Mund und hält zur Bekräftigung ihrer Worte ein Stück des leckeren Filets als nächsten geplanten Bissen auf ihrer Gabel in die Luft. »Warum bist du nicht Koch geworden?«

»Und auf all das verzichten, was Spaß macht? Auf die Zusammenarbeit mit Tobias, Horst und Denise? Auf dich?«

»Hättest mal was anderes sagen sollen!«, grinst Chrissie ihren Freund frech an. »Ach, wo wir schon dabei sind: Wo wart ihr zwei heute Nachmittag, du und Horst? Keiner wusste so recht Bescheid!«

»Mein geschätzter Partner hatte die verrückte Idee, am Brunnenkeller nach Spuren zu suchen, die womöglich von allen anderen übersehen wurden«, berichtet Wolfgang Müller und umreißt kurz den Nachmittag im Wald.

»... und dann mussten wir auf der Suche nach Fuhrmanns GPS-Gerät einen ›Flaschensammler‹ an einem Abfallkorb direkt am Weiher fast mit Gewalt daran hindern, den Behälter vor uns zu leeren«, lacht er in Erinnerung an diese Begebenheit. »Der fragte uns doch glatt, ob wir bei der Polizei so wenig verdienen, dass wir das nötig hätten! Aber wie sich herausstellte, macht er seit Jahr und Tag jeden Tag seine Runde dort. Und gefunden, wonach Horst und ich suchten, hatte er angeblich nicht.«

»Ging mir nicht anders«, hakt Chrissie an dieser Stelle ein. »Meine Idee, anhand der Seriennummer des von Fuhrmann gekauften Gerätes zu beweisen, dass es sich bei dem bei unserem derzeitigen Hauptverdächtigen gefundenen Exemplar um eben dieses handelt, lief leider ins Leere. Wir wissen jetzt zwar immer noch nicht, wo Bertram *seines* her hat, aber um das von Oliver Fuhrmann handelt es sich definitiv *nicht*! Was mag wohl damit passiert sein, Wolfie? Es kann sich schließlich nicht in Luft aufgelöst haben!«

»Vergiss nicht, dass Fuhrmann erst am dritten Tag nach der Tat gefunden wurde, Chrissie!«, erinnert ihr Freund sie. »In dieser doch sehr langen Zeit kann eine Menge passiert sein. Und gesetzt den Fall, dass Fuhrmann das Gerät an seinem Todestag tatsächlich bei sich hatte, kann es praktisch jeder Spaziergänger, Jogger, oder was weiß ich eingesteckt haben, der in den beiden folgenden Tagen dort vorbeikam. Sofern es wie Schlüssel und Handy oben am Weg lag, und nicht unten bei der Leiche!«

Chrissie starrt ihn aus weit aufgerissenen Augen an und bringt keinen Ton hervor. Stattdessen fuchtelt sie mit einem Mal panisch mit den Armen und läuft rot im Gesicht an. Wertvolle Sekunden vergehen, bis Wolfgang endlich begriffen hat, was los ist. Dann aber reagiert er schnell und richtig und klopft ihr mit der flachen Hand fest auf den Rücken, bis sie ein Stück Fleisch ausspuckt und keuchend Luft holt.

»Du musst das erst kauen, mein Schatz!«, tadelt er sie nachsichtig und haucht ihr einen Kuss auf die Nase. »Was war denn los?«

»Mensch Wolfie!«, bringt die junge Frau hervor, nachdem sie wieder zu Atem gekommen ist. »Das ist es ... Du bist genial! Dass mir das nicht selbst eingefallen ist!«

ELF

»Horst? Das trifft sich ja gut, dass ich dich errei-
che!« Erfreut begrüßt Christina Ohlsen ihren
Gesprächspartner am Telefon. Polizeimeister König
ist Mitglied der Siegburger Polizei und tut seinen
Dienst regelmäßig in der Polizeiwache, die dem
Gebäude der Kriminalpolizei unmittelbar angeglie-
dert ist, also sozusagen nebenan.

Für den Gefallen, den Ohlsen heute beabsichtigt,
einzufordern, ist es auf jeden Fall von Vorteil, dass
der junge Schutzpolizist Dienst hat, denn mit ihm
versteht Chrissie sich besonders gut. Der stets hilfs-
bereite Kollege ist etwa im gleichen Alter wie die
Kommissarin und sexuell ›anderweitig‹ orientiert.
Somit ist es ausgeschlossen, dass er sich irgendwelche Schwachheiten einbildet, zumal er kürzlich erst
eine Lebenspartnerschaft eingegangen ist.
Christina Ohlsen hatte daher insgeheim gehofft,
ihn ans Telefon zu bekommen.

»Warum ich anrufe?«, antwortet sie auf die
Frage des Polizeibeamten. »Ich benötige in einem
Mordfall ein wenig Hilfe. Und zwar suchen wir
schon seit Tagen nach etwas, das eine gewisse Rolle
bei der Aufklärung spielen könnte, aber auf uner-
klärliche Weise verschwunden zu sein scheint.« In
Stichworten gibt die dem Kollegen die Eckdaten
durch und erklärt ihm die Idee, die ihr gestern beim

Abendessen kam. »Da es sich bei diesem Brunnenkeller um eine beliebte Gegend für Waldspaziergänger und Jogger zu handeln scheint, habe ich mir gedacht, dass jemand das Teil dort gefunden und mitgenommen hat. Bei euch ist nicht zufällig in den letzten Tagen ein Outdoor-Navigationsgerät der Marke ›Montana 610‹ abgegeben worden? ... ... Schade! Ob du für mich wohl auf den umliegenden Polizeiwachen deswegen nachfragen würdest? Du tätest mir einen Riesengefallen! ... ... Danke, du bist ein Schatz! Bei den Fundämtern rufe ich dann schon selbst an.«

Mit sich und der Welt zufrieden, sucht Chrissie die Nummern der umliegenden Stadtverwaltungen aus dem Telefonverzeichnis zusammen. Infrage kommen wahrscheinlich die Fundämter der Ortschaften Troisdorf, Porz und Lohmar. Und das von Siegburg selbst natürlich. Dies sind die Orte im unmittelbaren Umfeld der Wahner Heide und somit das Einzugsgebiet für Ausflügler in dieses Gebiet. In bester Laune wählt Ohlsen die erste Nummer.

Keine Viertelstunde später ist sie mit den Telefonaten durch. Leider ohne Erfolg, ein Gerät dieser Art wurde nirgends abgegeben. Bleiben also die Polizeistationen. Hier heißt es, abzuwarten und Geduld zu bewahren. Wie sie Horst König kennt, wird er es nicht bei einem Anruf auf den Wachen der umliegenden Städte belassen, sondern eine umgehende Rückmeldung einfordern, falls das gesuchte Gerät in den nächsten Tagen dort auftaucht.

Ihre Gefühle diesbezüglich sind zwiespältig. Was die Kommissarin vor allem bewegt, ist zweierlei: Zum Einen tauchen für ihren Geschmack zu viele dieser Teile im Mordfall Fuhrmann auf. Andererseits sagt ihr Bauchgefühl, dass exakt *dieses* bislang nicht gefundene GPS-Gerät sie zum Täter führen wird. So sie es denn endlich in Händen hätten!

Und was jetzt? Bis zur Fallbesprechung ist noch über eine Stunde Zeit, die es sinnvoll zu nutzen gilt. Denise, Tobias und der Chef erwarten immerhin eine eindeutige Aussage darüber, dass Paul Bertram sich zur selben Zeit am Brunnenkeller aufhielt wie Oliver Fuhrmann. Das Auffinden des verschwundenen GPS-Gerätes taugt höchstwahrscheinlich nicht dazu, dies zu beweisen.

Aber was könnte dann zum Täter führen? Plötzlich manifestiert sich vage eine Idee in ihrem Verstand. Eher die Vorstellung einer Idee, die es aber durchaus wert ist, überprüft zu werden. ›Ich gehe dazu am besten mal rüber zu Klaus in die Forensik ...‹, überlegt sie und macht sich unverzüglich auf den Weg dorthin.

* * *

»Der Stein?«, wiederholt Dreyer stirnrunzelnd Ohlsens Worte. »Ich glaube schon, dass der hier noch irgendwo herumliegt, Chrissie. Aber da bist du bei mir an der falschen Adresse. Jedenfalls solange Steine keine Mikrochips eingebaut haben.«

»Ha, ha«, macht die Kommissarin und bedenkt den Forensiker mit einem vernichtenden Blick. »Dass das Blut an dem mutmaßlichen Tatwerkzeug vom Opfer stammt, wissen wir doch längst, Klaus! Und dass der Handabdruck keinerlei Fingerabdrücke aufweist, ist ebenfalls nichts Neues. Aber eventuell gibt es da doch etwas, das du für mich erledigen könntest. Ist nur so 'ne Idee, ich weiß ja nicht mal, ob du sowas überhaupt kannst ...«, versucht sie, den IT-Spezialisten bei seiner Berufsehre zu packen.

Der spitzt dann auch sofort die Ohren. »›Geht nicht‹ gibt's nicht!«, kommt, wie erwartet, sein Standardspruch. »Dann schieß mal los!«

Stockend, weil sie selbst ihren Gedanken erst entwickeln muss, trägt Ohlsen Dreyer ihre Idee vor. Der hört mit steigendem Interesse zu und schlägt dann begeistert die Hände zusammen. »Das habe ich zwar noch nie versucht«, äußert er sich dazu, »aber ich denke, das bekomme ich hin! Es wird allerdings eine Weile dauern, ich sage dir dann Bescheid.«

»Danke, Klaus!« Zufrieden mit dem Ergebnis der Unterredung wendet Christina Ohlsen sich zur Tür. Auf dem Weg zurück in ihr eigenes Büro hört sie schon von weitem ihr Diensttelefon klingeln. In der Annahme, dass einer ihrer Kollegen oder der Chef etwas von ihr will, beschleunigt sie ihren Schritt.

* * *

»Kommissarin Ohlsen ist noch mit dem Verbleib von Fuhrmanns Navigationsgerät beschäftigt«, informiert Kommissariatsleiter Donner seine Mannschaft zu Beginn der Fallbesprechung. »Sie ist also entschuldigt, wir sind daher vollzählig!«

»Ich dachte, wir gehen davon aus, dass es sich um das handelt, das sich im Besitz Bertrams befand, Chef!« Tobias Heller klingt enttäuscht. »Jetzt ist die ganze Arbeit, die Denise und ich uns gestern damit gemacht haben, für die Katz!«

Donner legt die Stirn in Falten. »Hat diese Arbeit etwas mit dem Plan dort an der Wand zu tun, Tobias?«, zeigt er auf die großformatige Flurkarte, auf der Heller die Koordinaten aus Bertrams GPS-Gerät eingezeichnet hatte. »Aber du vermutest richtig, Chrissie konnte anhand der Seriennummer unzweifelhaft beweisen, dass das von uns sichergestellte Gerät *nicht* das von Oliver Fuhrmann ist! Und was hat es jetzt mit den Markierungen auf deinem Plan auf sich?«

»Ich hatte gehofft, ein Muster zu erkennen. Irgendeinen Hinweis darauf, was Fuhrmann an den jeweiligen Orten wollte«, erklärt Heller. »Aber wenn es gar nicht seines ist ...«

»Ich finde ohnehin, dass wir diesem Teil zu viel Aufmerksamkeit widmen«, bringt sich Horst Weiland in die Diskussion ein. »Wir sollten uns auf das Wesentliche konzentrieren, nämlich zu beweisen, dass Bertram Fuhrmann dort am Brunnenkeller erschlug! Er hatte ein Motiv, war vermutlich zur Tatzeit dort, und er hat kein Alibi!«

»Da sind wir ja dabei, Horst«, beschwichtigt Donner die Gemüter. »Ich finde aber, dass wir in alle Richtungen ermitteln müssen, solange kein anderer eindeutiger Beweis für Bertrams Schuld vorliegt! Und ihr kennt doch Chrissie, wenn sie sich einmal in etwas verbissen hat, lässt sie so schnell nicht wieder los!«

»Ja, wie ein Pitbull!«, lacht Tobias Heller.

»Die Größe würde ja in etwa passen ...«, ergänzt Horst Weiland.

»Das traut ihr euch ja nur, weil Chrissie nicht hier ist!«, kritisiert Wolfgang Müller die Albernheit der Kollegen zu Lasten seiner Freundin.

»Klar, wir sind ja nicht lebensmüde!«, kontert Tobias Heller.

»Genug mit dem Unfug!«, beendet Donner ungehalten das Geplänkel. »Wir haben einen Mordfall aufzuklären, schon vergessen? Und deine Arbeit war womöglich gar nicht so überflüssig«, wendet er sich an Heller. »Wir vergleichen die Orte mit denen auf Fuhrmanns Navigationsgerät, sobald wir es gefunden haben. Vielleicht gibt es ja Übereinstimmungen. Gab es denn unter den gespeicherten Koordinaten irgendwelche auffälligen Besonderheiten?«

»Nur der Brunnenkeller, Chef. Bertram wird also dort gewesen sein, sofern ihm das Gerät tatsächlich gehört. Leider geben die von der Forensik zur Verfügung gestellten Daten keine Auskunft über den Zeitpunkt. Außer dem Tatort gibt es nur wahllos verteilte Örtlichkeiten: Eine Bunkeranlage, ein Baum, hier in der Gegend als ›Tausendjährige Eiche‹ oder ›*Bochshohns Eech*‹ bekannt, ein paar historische Gebäude und etliche Punkte, wo ich nicht mal genau weiß, was sich dort befindet!«

»Das mit dem Brunnenkeller ist doch schon mal was! Jürgen hat zudem versprochen, die Laborergebnisse bezüglich der am Tatort sichergestellten Stofffasern heute noch zu liefern. Ihr solltet euch daher schon einmal auf ein zweites Verhör Bertrams vorbereiten!«, ergeht die Order an Malowski und Heller. »Wir warten aber auf die Labor ...«

Donner unterbricht sich und alle Köpfe rucken zur Tür, als diese mit Elan geöffnet wird und Chrissie Ohlsen förmlich in den Raum stürmt. An Ihrem jetzt leeren Stammplatz neben Wolfgang Müller angekommen, legt sie wortlos und mit triumphierendem Blick etwas auf den Tisch. Es handelt sich um ein anthrazitfarbenes Outdoor-Navigationsgerät mit der Typenbezeichnung ›Montana 610‹!

* * *

»Ist es das, was ich vermute?«, schneidet Donners Frage durch die andächtige Stille, die seine Mitarbeiter beim Anblick des Navigationsgerätes erfasst hat. »Das am Brunnenkeller verlorengegangene GPS-Gerät?«

»Ja, das ist es, Chef!«, bestätigt Christina Ohlsen ihm und den anderen mit einem merkwürdig ernsten Gesichtsausdruck. »Und doch auch wieder nicht ...«

»Wie soll ich das jetzt verstehen?« Das Gesicht des Ersten Hauptkommissars ist ein einziges Fragezeichen. »Was denn nun?«

Ohlsen nimmt erst einmal ihren Platz ein. »Dieses Gerät hier wurde am 13. Juli, also am selben Tag, an dem dort die Leiche entdeckt wurde, direkt am Brunnenkeller gefunden!« Sie hält das Teil zur Bekräftigung ihrer Aussage noch einmal hoch. »Soweit, so gut!«

»Aber?«

»Aber es handelt sich *nicht* um das von Oliver Fuhrmann! Die Seriennummer stimmt nicht überein. Kommt euch das bekannt vor?«

»Wie bist du denn überhaupt an das Teil gekommen?«, will der Kommissariatsleiter wissen.

»Wolfgang hat mich auf die Idee gebracht. Er meinte, dass da so viele Leute vorbeikämen, da hätte praktisch jeder es finden und mitnehmen können. Also habe ich bei allen Fundämtern und Polizeistationen im näheren Umkreis nachgefragt. Und vorhin ruft mich die Polizeiwache Troisdorf zurück, die hatten das vor euch liegende Gerät seit letztem Samstag dort zur Aufbewahrung.«

»Und wie ist es dorthin gekommen?«

»Haltet euch fest: Die Mutter eines Jungen, der in die Klasse deiner Frau geht«, schaut sie in Richtung Horst Weiland, »fand es im Zimmer ihres Sohnes unter einem Wäschestapel, als sie für die anstehende Urlaubsreise seinen Koffer packen wollte. Nach einigem Hin und Her gestand der Kleine, dass er das Gerät am Brunnenkeller unter einem Gesträuch fand, kurz bevor wir und die KTU dort anrückten. Da samstags die Fundämter nicht geöffnet sind und die Familie am nächsten Tag losfahren wollte, brachte die Mutter es zur Polizei.«

»Das sind mir endgültig einige Zufälle zu viel!«, schüttelt Donner den Kopf. »Wem gehört denn nun dieses ... das Wievielte ist das jetzt? Das Dritte? Bring das Teil gleich in die Forensik, damit wir die besuchten Koordinaten ebenfalls bekommen, vielleicht gibt es ja Übereinstimmungen.«

»Das brauchen wir nicht, Chef«, gibt Ohlsen selbstbewusst zurück. »Ich habe mich erkundigt, man kann die Datei mit den abgespeicherten Koordinaten über USB herunterladen. Mit Datum und Uhrzeit!«

»Datum und Uhrzeit auch?«, echot Tobias Heller mit großen Augen. »Aber in dem Bericht der Forensik über das untersuchte Gerät aus Bertrams Wohnung waren nur die nackten Koordinaten aufgelistet!«

»Dann haben die ausnahmsweise mal geschludert«, bescheidet Chrissie Ohlsen ihm. »Ich mache eine neue Liste und vergleiche sie mit der aus diesem hier. Ich habe momentan etwas Zeit dafür. Ach übrigens: Bertram hatte tatsächlich ein Klappmesser bei sich, als er festgenommen wurde. Ich habe es vorhin in der KTU abgegeben, die nehmen sich das Fahrrad daraufhin heute noch vor, sagt Jürgen.«

»Das ist doch mal eine klare Ansage!« Donner klatscht in die Hände. »Dann nimm dir das Gerät von Bertram zuerst vor, Chrissie. Wenn er zur Tatzeit dort war, und es sich mit Hilfe seines Navis beweisen lässt, haben wir ihn! Das war ausgezeichnete Ermittlungsarbeit, von euch allen!«

Donner lässt die letzten Worte bei seinen Leuten sacken und verfügt dann spontan: »Wir verschieben die Vernehmung Bertrams, bis Ohlsen mit den Auswertungen der Daten fertig ist! Und Chrissie: Ich möchte, dass du dieses Mal ebenfalls aktiv daran teilnimmst, gemeinsam mit Denise und Tobias!«

»Aye, Chef!«, freut sich die Kommissarin unter den anerkennenden Blicken der Kollegen und packt geschwind ihre Sachen zusammen. Die Besprechung ist beendet und auf sie alle wartet eine Menge Arbeit!

* * *

Später am Nachmittag

Christina Ohlsen verlegte nach der Mittagspause ihren Arbeitsplatz spontan in den Besprechungsraum, wo immer noch die Flurkarte der Wahner Heide an der Wand hängt, die Tobias mit den Informationen aus Bertrams GPS-Gerät verziert hat. Die Karte nimmt eine zentrale Stelle in den Überlegungen der Kommissarin zur Lösung des Rätsels ein, und in ihrem winzigen Büro wäre auf keinen Fall Platz dafür gewesen.

Auf dem Tisch liegen außerdem, nebst von ihr handschriftlich gefertigten Listen, die beiden Navigationsgeräte und ein Laptop. Bunte Markierungsfähnchen und verschiedenfarbige Stifte vervollständigen das Equipment, mit dem sie hofft, endlich etwas Licht in die Angelegenheit zu bringen.

Seit einer Stunde widmet sie sich konzentriert einer Tätigkeit, die aus immer denselben Schritten besteht: einem Blick auf die Liste, einer Umrechnung der Koordinaten aus dem Geo-Cache der Geräte in Dezimalwerte, und Lokalisierung derselben über *Google Maps* auf der Karte. Befindet sich die Lokalität im Gebiet der Wahner Heide, kommt an die entsprechende Stelle auf dem Plan an der Wand eins der Papierfähnchen. Ein gelbes für Bertrams Gerät, ein rotes für das von einem immer noch Unbekannten am Brunnenkeller verlorene. Die Fähnchen beschriftet sie in ihrer akkuraten, zierlichen Schrift mit Datum und Uhrzeit. Sie ist dermaßen in ihre Arbeit vertieft, dass sie nicht mitbekommt, wie jemand den Raum betritt.

»Das sieht ja schon richtig professionell aus, was du da tust«, hört sie daher vollkommen unvorbereitet eine warme Stimme an ihrem Ohr und ein starker Arm legt sich fordernd um ihre Hüften.

»Hey, was soll das werden? Das ist sexuelle Belästigung am Arbeitsplatz, ich muss das auf der Stelle dem Chef melden!« Lachend windet sie sich aus der Umarmung ihres Freundes. »Wir sind im Dienst, Wolfie«, flüstert sie ihm ins Ohr. »Damit musst du schon bis heute Abend warten!«

»Und was bedeuten die verschiedenfarbigen Fähnchen dort?«, verwandelt sich Wolfgang Müller sofort wieder in den Kriminalisten.

Chrissie erklärt ihm in groben Zügen das System. »Wie du siehst, haben wir eine recht großzügige Verteilung der Fähnchen. Und nur zu etwa sechzig Prozent markieren sie dieselbe Stelle, was für eine signifikante Aussage viel zu wenig ist. Zudem waren die jeweiligen Besuche dort zu völlig verschiedenen Zeiten, teilweise liegen Tage dazwischen.«

»Also kein Beweis, dass die beiden, Bertram und wer auch immer, sich kannten?«

»Leider nicht. Zumal die jeweiligen Koordinaten nicht immer exakt dieselbe Stelle bezeichnen. Da liegen oft etliche Meter dazwischen!«

»Jetzt kennen wir schon zwei Kerle, die sich ohne ersichtlichen Grund mit einem Navigationsgerät in der Walachei herumtreiben, und wir finden womöglich einige mehr, wenn wir herausbekommen, was die alle dort zu erledigen haben«, bemerkt Müller dazu.

»Das nennt sich ›Geocaching‹, Wolfie!«

»Geocaching?«, wiederholt Müller verständnislos.

»Ja, genau. Der Begriff setzt sich zusammen aus dem Wort ›Geo‹ für Erde und ›caching‹ für das Abspeichern der besuchten Orte im Navigationsgerät.«

»Und wozu soll das gut sein? Warum rennt jemand durch die Gegend und sammelt, ja was überhaupt? Sehenswürdigkeiten?«

»Es gibt Menschen, die sammeln Briefmarken. Oder Schmetterlinge. Und denk an deinen Freund Horst. Der rennt stundenlang herum, ohne im Grunde irgendwo anzukommen!«

»Du meinst Marathon? Horst sagt, dabei ist der Weg das Ziel.«

»Hier ist es nicht anders, denke ich. Aber kommen wir zurück zu unserer Aufgabe. Wie ich schon sagte, differieren die Orte, sofern sie von beiden Navigationsgeräten aufgesucht wurden, zeitlich um Tage und räumlich um etliche Meter. Nur in einem ganz besonderen Fall nicht!«

»Der Brunnenkeller?«, vermutet ihr Freund.

»In beiden Fällen wurden die Koordinaten nicht nur am selben Tag abgespeichert«, gibt Chrissie ihm recht, »sie markieren zudem eine Stelle, die fast auf den Meter genau identisch ist. Und sie liegen zeitlich nur wenige Minuten auseinander. Der Wert in dem Gerät vom Tatort liegt bei 19:32 Uhr. Bertram speicherte seinen Besuch dort um 19:51 Uhr ab.«

»Weniger als eine halbe Stunde! Aber das würde doch bedeuten, dass es sich bei dem dort gefundenen Gerät doch um das von Oliver Fuhrmann handeln muss!«

»Oder um das von einem unbekannten Dritten, Wolfie!«

»Und der hat es dort verloren? Bei einem Kampf um Leben und Tod möglicherweise?«, folgert Wolfgang. »Dann wäre der rechtmäßige Eigentümer der Mörder von Fuhrmann, und nicht Bertram?«

»So weit sind wir noch nicht! Immerhin wissen wir ja zwei Dinge mit nahezu hundertprozentiger Sicherheit: In der Zeit zwischen 19:30 Uhr und 20:00 Uhr, die wir mittlerweile als Tatzeit eingrenzen können, waren sowohl Oliver Fuhrmann als auch Paul Bertram am Tatort! Falls es da noch jemand gab, könnte Bertram ihn eventuell gesehen haben.«

»Und wenn nicht?«

»Dann wird es Bertram wohl doch selbst gewesen sein, was wir ihm morgen früh beim Verhör hoffentlich nachweisen können. Der Laborbericht der KTU bezüglich der Fasern wird bis dahin vorliegen, sagt Jürgen Vogel.«

ZWÖLF

»Horst hatte eine Idee, Chef!«, beginnt Wolfgang Müller die Besprechung, bevor Donner seine üblichen einleitenden Worte loswerden kann.

»Ach, das ist ja mal was ganz Neues!«, spottet Tobias Heller und fängt sich einen strengen Blick des Kommissariatsleiters dafür ein.

»Und zwar kam ich darauf, als ich Chrissies Arbeit dort an der Wand sah«, zeigt sich Horst Weiland davon unbeeindruckt und weist auf den Plan mit den von Christina Ohlsen angebrachten Markierungen. »An einigen Stellen haben sich die Besitzer beider uns bekannter Navigationsgeräte zu verschiedenen Zeiten aufgehalten, wie man jetzt unschwer sehen kann. Es ist nicht unwahrscheinlich, dass die aus demselben Grund dort waren.«

»Sicher kann das sein«, stimmt Donner ihm zu. »Aber was hilft uns das?«

»Horst meinte, dass wir diesen Grund unter Umständen herausbekommen, wenn wir die Orte ebenfalls aufsuchen«, präzisiert Müller den Gedanken seines Partners.

»Oder zumindest den Letzten, den die beiden unmittelbar vor dem Brunnenkeller besuchten«, schränkt Horst Weiland ein. »Das könnte eventuell schon reichen.«

»Du hast doch garantiert etwas Konkretes dabei im Sinn!«, vermutet Donner, der seine Leute sehr gut kennt.

»Ich glaube, ich weiß, worauf Horst hinauswill«, meldet sich Denise Malowski zu Wort. »Wir haben jetzt schon zwei Kerle, die sich ohne ersichtlichen Grund und zu unmöglichen Zeiten an diesem Brunnenkeller aufhielten. Und wenn wir Oliver Fuhrmann mit einbeziehen, dessen Navi immer noch nicht gefunden wurde, sind es schon drei! Wenn wir herausbekämen, was die alle dort wollten ... Es wäre doch denkbar, dass es sich um eine Art Treffpunkt handelte.«

»Hm. Das erscheint mir etwas an den Haaren herbeigezogen«, gibt Donner sich skeptisch und wendet sich wieder an Weiland und Müller: »Denise, Tobias und Chrissie sind gleich anschließend mit der Vernehmung Bertrams beschäftigt, davon verspreche ich mir eigentlich wesentlich mehr. Aber gut, fahrt ihr zwei in Gottes Namen in die Wahner Heide. Diese GPS-Dinger bleiben aber hier! Seht zu, wie ihr die Stellen ohne sie ausfindig macht!«

* * *

Später

Im Vernehmungsraum sitzt Paul Bertram mit Anwalt Theissen bereit, von einem Beamten in Uniform bewacht. Durch den einseitigen Spiegel werfen die übriggebliebenen Mitarbeiter des Kommissariats einen letzten Blick auf den Verdächtigen, der einen selbstzufriedenen und ausgeglichenen

Eindruck auf die Kommissare macht. Offenbar ist der Mann davon überzeugt, dass niemand ihm etwas, das über die Drogengeschäfte hinausgeht, nachweisen könne.

Rechtsanwalt Doktor Karl Theissen ist den Kommissaren kein Unbekannter, und ihm eilt der Ruf voraus, besonders gründlich zu sein, was die Aufdeckung möglicher Verfahrensfehler angeht. Es ist also allergrößte Vorsicht bei der Vernehmung angebracht.

»Was wir vor allem dringend benötigen, ist ein Geständnis!«, instruiert der Kommissariatsleiter Tobias Heller, Denise Malowski und Christina Ohlsen. Wolfgang Müller und Horst Weiland sind schon zu ihrer Exkursion in die Wahner Heide aufgebrochen. »Nachdem wir leider ja keine direkten Beweise haben, wie DNA des Täters am Opfer oder Fingerabdrücke, bleiben uns nach wie vor nur Indizien.«

»Das wissen wir, Chef«, erinnert Tobias Heller den Vorgesetzten, der, wie immer bei solchen Gelegenheiten, nervöser scheint als seine Kommissare. Christina Ohlsen, die heute zum ersten Mal aktiv an einem Verhör teilnimmt, vielleicht ausgenommen. Falls die junge Frau deswegen unsicher ist, zeigt sie es allerdings nicht.

»Wir haben alle Fakten, die uns bekannt sind, hier drin.« Malowski hält einen Aktenordner hoch. Heller und Ohlsen halten je ein identisches Exemplar in den Händen. »Wir versuchen, ihn auf die unwiderlegbaren Tatsachen festzunageln, mehr können wir nicht tun.«

»Okay. Ich weiß, ihr gebt euer Bestes. Und jetzt geht ihr da rein und holt euch den Kerl!«

* * *

»Das ist ja ein Parkplatz!«, wundert sich Wolfgang Müller, weil Horst Weiland den Dienstwagen etwa in Höhe des Leyenweihers von der Altenrather Straße auf einen unbefestigten Parkplatz auf der linken Seite lenkt. »Jetzt sag bloß nicht, dass dies der Punkt ist, wo ...«

»Doch, ist er! Genau hier hat sich das Navi von Paul Bertram am 8. Juli um 14:32 Uhr eingeloggt und das andere, das Chrissie gestern angeschleppt hat, am 10. Juli um 16:44 Uhr!«

»Na, dann kann es sich aber definitiv nicht um das von Fuhrmann handeln, der war zu dieser Zeit in Lohmar arbeiten. Aber wie willst du hier zu neuen Erkenntnissen gelangen? Das ist ein Parkplatz, den benutzen doch Hunderte!«

»Dass es nicht Fuhrmanns GPS-Gerät ist, wissen wir ja schon durch Chrissies Recherchen, Wolfgang. Aber ich wette, wenn wir sein Navi ebenfalls hätten, wäre dieser Platz darauf gespeichert! Und was ich hier zu finden hoffe? Weißt du, was ein ›Mystery‹ ist?«

»Mystery? Das ist englisch für Geheimnis, nicht wahr?«, gibt Wolfgang stirnrunzelnd zurück.

»Okay, dann will ich es einmal präziser ausdrücken: Weißt du, was ein ›Geocaching-Mystery‹ ist?«

»Klar weiß ich das! So eine Art moderne Schnitzeljagd«, gibt Müller sein frisch erworbenes Wissen zum Besten. Als seine Freundin gestern von Geocaching sprach, hatte er nichts Eiligeres zu tun, als den Begriff zu recherchieren. Für alle Fälle! »Das Wort ›caching‹ steht in diesem Fall für ›etwas verstecken‹.«

»Ich bin beeindruckt! Ich vermute, dass Bertram, Fuhrmann, und der unbekannte Täter, sofern es sich dabei nicht um Bertram selbst handelt, zu diesem Kreis gehören und die gleiche Tour gemacht haben. Wenn du weißt, worum es bei dem Spiel geht, wirst du dir sicher denken können, wonach wir hier suchen.«

»Nach einem Hinweis auf den nächsten Punkt der Route? Den wissen wir doch, das wäre der Brunnenkeller, oder? Dir ist aber schon bewusst, dass dort nichts darauf hinweist, dass es sich um den Bestandteil eines solchen Spiels handelt? Unsere Spezialisten hätten das doch garantiert entdeckt!«

»Da hast du natürlich recht, aber wer sagt denn, dass es sich dabei nicht um den Endpunkt der Tour handelt?«

»Das ändert aber doch nichts, Horst! Auch in diesem Fall müsste eine entsprechende Info dort zu finden sein, sowas wie ›Sie haben Ihr Ziel erreicht‹ oder so.« Wolfgang Müller ist immer noch nicht so recht überzeugt.

»Dann hat eben jemand den Hinweis entfernt. Der Täter zum Beispiel, um Spuren zu verwischen. Jedenfalls suchen wir hier nicht nach dem Hinweis selbst, da wir das nächste Ziel ja schon zu kennen glauben, sondern nach dem Logbuch, das die Mitspieler an jedem Fundort hinterlassen. Dort sind die Namen aller aufgelistet, die den Hinweis bisher fanden!«

»Okay, versuchen wir es eben«, brummt Müller. »Und Namen sind doch immer gut! Worauf warten wir? Komm, lass uns endlich anfangen!«

Der Platz ist nicht sonderlich groß, dennoch kann die Suche endlos dauern, wenn man nicht genau weiß, wonach man Ausschau halten muss. Bevor die beiden aussteigen, erklärt Horst Weiland seinem Partner daher, worauf er zu achten hat. »Alles klar soweit?«, vergewissert er sich anschließend und erntet ein stummes Kopfnicken. »Dann mal los!«

* * *

An dem großen Tisch im Vernehmungsraum 1 ist genügend Platz für die drei vernehmenden Beamten, die in gewohnter Gelassenheit, und ohne Bertram und dessen Anwalt mehr als eines Blickes zu würdigen, ihre Plätze einnehmen. Denise und Tobias entgeht dennoch nicht der leicht belustigte Ausdruck beim Anblick der Kommissarin in Bertrams Augen. Sein Anwalt blättert derweil gelangweilt in seinen Unterlagen.

›Er scheint Chrissie aufgrund ihrer Erscheinung zu unterschätzen‹, stellt Denise zufrieden fest. ›Wenn er sich damit mal nicht irrt ...!‹

»Wir wurden beim letzten Mal bei einer bedeutsamen Frage unterbrochen, Herr Bertram«, kommt Tobias Heller gleich zur Sache. »Auf die Sie uns, nebenbei bemerkt, immer noch eine Antwort schuldig sind!«

»Falls Sie es vergessen haben, die Frage lautete: ›Wo waren Sie am Dienstag, dem 10. Juli, zwischen 19:00 Uhr und 21:00 Uhr‹?«, erinnert ihn Denise Malowski mit fast denselben Worten an das abrupte Ende der ersten Vernehmung.

»Laut Aussage von Herrn Wolfgang Lambert waren Sie an diesem Tag gegen 17:00 Uhr auf dem Weg in Ihre Gaststätte«, bringt sich Christina Ohlsen, wie vorher abgesprochen, ein. »Sie erinnern sich: Herr Lambert wohnt im Dachgeschoss des Hauses, in dem sich Ihre Gaststätte befindet. Ihre Bedienung sagte aber aus, Sie seien an diesem Abend erst nach 20:30 Uhr erschienen! Wo waren Sie in den dreieinhalb Stunden dazwischen?«

»Mein Mandant wird von Ihrer Behörde wegen Drogenhandels festgehalten«, lässt sich der Anwalt vernehmen, ohne den Blick von seinen Akten zu nehmen.

»Das ist eine andere Baustelle, Herr Theissen«, berichtigt Malowski ihn geduldig. »Dies ist eine Vernehmung in einem Mordfall, in den Ihr Mandant verwickelt ist. Und er hat offenbar für die Tatzeit kein Alibi!«

»Das benötigt er auch nicht, Frau Hauptkommissarin! Weisen Sie Herrn Bertram die Anwesenheit am Tatort und zur Tatzeit nach. Können Sie das?«

Tobias Heller greift in eine Ledertasche neben sich und fördert eines der beiden sichergestellten

Navigationsgeräte zutage. Mit ausdrucksloser Miene legt es vor dem Beschuldigten und seinem Anwalt auf den Tisch. »Kennen Sie dieses Gerät, Herr Bertram?«

Denise Malowski schlägt ihre Fallakte auf. »Ich habe hier einen Ausdruck der gespeicherten Koordinaten aus diesem Gerät, das, wie Sie sicher ahnen, in Ihrem Haus sichergestellt wurde. Wussten Sie, dass Datum und Uhrzeit der besuchten Orte darin gespeichert sind? Und hier steht unmissverständlich, dass Sie sich am 10. Juli um 19:51 Uhr auf den Meter genau an den Koordinaten aufhielten, an denen der Tatort liegt! Was sagen Sie dazu?«

Paul Bertram ist den Worten Malowskis mit immer größer werdender Unruhe gefolgt und schaut sie anschließend stumm und mit schreckgeweiteten Augen an, bleich wie eine Wand.

* * *

Wolfgang Müller umrundet den lediglich aus festgestampftem Boden bestehenden Platz langsam, indem er sich an dessen Rand Schritt für Schritt vorantastet und seine Blicke forschend umherschweifen lässt. Es gilt, kleinste Abweichungen im Gelände zu erkennen. Eine Aufgabe, die ohne weiteres Stunden dauern kann, wenn man kein geübter Geocacher ist.

Horst Weiland ist in entgegengesetzter Richtung unterwegs. »Hinweise, wie wir sie hier suchen, können in vielfältiger Weise dem Auge verborgen sein«, hatte Horst ihm gesagt, bevor sie sich trennten. »Das kann ein falscher Tannenzapfen an einem

Baum sein. Oder ein künstlicher Pilz, sogar ein unauffällig aussehender Kronkorken auf dem Boden kann den Abschluss einer in der Erde steckenden kleinen Sonde bilden. Du musst eben auf alles achten!«

Den Bereich des eigentlichen Parkplatzes schloss der Kollege allerdings von vornherein aus. »Das wäre wenig zielführend«, hatte Horst erklärt, »weil man zum Einen kaum etwas vernünftig verstecken kann, und außerdem die Gefahr einer Zerstörung durch darüberfahrende Autos zu groß wäre. Jeder, der einen solchen Hinweis anbringt, muss einen Kompromiss eingehen. Etwas so verbergen, dass man es nicht auf Anhieb findet, aber auch nicht so, dass es *niemand* entdecken kann!«

›Nachdem es im Gelände rund um den Platz keine Nadelbäume gibt, ist der falsche Tannenzapfen immerhin schon einmal ausgeschlossen‹, überlegt Müller. ›Bleiben also nur noch geschätzte Tausend andere Möglichkeiten. Wer denkt sich sowas nur aus? Andererseits ist eine solche Aufgabe geradezu eine Paradedisziplin für einen Kriminalisten.‹

Er wird unvermittelt aus seinen Überlegungen gerissen, als vor ihm der Pfosten eines dieser Hinweisschilder auftaucht, wie sie hier im Gebiet eines ehemaligen Truppenübungsgeländes überall am Wegesrand stehen. Die Streitkräfte sind längst abgezogen, aber niemand machte sich die Mühe, die Schilder zu entfernen. Im Gegenteil: Es kamen noch welche hinzu, die vor zurückgelassener Munition warnen.

Das Schild vor ihm warnt vor unbefugtem Betreten von militärischem Sperrgebiet und markiert vollkommen widersprüchlich den Anfang eins Pfades, der als Reitweg gekennzeichnet ist. Indes müsste es sich schon um einen recht schmalen Gaul handeln, da ein kreisrunder Betonklotz den Weg nahezu vollständig versperrt.

Müller tritt neugierig näher. Das Hindernis sieht recht massiv aus und könnte in einem früheren Dasein als Blockade fungiert haben. Er will schon weitergehen, als ihm an dem Betonsockel etwas merkwürdig erscheint. Aufmerksam geworden, tritt er näher heran, weil ein kreisrundes waagerechtes Loch in Bodennähe sein Interesse weckt.

›Das schreit doch förmlich nach einem Versteck für ein Geocache!‹, stellt er fest und geht vor dem voluminösen Klotz in die Hocke. Die Öffnung misst etwa fünfzehn Zentimeter im Durchmesser und drinnen ist es finster, ohne Taschenlampe ist nicht zu erkennen, ob sich etwas darin befindet.

›Gibt es hier eigentlich Schlangen?‹, überlegt Müller. ›Ach was, sicher nicht!‹ Vorsichtig nähert sich seine Hand der Öffnung, um hineinzugreifen. Ein scharfes Zischen lässt ihn wie elektrisiert zusammenfahren. Reflexartig zieht er die Hand wieder zurück.

* * *

»Am Abend zuvor zerstachen Sie beide Reifen am Fahrrad des Oliver Fuhrmann. Ein Zeuge sah Sie mit einem Klappmesser in der Nähe des Rades hantieren!«, fügt Christinas Ohlsen schnell hinzu, bevor Bertram sich eine Antwort ausdenken kann. »Laut unserer Forensik stimmen Breite und Form der Klinge des Messers, das Sie bei Ihrer Festnahme bei sich hatten, mit den Löchern in den Reifen überein! Warum taten Sie das?«

»Ich will Ihnen sagen, was der Grund war!« Tobias Heller sieht Bertram in die Augen. »Sie kamen dahinter, dass Fuhrmann sich an Ihrem Vorrat an Marihuana bedient hatte und beschlossen, es ihm heimzuzahlen. Sie sorgten mit Ihrer Aktion dafür, dass Oliver Fuhrmann am nächsten Tag zu Fuß unterwegs sein würde und lauerten ihm dort im Wald auf, um ihn zu töten!«

»Das ist doch alles gequirlter Mist!«, bricht es endlich aus Paul Bertram hervor. »Ich wusste ja nicht mal, dass der an dem Abend dort war!«

»Nicht? Herr Lambert erkundigte sich kurz vorher bei Ihnen nach dem Weg dorthin, Sie erinnern sich? Sie wussten, dass die beiden sich dort verabredet hatten und beschlossen, vor Lambert am Treffpunkt zu sein!«

»Beweisen Sie das!«, fordert Rechtsanwalt Theissen in gelangweiltem Tonfall.

»Sie wollen Beweise?« Tobias Heller greift nach einem Blatt in seinen Unterlagen. »Ich habe hier einen Bericht der Forensik über Stofffasern, die unmittelbar neben der Leiche sichergestellt wurden. Habe ich jetzt Ihre Aufmerksamkeit, Herr Bertram?«, unterbricht er sich, weil dessen Gesichtszüge soeben entgleisen. »Und zwar stimmen diese Fasern zu nahezu hundert Prozent mit einer Vergleichsprobe aus einer Ihrer Hosen überein. Was sagen Sie dazu?«

»War an den Fasern ein Schild mit Datum und Uhrzeit?«, erkundigt Theissen sich belustigt. »Falls nicht, taugen sie als Beweis herzlich wenig!«

»Jetzt kommen Sie mir nicht mit solchen Spitzfindigkeiten, Herr Rechtsanwalt!«, entgegnet Heller gereizt. »Ich habe Jura studiert, Sie wissen selbst am besten, dass diese Indizien in der Gesamtheit vor Gericht ...«

»Hören Sie endlich auf!«, ruft Bertram mit schriller Stimme dazwischen. »Hört das denn nie auf? Ja, in Gottes Namen, ich war dort! Zufrieden?«

* * *

»Man steckt nicht seine Hand mitten in der Wildnis einfach so in ein dunkles Loch, Wolfgang!«, ertönt eine bekannte Stimme mit leicht belustigtem Tonfall hinter ihm. Horst! Jetzt erst realisiert Müller, dass auch das ›Schlangenzischen‹ vorhin gar nicht aus dem Loch drang, sondern ebenfalls aus seinem Rücken kam!

»Was schleichst du dich hier an und erschrickst Leute?«, funkelt er den Freund erbost an und richtet sich mühsam auf.

»Sei froh, dass nichts Schlimmeres mit dir passiert ist«, erwidert sein Partner ernst. »Hier gibt es nämlich tatsächlich Schlangen, und die bewohnen hin und wieder solche Röhren! Brauchst aber nicht weitersuchen, ich habe schon gefunden, wonach wir suchen.« Weiland zeigt ihm einen würfelförmigen Stein aus Beton, etwa so groß wie ein halber Ziegelstein. »Der lag da drüben.«

Müller folgt der Richtung, in die Weiland zeigt und erkennt weiteren Bauschutt am anderen Ende des Platzes unter den Bäumen. Mehrere Quader und eine Art Ringelement aus Beton. »In dem runden Teil liegen einige kleinere Brocken«, erklärt Weiland. »Alles Betonbrocken, da ist mir das hier erst gar nicht aufgefallen. Der ist aber viel zu leicht für einen massiven Stein dieser Größe. Komm, lass uns nachschauen, was da drin ist!«

* * *

»Sie geben also zu, Oliver Fuhrmann am 10. Juli am Brunnenkeller aufgelauert und getötet zu haben. Habe ich das richtig verstanden?«, vergewissert sich Denise Malowski, nachdem Bertram nach seinem Ausbruch verbissen schweigt. Sein Rechtsanwalt beugt sich mit ernster Miene zu ihm herüber und flüstert eine Weile mit seinem Mandanten.

»Nein!«, erfolgt nach einigen Minuten die Antwort.

»Nein? Sie gaben vorhin zu, am Tatort gewesen zu sein, Herr Bertram! Und die Fasern in unmittelbarer Nähe der Leiche sind definitiv aus Ihrer Kleidung, was genau stimmt daran nicht?«

Paul Bertram windet sich sichtbar. »Ja, Sie haben recht. Ich war an diesem Montagabend zufällig dahintergekommen, dass Oliver sich vermutlich an meinem Vorrat bedient hatte. Zum Einen fehlten mir fünf Päckchen, die ich eben erst abgepackt hatte. Und dann bekam ich zufällig mit, wie er einem meiner Gäste ein unmissverständliches Angebot unterbreitete. Da brauchte ich nur zwei und zwei zusammenzuzählen. Aus lauter Wut habe ich dann seine Reifen zerstochen. Das war aber alles, Frau Kommissarin!«

»Und Tags darauf?«, ergreift Christina Ohlsen das Wort. »Was wollten Sie am Brunnenkeller? An dem Ort, wo sich, wie Sie wussten, Herr Fuhrmann ebenfalls zur selben Zeit aufhielt?«

»Ich wusste es nicht«, behauptet Bertram. »Jedenfalls nicht mit Sicherheit. Aber ich hatte eine Vermutung. Wissen Sie, was Geocaching ist?«, wechselt er scheinbar sprunghaft das Thema.

»Nicht genau«, antwortet Denise Malowski, die zu ahnen beginnt, worauf das hinausläuft. »Und was hat es mit dem Fall zu tun?«

»Oliver und ich haben dasselbe Hobby, Frau Kommissarin. Geocaching, dabei geht es darum, geheime Orte zu finden. Wie bei einer Schnitzeljagd. Ich war am Sonntag beim letzten Cache gescheitert, konnte das Rätsel nicht lösen und hatte deshalb die Koordinaten des nächsten Ziels nicht.«

Tobias Heller schaut erneut in seine Unterlagen. »Dieser letzte Cache ... war das ein Parkplatz an der Altenrather Straße?«

»Korrekt. Aber dort gab es keine konkreten Angaben, sondern nur ein Rätsel, dessen Lösung das nächste Ziel ergeben sollte. Ich konnte es nicht lösen und gab zunächst auf. Als Wolfgang Lambert mich aber am Dienstagnachmittag nach dem Weg zum Brunnenkeller fragte, fiel bei mir der berühmte Groschen. Dieser Ort liegt nur ein paar hundert Meter von dem Parkplatz entfernt. Ich beschloss daher spontan, dort nach dem nächsten Cache zu suchen, auf Verdacht sozusagen.«

»Und dort trafen Sie auf Oliver Fuhrmann?«

»Nicht direkt. Ich musste erst nach Hause, mein Navi holen. Als ich wieder losziehen wollte, kam überraschend ein Nachbar und hielt mich eine ganze Weile auf, deshalb war ich erst kurz vor 20:00 Uhr dort. Oliver fand ich unten am Fuße der Ziegelsteinmauer in seinem Blut liegen, er war tot. Wäre ich nicht aufgehalten worden, hätte ich es womöglich verhindern können!«

»Dann waren Sie es, den Lambert kurz nach 20:00 Uhr von dort weglaufen sah?«, fragt Malowski ihn.

»Das kann schon hinkommen. Ich hörte jemand sich nähern und hab die Biege gemacht!«

Heller sieht Bertram sinnend an. Dessen zur Schau gestellte Erschütterung scheint echt zu sein. Andererseits steht der Kneipenwirt im Verdacht, in puncto Emotionen ein begnadeter Schauspieler zu sein. »Warum haben Sie uns das nicht früher gesagt und kommen erst jetzt mit dieser Geschichte? Die Sie ohnehin nicht beweisen können!«

»Hätten Sie ihm geglaubt?«, erwidert Theissen anstelle seines Mandanten. »Und beweisen können Sie *Ihre* Version ebenfalls nicht!«

»Haben Sie im Umfeld des Toten etwas ange-fasst, Herr Bertram?«, erkundigt Christina Ohlsen sich. »Oder die Leiche selbst?«

»Nein, Frau Kommissarin. Weiß doch jeder, dass man das nicht soll!«

»Kann ich mal Ihre Hände sehen?« Unter den verwunderten Blicken aller Anwesenden holt Ohlsen ein Lineal hervor, welches sie an die folg-sam ausgestreckte Hand Bertrams hält. »Danke, das war's!«, erklärt sie anschließend, ohne ihre Hand-lung näher zu erläutern. Sie notiert sich aber unter den aufmerksamen Blicken der Kollegen etwas in ihren Unterlagen.

* * *

»Was sollte denn die Nummer mit dem Lineal?«, überfällt Donner seine jüngste Ermittlerin, als diese einige Minuten später gemeinsam mit Denise und Tobias den Vernehmungsraum verlässt. Man hatte sich in allseitigem Einvernehmen darauf geei-nigt, das Verhör zu einem späteren Zeitpunkt fort-zuführen, fall es sich als notwendig erweisen sollte.

»Dazu kann ich hoffentlich morgen früh auf der Fallbesprechung was sagen«, weicht Ohlsen aus.

»Na gut. Welchen Eindruck hattet ihr von Bertrams Aussage?«, wendet sich der Vorgesetzte, der das Verhör wie immer von nebenan verfolgt hat, an die beiden Hauptkommissare.

»Widersprüche kann ich keine in seiner Geschichte erkennen«, gibt Tobias Heller zurück.

»Es könnte sich daher durchaus so zugetragen haben.«

»Das bedeutet dann wohl mit anderen Worten, dass wir weitere Indizien benötigen«, seufzt Donner. »Ihr könnt dann aber jetzt in den Feierabend, Horst und Wolfgang sind auch schon von ihrem Ausflug zurück.«

»Und? Haben sie neue Erkenntnisse gewonnen?«

»Das wissen die zwei selbst nicht so genau, glaube ich. Wir diskutieren das morgen auf der Besprechung.«

DREIZEHN

Donnerstag, 26. Juli, 8:30 Uhr

»... und dann konnte ich gerade noch verhindern, dass dieser Mensch seine Hand in ein finsteres Loch steckt, ohne zu wissen, was sich darin befindet!« Horst Weiland gibt bei der morgendlichen ›Kaffeerunde‹ die gestrige Begebenheit auf dem Parkplatz zum Besten.

»Ja, indem du mich mit deinem imitierten Schlangenzischen fast zu Tode erschreckt hast«, beschwert sich Wolfgang Müller unter allseitigem Gelächter der Kollegen. »Und ich weiß jetzt nicht, was daran so lustig sein soll!«

»Und ihr habt wirklich nichts dort finden können, das uns in irgendeiner Weise voranbringt?«, wird Tobias Heller wieder dienstlich. »Unser Hauptverdächtiger Bertram hat sich mit seiner Geschichte vom Brunnenkeller ja fein herausgeredet. Wenn wir es nicht schaffen, sie ihm zu widerlegen, ist er vom Haken!«

»In dem Cache vom Parkplatz befand sich leider keins von diesen Logbüchern, in dem die Teilnehmer sich für gewöhnlich mit ihren Namen eintragen«, berichtet Weiland. »Nur dieser Zettel hier.« Er zeigt den Kollegen den mit dem Handy abfotografierten Hinweis aus dem künstlichen Stein. »Das Original haben wir wieder an Ort und Stelle platziert. Eine eiserne Regel beim Geocaching besagt nämlich, dass man keine Teile davon entfernt! Leider kann ich mit dem Rätsel hier nichts anfangen.« Er lässt das Handy reihum gehen. »Hat einer von euch eine Idee?«

»Das wird das Rätsel sein, das Bertram erwähnte«, vermutet Denise Malowski. »Er hat es nach eigenen Angaben nicht lösen können. Mir sagt es so auf Anhieb ebenfalls nichts. Es sind ja auch bloß drei Worte, die nicht einmal einen Sinn ergeben: ›Hinweis überall erzählen‹. Keine Ahnung, was das bedeuten soll.« Tobias Heller und Christina Ohlsen schütteln ebenfalls ratlos die Köpfe.

* * *

»Chrissie kommt in ein paar Minuten nach, Chef!«, informiert Wolfgang Müller den Kommissariatsleiter, der die eintretende Mannschaft wie immer mit gezücktem Marker am Whiteboard erwartet. »Sie ist noch schnell zu Dreyer in die KTU. Wir sollen schon mal ohne sie anfangen.«

»In Ordnung.« Donner hält einen Bericht hoch. »Das ist von Dreyer. Ich erwähnte ja schon, dass ich ihn gebeten hatte, den Computer Bertrams, den Bachmanns Leute bei ihrer Hausdurchsuchung einkassiert hatten, nach Hinweisen zu untersuchen, die in unserem Mordfall relevant sein könnten.«

»Und?«, lässt sich Tobias Heller vernehmen. »Ist was dabei?«

»Wie man's nimmt ... Viel ist es nicht, aber es bestätigt Bertrams Version insofern, dass neben dem üblichen Kram, den man im Browserverlauf heutzutage findet, massenhaft Webseiten besucht wurden, die sich mit Geocaching befassen. Und mit Seiten, die Tipps zur Lösung sogenannter ›Mysteries‹ anbieten oder diskutieren.«

»Das ist ja alles schön und gut, Chef«, widerspricht Denise Malowski ihm. »Aber das beweist noch lange nicht seine Unschuld. Er kann Oliver Fuhrmann trotzdem getötet haben!«

»Hat er aber nicht!«, ertönt die Stimme Christina Ohlsens von der Tür her. Mit schnellen Schritten steuert die Kommissarin die Tafel an und befestigt einen DIN A4 Bogen mit einigen Magneten daran. Anschließend nimmt sie unter den erstaunten Blicken der Kollegen ihren Platz ein.

»Und das willst du mit dem da beweisen?«, weist Donner auf das Blatt. »Was ist das überhaupt?«

»Ich habe vor ein paar Tagen bei Klaus Dreyer nachgefragt, ob es möglich ist, den Handabdruck auf dem Stein, mit dem Fuhrmann erschlagen wurde, in eine Art 2D-Abbildung umzuwandeln. Es hat zwar was gedauert, aber das da ist das Ergebnis!«, informiert Christina Ohlsen die Kollegen. »Ihr habt euch sicher gewundert, als ich gestern die Hand von Bertram nachgemessen habe. Jetzt wisst ihr, warum ich das tat. Der Abdruck auf dem Stein gehört zu einer wesentlich größeren Hand. Bertram war's nicht!«

»Wie sicher ist das, Chrissie?«, will Tobias Heller wissen.

»Klaus meinte, bei der Umwandlung einer Kugeloberfläche - wenn man den Stein einmal vereinfacht als solche definiert - auf eine Fläche treten naturgemäß gewisse Verzerrungen auf. Man sieht das an unseren Weltkarten, wo die Proportionen der Kontinente auch nicht immer exakt stimmen. Allerdings ist der Unterschied in unserem Fall schon enorm. Um die Frage zu beantworten: Ich schätze, es ist zu neunundneunzig Prozent sicher, dass der Abdruck *nicht* von Bertram stammt!«

»Das war ein genialer Einfall!«, lobt Donner sie. »Aber leider sind uns damit jetzt die Verdächtigen ausgegangen! Oder habt ihr diesbezüglich etwas herausgefunden?«, wendet er sich hoffnungsvoll an Horst Weiland und Wolfgang Müller.

»Wir haben eine Theorie«, antwortet Weiland zögernd. »Aber ich warne dich, erst gestern hast du etwas ähnliches als ›an den Haaren herbeigezogen‹ abgetan ...«

»Lass trotzdem hören. Abenteuerlicher als das, was du dir sonst ausdenkst, wird es schon nicht sein!«

»Also gut. Wir haben in dem uns bekannten sozialen Umfeld des Opfers bisher keinerlei Auffälligkeiten feststellen können. Ehemalige Lehrer schildern ihn als ruhigen und intelligenten Schüler. Mitschüler mochten ihn. Und mit seinem ehemals besten Freund hatte er offenbar nur noch losen Kontakt. Bleibt also das Geocaching, ein Hobby, das Fuhrmann mit sehr viel Hingabe auszufüllen schien, hatte er sich doch erst kürzlich ein teures Navigationsgerät zugelegt, das seine finanziellen Möglichkeiten bei weitem überstieg.«

»Das sagte auch sein Freund Mirko«, erinnert sich Chrissie Ohlsen.

»Ja, genau. Und wir wunderten uns doch, dass das Opfer einen Zettel mit den Koordinaten des Brunnenkellers in der Hand hielt, als man ihn fand«, führt Müller jetzt an Weilands Stelle dessen Gedanken fort. »Obwohl er sich in dieser Gegend vermutlich auskannte. Hier ist die Erklärung: Es handelt sich bei dem Zettel um den Hinweis, der ihn zu diesem Ort führte!«

»Dann kann er den aber nicht dort gefunden haben, wo ihr gestern gesucht habt, Wolfgang«, wirft Tobias Heller ein. »Dort gab es ja einen Hinweis anderer Art! Habt ihr mittlerweile herausgefunden, was er bedeutet?«

»Dazu kann ich euch was sagen!«, meldet sich Chrissie Ohlsen zu Wort, bevor Müller oder Weiland Gelegenheit bekommen, sich dazu zu äußern.

»Da bin ich aber gespannt!«, nickt Donner in ihre Richtung. »Aber hören wir doch erst, was Horst und Wolfgang zu ihrer Theorie zu sagen haben!«

»Tobias hat recht«, fährt Weiland fort. »Wir vermuten daher den Hinweis mit den Koordinaten des Brunnenkellers an dem Ort, den Chrissie uns sicher gleich nennen wird, wie ich sie einschätze. Und, was wesentlich wichtiger für uns sein dürfte: das Logbuch!«

»Dieser Begriff tauchte schon mehrfach auf. Was hat es damit auf sich?«

»Vereinfacht gesagt, ist es eine Liste, auf der sich alle Geocacher, die den Ort erfolgreich aufgesucht haben, mit ihrem Namen verewigen. Sobald wir wissen, wer sonst alles an diesem speziellen Event teilnahm, haben wir wieder etwas, das einem sozialen Umfeld zumindest nahekommt.«

»Mit anderen Worten: Ihr vermutet, dass sich zwei von denen dort am Brunnenkeller in die Quere kamen?«, bleibt Donner skeptisch.

»Dazu würde aber passen, dass Fuhrmann den Zettel in der geschlossenen Faust verbarg«, überlegt Christina Ohlsen. »Das sieht für mich danach aus, als wollte er ihn beschützen. Ich vermute, der andere Schatzsucher hatte den Hinweis vom Fundort entfernt, statt ihn wieder zurückzulegen. Und darüber gab es Streit!«

»Also, ich weiß nicht ...«

»Warum soll es sich nicht so zugetragen haben?«, stimmt Denise Malowski ihrer Kollegin zu. »Das würde meines Erachtens auch das dort gefundene GPS-Gerät erklären. Ich stelle mir das so vor: Es gab ein Gerangel dort oben an der Mauer, wofür ja schon der in den Boden getretenen Schlüssel spricht. Die Kontrahenten lassen ihre baugleichen Navis fallen, und nachdem der Unbekannte Oliver Fuhrmann erschlug, hob er infolge der schlechten Lichtverhältnisse versehentlich das Falsche auf. Sein Eigenes verblieb am Tatort und wurde später von einem Schüler dort gefunden.«

»Du meinst, der Täter hat jetzt Fuhrmanns Navi und weiß es womöglich gar nicht?«

»Genau! Haben wir das Navi, haben wir den Täter! Ich habe mich informiert, dieses spezielle Modell ist unter Geocachern äußerst beliebt!«

»Hm. Das ist alles reichlich vage«, äußert sich der Erste Hauptkommissar dazu. »Andererseits habe ich mir schon Schlimmeres von euch anhören dürfen ... Aber du wolltest uns das Rätsel erklären, das deine Kollegen nicht lösen konnten, Chrissie!«, wendet er sich an Ohlsen.

»Okay. Was wissen wir über Rätselaufgaben?«, stellt die Kommissarin eine rhetorische Frage in den Raum. »Sie müssen lösbar sein, und sie enthalten alle für die Auflösung erforderlichen Angaben. In der Annahme, dass niemand etwas entfernt hat, steht also alles Wichtige auf dem Zettel. Weiterhin wird es sich bei der Lösung um die Koordinaten des nächsten Hinweises handeln, da es bei diesem Spiel *immer* darum geht! Der Brunnenkeller ist es aber nicht, dessen Hinweis hatte Fuhrmann ja bei sich.«

»Wir vermögen dir so gerade eben noch zu folgen«, spottet Tobias Heller. »Und wo ist jetzt die Lösung?«

Statt einer Antwort setzt sich Chrissie an den Computer, der unter anderem den an der Decke befindlichen Beamer bedient, und schaltet ihn ein. »Ich zeige es euch«, erklärt sie ihre Handlung. »Die Leinwand benötigen wir dazu nicht, denke ich.« Die Kollegen stellen sich um sie herum auf, den Computerbildschirm im Blick. Wolfgang Müller aus naheliegenden Gründen hinter den anderen. »Ich habe im Zuge der Ermittlungen einiges über Koordinatensysteme gelernt«, fährt Ohlsen fort.

»Vor allem weiß ich jetzt, dass es haufenweise verschiedene Systeme gibt. Sinnvolle und weniger logisch Erscheinende. Eines der kuriosesten ist dieses hier!«

Sie startet den Internet Explorer und tippt mit flinken Fingern eine URL ein: ›map.what3words.com‹. Auf der Seite, die sich daraufhin aufbaut, ist ein Kartenausschnitt, offenbar aus der Bundeshauptstadt, zu sehen. Ein Punkt in der Mitte der Karte ist hervorgehoben, und darüber stehen in einer auffälligen roten Textbox drei Worte: ›gelbes.beinen.freudige‹. »Na, kommt euch das bekannt vor?«

»Was soll denn der Blödsinn?«, wundert sich Donner. »Heißt das, jemand hat die ganze Welt in Quadrate eingeteilt, und diese mit drei Worten markiert? Ergibt das denn einen Sinn?«

»Ich habe keine Ahnung, Chef. Zum Navigieren taugen diese willkürlich angeordneten Worte zumindest nicht. Ist aber ziemlich egal.« Unter den aufmerksamen Blicken der Kollegen tippt sie in die Suchmaske den Hinweis ein, den Horst und Wolfgang fanden und wechselt die Darstellung auf Satellitenwiedergabe. Ein Kartenausschnitt aus der Wahner Heide erscheint. »Was sich dort befindet, weiß ich aber nicht!«, beendet sie ihre kleine Demonstration.

»Aber ich!«, erhebt Tobias Heller seine Stimme. »Dort an der Stelle, wo der Eisenweg nach Lohmar abgeht, steht ein über zweihundert Jahre altes hölzernes Wegkreuz, das ›Stumpen-Kreuz‹. Ich denke, dass dies unser Ziel ist!«

»Okay, Leute!«, Donner klatscht vor Begeisterung in die Hände. »Chrissie, das war hervorragend recherchiert, du fährst natürlich mit dorthin. Und zwar mit Tobias, weil er sich dort gut auskennt!«

* * *

»Du scheinst dich hier sehr gut auszukennen, Tobias!« Christina Ohlsen, die als die Jüngere und die mit dem niedrigeren Dienstgrad den Dienstwagen zu ihrem Ziel lenkt, kommt nicht umhin, die bemerkenswerte Ortskenntnis des Kollegen zu bewundern.

»Ich bin hier aufgewachsen, Chrissie«, erinnert Tobias Heller sie. »Als Kind habe ich diese Gegend mit meinen zahllosen Kameraden geradezu durchpflügt. Jede freie Minute haben wir hier zugebracht. Leider waren damals große Teile der Heide noch Truppenübungsgelände und für die Öffentlichkeit gesperrt. Die entsprechenden Schilder stehen übrigens immer noch an den Wegen, wie du vielleicht bemerkt hast, obwohl die belgischen Streitkräfte schon vor Jahren abgezogen sind. In den Jahrzehnten davor haben sie diesem Biotop mit ihren Panzern aber große Narben zugefügt.«

Schwingt Wehmut in seiner Stimme mit? Von Tobias' Privatleben ist unter den Kollegen nicht allzu viel bekannt, Chrissie glaubt jedoch, aus den Worten herauszuhören, dass er auch heute noch viel von seiner kargen Freizeit hier verbringt.

»Du kannst den Wagen in etwa hundert Metern rechts am Straßenrand abstellen!«, instruiert er sie eine Minute des gemeinsamen Schweigens später.

»Gleich hier vorne, dort wo die Straße in Richtung Lohmar abgeht, ist unser Ziel: Das Stumpen-Kreuz! Offenbar gibt es einen weiteren Interessenten«, fügt er nachdenklich hinzu, weil an besagter Stelle ein PKW am Straßenrand geparkt ist.

* * *

Zur gleichen Zeit, nicht weit entfernt

»Ich kann nicht glauben, dass ich mich von dir habe breitschlagen lassen, hierhin zu fahren. Schon wieder!«, beschwert sich Wolfgang Müller bei seinem Partner. »Ist dir bewusst, wie viele von uns bereits an diesem Ort waren? Allein wir beide sind jetzt zum zweiten Mal hier. Dann die komplette Mannschaft der Forensik, sowie Denise, Tobias und Chrissie. Und keiner von denen hat das geringste entdeckt!«

»Die haben gar nicht danach gesucht, Wolfgang!«, beschwichtigt Horst Weiland ihn nachsichtig. »Ich bin aber überzeugt, dass es hier am Tatort ebenfalls einen Hinweis für das Geocaching gibt. Gesetzt den Fall, dass es sich bei der Tat um eine Spontantat handelte, hatte der Täter anschließend garantiert keine Zeit mehr, selbst danach zu suchen. Wir dagegen werden den Cache finden!«

»Und wie gedenkt der Herr das zu bewerkstelligen? Vogels Leute haben doch jeden Quadratzentimeter abgesucht!«

»Dann müssen wir dort ja nicht mehr suchen«, meint Weiland lapidar dazu und setzt sich in Bewegung. Sein Ziel ist ein Metallgestell einige Meter abseits des Brunnenkellers. Es ist eines jener pultartigen Gestelle zur Aufnahme von Bild- und Textinformationen für Besucher, wie man es an Sehenswürdigkeiten oft findet, derzeit ist es allerdings leer. »Ich könnte mir vorstellen, dass sowas ein hervorragendes Versteck abgibt«, eröffnet er seinem Partner. »Na los, komm schon!«

* * *

Das Wegkreuz steht einige Meter abseits des Fuß- und Fahrradweges, der die Altenrather Straße auf ihrer gesamten Länge begleitet, unter den Bäumen. Flankiert wird es von einer simplen Holzbank links, und einer ebensolchen rechts. Und unter dieser liegt ein Mann rücklings auf dem Waldboden, zunächst sind aber nur zwei Beine und ein paar Stiefel zu sehen. Er hantiert mit beiden Händen kopfüber an der Unterseite der dicken Holzbohle, aus der die Sitzfläche der Bank besteht und scheint dermaßen konzentriert bei der Arbeit zu sein, dass er nichts um sich herum wahrnimmt. Neugierig treten Tobias Heller und Christina Ohlsen näher.

»Darf ich fragen, was das hier wird?«, spricht Heller den Mann an, worauf der sich unvorsichtigerweise ruckartig aufrichtet. Die Folge ist, dass Kopf und Bank mit einem dumpfen Geräusch zusammenstoßen, was bei Ohlsen ein schmerzhaftes Verziehen ihres Gesichts erzeugt.

»Autsch, verdammt!«, schimpft der Mann und schiebt sich vorsichtig unter der Bank hervor, bevor er sich zunächst in sitzende Position bringt und dann aufsteht. Heller schätzt ihn auf Mitte bis Ende Zwanzig. »Warum, zur Hölle, schleicht ihr zwei euch hier an und erschreckt harmlose Leute?« Auf seiner Stirn bildet sich eine sicher schmerzhafte Schwellung.

»Vergessen Sie ihr Navi nicht!«, rät Tobias ihm und zeigt auf das entsprechende Gerät auf der Sitzfläche der Bank. Ob es von derselben Marke ist wie die beiden anderen, ist von hier aus nicht zu erkennen. Zumindest ist es aber ähnlich. Er holt seinen Dienstausweis hervor. »Kriminalhauptkommissar Heller und Kommissarin Ohlsen von der Kripo Siegburg. Ich wiederhole: Was tun Sie hier?« Neben ihm nimmt Chrissie eine angespannte Körperhaltung an.

»Habt ihr nichts zu tun, oder was?« Der Mann steht mit offenem Mund vor den Kommissaren. »Das Zeug hat doch nur ein paar Euro gekostet! Dass sich gleich die Kriminalpolizei damit befasst ...«

»Wovon reden Sie da, Mann?« Tobias Heller schaut konsterniert zu seiner Kollegin, die ratlos die Schultern hebt, und dann wieder zu dem Unbekannten, der ihm mit einem Mal äußerst verdächtig erscheint. Seine Hand greift automatisch zur Dienstwaffe, zieht sie aber noch nicht. Und er macht einen großen Schritt zur Seite. Aus dem Augenwinkel sieht er Christina Ohlsen dasselbe in die andere Richtung tun. Jetzt haben sie den Verdächtigen in der Zange. »Sie rühren Sie sich nicht von der Stelle!«, befiehlt Heller laut und deutlich. »Sagen Sie uns Ihren Namen und erklären Sie uns, weshalb Sie das hiesige Geocache an sich bringen wollten! Ging es Ihnen darum, Spuren zu verwischen? Zeigen Sie überhaupt mal her, das Teil. Und halten Sie die Hände so, dass ich sie sehen kann!«

Der Mann wird kreidebleich im Gesicht, was die Schwellung auf seiner Stirn besonders hervorhebt. Hellers Worte beziehen sich auf eine kleine Schachtel in seiner rechten Hand. Offenbar das Behältnis für den gesuchten Hinweis, den er in dem Moment von der Unterseite der Bank entfernte, als die Ermittler auf der Bildfläche erschienen. Nur wenig später, und der Verdächtige wäre ihnen entwischt!

* * *

»Selbst, wenn wir hier etwas finden ... was willst du überhaupt damit beweisen, Horst?« Wolfgang Müller sieht dem Partner dabei zu, wie der das Gestell akribisch zentimeterweise einer Musterung unterzieht.

»Wenn es hier ein Logbuch gibt«, entgegnet Weiland und unterbricht seine Tätigkeit kurz, »und es Namen von Mitspielern enthält, bedeutet dies, dass diese Leute den Brunnenkeller *vor* Fuhrmann, Bertram, und dem unbekannten Täter erreichten«, erläutert er seinen Gedankengang. »Ansonsten hätten Sie ja den Toten selbst gefunden!«

»Oder es handelt sich dabei um den oder die Täter!«

»Denk doch mal nach, Wolfgang! Würden sie dann ihre Namen hier hinterlassen? Außerdem ist es nach Lage der Dinge durchaus möglich, dass unser Täter den Hinweis, der hierher führt, auf der letzten Station entfernt hat, denk an den Zettel in Fuhrmanns Hand! Sollte das der Fall sein, werden die Namen, die wir hoffentlich heute hier finden, aber gewiss in irgendeinem der früheren Logbücher auf der Tour auftauchen!«

»Jetzt verstehe ich. Wenn wir uns auf der Tour rückwärts bewegen, finden wir spätestens bei dem Versteck, das zu dem Parkplatz führte, die Namen von Bertram und Fuhrmann. Und neben einigen anderen auch die von *diesem* Ort hier!«

»Richtig! Und einer davon ist der Täter, sofern es sich so zugetragen hat, wie wir nach Lage der Dinge vermuten. Wobei wir die Namen der Mitspieler, die den Brunnenkeller erreicht haben, von der Liste der Verdächtigen streichen können!«

Wolfgang Müller nickt, beeindruckt von der glasklaren Logik, und reicht dem Freund wortlos ein Schweizer Armeemesser, das er immer in der Tasche mitführt.

»Äh … was soll ich jetzt damit?«

Müller zeigt auf das Gestell. »Die Metallkappen, die die beiden Stützrohre oben abschließen, haben unterschiedliche Formen. Die würde ich mal untersuchen!«

Wenige Minuten später halten die beiden Kommissare die Attrappe einer großen Schraube in den Händen. Sie ist hohl, und in ihrem Inneren befinden sich zwei zusammengerollte Zettel: Der Hinweis auf den nächsten Cache und das Logbuch, auf dem aber nur zwei Namen stehen!

»Mein ... mein Name ist ... Gerhard Tauber«, stottert der junge Mann verwirrt und überreicht Tobias Heller das Kästchen in seiner Hand. »Und ich wollte es nicht entfernen, wie Sie sagten! Ich will im Gegenteil etwas hineintun!« Tauber gewinnt mit jedem Wort, das seine Lippen verlässt, an Selbstbewusstsein. »Und jetzt erklären Sie mir bitte, was die Kriminalpolizei mit *meinem* Geocache zu tun hat!«

Tobias Heller schaltet schnell. Mit Tauber steht also der Initiator des Spiels, das für einen seiner Mitspieler tödlich endete, vor ihnen. Auch Christina Ohlsen entspannt sich wieder. »Ich entnehme Ihren Worten, dass jemand den ursprünglich von Ihnen hier hinterlegten Hinweis entfernte«, ergreift sie das Wort. »Wie haben Sie davon erfahren?«

»Mitspieler beschwerten sich in meinem Forum, dass der letzte Hinweis ins Leere läuft«, antwortet Gerhard Tauber. »Also bin ich hierher gefahren, um nachzuschauen. Sie haben recht, Frau Kommissarin, jemand hat das, was sich hier befand, gestohlen. Ein Logbuch und den Hinweis auf das nächste Ziel!«

»Der Brunnenkeller?«

Tauber sieht sie erstaunt an. »Ja, genau! Woher ...?«

Tobias holt sein Handy hervor und scrollt in der Foto-App nach einem Bild des bei Fuhrmann gefundenen Zettels mit den Koordinaten. »Ist es das hier?«, stellt er die entscheidende Frage, und hält

Tauber das Display hin. »Ist das der verschwundene Hinweis?«

»Woher haben Sie das? Das ist original der Cache, den ich persönlich hier unter der Bank versteckte! Das ist sogar meine Handschrift! Das Logbuch haben Sie nicht zufällig ebenfalls gefunden?« Hoffnung schwingt in der Frage mit.

»Da muss ich Sie enttäuschen, Herr Tauber. Genau danach suchen wir!« Heller entschließt sich, den Mann über die Hintergründe aufzuklären, da seiner Meinung nach eine Tatbeteiligung unwahrscheinlich sein dürfte. In Stichworten unterrichtet er ihn über den Mord am Brunnenkeller und die Zusammenhänge, die er und seine Kollegen erkannt zu haben glauben.

»Ein Mord unter Geocachern ... Ich kann es nicht fassen!« Tauber schüttelt immer wieder ungläubig den Kopf. »Aber warum? Weshalb sollten die sich gegenseitig umbringen?«

»Das wissen wir nicht. Worum genau ging es bei diesem Spiel überhaupt? Gab es einen Preis für den erfolgreichen Abschluss?«

»Ja, Herr Kommissar. Den gab es. Normalerweise ist bei sowas ja einfach nur der Spaß an der Sache die Belohnung, aber in diesem speziellen Fall ging es um mehr. Um viel mehr!«

VIERZEHN

»Und ich bekomme auch ganz sicher keinen Ärger deswegen?« Der Angestellte der Hausverwaltung steht mit Tobias Heller und Denise Malowski vor der Wohnungstür, den Schlüsselbund mit den Generalschlüsseln unentschlossen in seiner Hand schwenkend. Hinter den dreien warten Christina Ohlsen, Wolfgang Müller und Horst Weiland ungeduldig darauf, dass der Mann endlich die Tür aufsperrt.

»Ganz sicher, Herr Kuhn«, beruhigt Heller ihn. »Ich habe Ihnen doch den richterlichen Beschluss gezeigt, er berechtigt uns zur Durchsuchung dieser Wohnung auch dann, wenn der Mieter nicht anwesend ist. Ich muss Sie aber bitten, als Zeuge dabei zu sein. Das ist Vorschrift!«

»Na, dann ...« Der Hausmeister bringt den Schlüssel endlich in Position. Sekunden später betreten die Kommissare die Wohnung. Sie ist verwaist, aber das hatten sie ohnehin angenommen, nachdem auf mehrmaliges Klingeln niemand öffnete. Der telefonisch herbeigerufene Mitarbeiter der Hausverwaltung war zum Glück innerhalb kürzester Zeit vor Ort.

Die fünf Ermittler verteilen sich in gewohnter Routine auf die Räume und beginnen mit ihrer Suche, misstrauisch beäugt von Hausmeister Kuhn.

Es handelt sich hierbei nicht um einen Tatort, die Anwesenheit der KTU ist daher heute nicht vonnöten. Schon nach kaum zehn Minuten ruft Chrissie Ohlsen aus dem Wohnzimmer: »Ich hab's gefunden. Ihr könnt aufhören, zu suchen!«

Mit einem Leuchten in den Augen präsentiert sie den herbeigeeilten Kollegen wenig später das Beweisstück: Ein Outdoor-Navigationsgerät der Marke ›Montana 610‹! Ohlsen zieht einen Zettel aus der Tasche und vergleicht die darauf notierte Seriennummer mit der auf der Rückseite des gefundenen GPS-Gerätes. »Bingo! Es ist das von Oliver Fuhrmann!«

»Gut gemacht, Chrissie!«, lobt Denise Malowski sie. »Jetzt müssen wir nur noch warten, bis unser neuer Hauptverdächtiger nach Hause kommt. Und wir werden ihm einen gebührenden Empfang bereiten! Chrissie, du behältst den Fahrstuhl im Auge, Horst bewacht das Treppenhaus und Wolfgang, du wartest mit der Besatzung der beiden Streifenwagen draußen vor der Haustür«, verteilt die Hauptkommissarin die Rollen. »Damit uns der nicht gleich wieder ausbüxt! Tobias und ich warten hier drinnen auf unseren Kandidaten.«

»Und wenn er das längst getan hat?«, unkt Chrissie Ohlsen. »Die Biege gemacht, meine ich?«

»Dann schreiben wir ihn zur Fahndung aus«, erklärt Tobias Heller ihr grimmig. »Wir kriegen den Kerl! Hier sieht es für meine Begriffe aber nicht danach aus, als hätte jemand Hals über Kopf sein Zuhause aufgegeben. Er wird auf der Arbeit sein.«

* * *

Fünf Stunden zuvor

»Was habt ihr für mich?«, fragt Donner kurz und knapp bei der heutigen Fallbesprechung. Seine Kommissare schlugen sich die halbe Nacht um die Ohren, um die erstaunlichen und brisanten Zusammenhänge, die sich ihnen gestern zufällig und unerwartet offenbarten, aufzuarbeiten. Dementsprechend viele müde Gesichter schauen ihn jetzt an.

»Zunächst haben wir ein Motiv, denke ich«, beginnt Tobias Heller. »Das Zusammentreffen mit Gerhard Tauber, dem Initiator dieses Geocachings, war insofern ein Schlüsselerlebnis. Hier ist uns mal wieder ›Kommissar Zufall‹ zu Hilfe gekommen. Und zwar ist Tauber in der Szene eine Art Legende. Vor ein paar Monaten nahm man seitens der Firma, die diese Outdoor-Navigationsgeräte vertreibt, Kontakt zu ihm auf. Er sollte ein ›Mystery‹ als Werbemaßnahme für sie entwerfen. Der Erste, der alle Rätsel löst und das Ziel rechtzeitig erreicht, und zwar unter Benutzung eines ihrer Geräte, erhält als Preis eine Teilnahme am *WGC* in den USA. Mit Erstattung aller damit verbundenen Kosten!«

»WGC?«

»Der *World Geocaching Contest*, Chef. Er findet in diesem Jahr erstmals statt und wird über mehrere US-Staaten gehen. Eine Riesenshow also. Und es sind Preisgelder in Höhe von insgesamt einer Million US-Dollar ausgesetzt!«

»Wenn das mal kein Mordmotiv ist!« Der Erste Hauptkommissar ist beeindruckt. »Das bedeutet dann wohl, dass *alle* Mitspieler verdächtig sind?«

»Grundsätzlich ja, Chef. Aber dank eines genialen Einfalls können wir einige Teilnehmer ausschließen und sogar *einen* in die engere Wahl nehmen. Horst, du bist an der Reihe!«

»Am Brunnenkeller haben Wolfgang und ich gestern das dortige Cache ausfindig machen können und das Logbuch sichergestellt. Da es ein Beweisstück in einer Mordermittlung darstellt, konnten wir es nicht an Ort und Stelle zurücklassen. Es enthält genau zwei Namen, die logischerweise bei allen vorherigen Orten ebenfalls zu finden sein werden, wir haben allerdings zum Vergleich bisher nur zwei weitere Logbücher vorliegen, nämlich das von dem Cache, der zum Parkplatz an der Altenrather Straße führt und das davor, dessen Standorte Gerhard Tauber uns nannte. Das vom Parkplatz und das vom Stumpen-Kreuz sind ja bekanntlich verschwunden. Die Einträge enthalten zwar lediglich die ›Nicknames‹ der Teilnehmer, also die Namen, mit denen sie sich für das Spiel registrierten, Herr Tauber ließ uns aber freundlicherweise eine Namensliste zukommen.«

»Wobei das Mystery vom Parkplatz laut Tauber eines der leichteren Rätsel war«, wirft Heller ein. »Sozusagen zum Verschnaufen. Für eingefleischte Geocacher stellt ein Drei-Worte-Rätsel kein Problem dar, sagte er. Dagegen soll das davor aber eine der schwierigsten Aufgaben gewesen sein.«

»Und die hat Bertram lösen können, die Leichte aber nicht?«, wundert sich Denise Malowski.

»Vielleicht hat er da auch schon gemogelt«, vermutet Tobias Heller. »Wir haben aber jetzt eine Erklärung dafür, weshalb die alle das gleiche Navi benutzt haben. Und warum Oliver Fuhrmann sich dieses teure Teil kaufte, obwohl er es sich überhaupt nicht leisten konnte. Er wollte unbedingt an dem Wettbewerb teilnehmen. Deshalb bediente er sich an Bertrams Marihuanavorrat.«

»Weil dieses Mystery erst seit Anfang des Monats läuft und weil die Aufgaben extrem knifflig sind, haben wir in dem letzten vollständigen Logbuch nur sieben Namen stehen, wobei Bertram, Fuhrmann und drei Weitere sich praktisch ein Kopf-an-Kopf-Rennen lieferten«, fährt Horst Weiland mit seinen Ausführungen fort. »Diese Fünf haben die Lokalität in Abständen aufgesucht, die nach Stunden zählen, längstens liegt aber ein Tag dazwischen. Die zwei Mitspieler, die sich am Brunnenkeller verewigt haben, waren schon vorher vorne mit dabei und haben daher den Hinweis vom Stumpen-Kreuz gesehen, bevor ihn jemand entfernte.«

»Macht sie das nicht verdächtig?«

»Ich denke nicht, Chef. Dann hätten sie Ihre Namen doch nicht dort hinterlassen! Außerdem datieren ihre Besuche einen Tag vor dem Mord.«

»Was Horst eigentlich sagen will, ist, dass wir diese beiden Namen von den anderen Listen ebenfalls streichen können«, verkürzt Heller Weilands

Vortrag. »Abzüglich Bertram und Fuhrmann bleiben danach genau drei Namen, die wir uns vorzunehmen haben.«

»Du sprachst vorhin von *einem*, der besonders verdächtig ist!«, erinnert sich Donner.

»Korrekt! Einer der Kandidaten war ganz vorne mit dabei, sozusagen im Fahrwasser von Oliver Fuhrmann. Es lagen nur Stunden zwischen den beiden Konkurrenten. Und sie kannten sich!«

»Jetzt mach es schon nicht so spannend! Wer ist es?«

»Mirko Heinemann, der Schulfreund von Oliver Fuhrmann, Chef!«

»Heinemann?«, wiederholt Donner mit hochgezogenen Brauen. »Wart ihr nicht erst neulich bei dem?«

»Chrissie und ich waren dort, Chef!«, lässt sich Wolfgang Müller vernehmen. »Aber außer der Tatsache, dass man sich wegen einer fast schon rührenden Tolpatschigkeit besser außerhalb der Reichweite seiner Arme aufhielt, war an dem nichts Verdächtiges!«

»Wenn das Navi vom Brunnenkeller ihm gehört, war er definitiv *nach* seinem Freund am Parkplatz«, weist Horst Weiland auf einen wichtigen Umstand hin. »Denn das war laut dem Speicher dieses Gerätes am Tattag um 16:44 Uhr. Da war Fuhrmann auf der Arbeit, er war daher mindestens einen Tag zuvor dort. Heinemann hatte genügend Zeit, das Rätsel zu lösen und den Hinweis zu entfernen, den

Fuhrmann und die beiden anderen aber bereits kannten!«

»Ich kümmere mich unverzüglich um einen Durchsuchungsbeschluss für Heinemanns Wohnung!« Kommissariatsleiter Donner ist tief beeindruckt. »Und um einen Haftbefehl! Das war gute Arbeit, Leute!«

* * *

Freitag, 27. Juli, 15:25 Uhr

Kaum zehn Minuten, nachdem alle ihre angewiesenen Posten bezogen haben, ertönen laute Stimmen im Eingangsbereich. Hausmeister Kuhn hat die Wohnung auf ihre Anordnung verlassen, seine Anwesenheit während einer Festnahme wäre ein zu großes Sicherheitsrisiko gewesen.

Eine der Stimmen gehört Kollege Weiland, der jemanden zum Betreten der Wohnung auffordert, die andere wahrscheinlich Heinemann. Malowski und Heller hatten ja noch keine Gelegenheit, ihn sprechen zu hören.

Mit gezogener Waffe begeben sie sich vorsichtig in den Flur, wo ein nervös dreinblickender riesenhafter Kerl ihnen den Weg versperrt, dahinter Oberkommissar Horst Weiland, sowie Wolfgang Müller und Christina Ohlsen.

»Was machen Sie in meiner Wohnung?«, brüllt Heinemann, jetzt ganz und gar nicht mehr der Lethargische, den Müller und Ohlsen vor Tagen kennenlernten. »Ich sollte die Polizei rufen!«

»Wir *sind* die Polizei!«, informiert Heller den aufgebrachten Mann und zeigt seinen Ausweis vor. Die Pistole steckt er ins Holster zurück, es sind ja genügend andere Waffen auf den Verdächtigen gerichtet. »Kriminalhauptkommissar Heller, Kripo Siegburg. Und Sie sind hiermit wegen des dringenden Tatverdachts des Mordes an Oliver Fuhrmann festgenommen, machen Sie bitte keine Schwierigkeiten!«

Mirko Heinemann starrt ihn schweigend an, Aggressivität ist aber nicht in seinem Blick zu erkennen. Demonstrativ hält er statt einer Antwort beide Arme in unmissverständlicher Geste von sich gestreckt.

Während Müller und Ohlsen den Mann mit Kabelbindern fixieren, klärt Horst Weiland die Kollegen auf: »Heinemann kam vorhin aus dem Stockwerk über uns die Treppe herunter, er hielt sich vermutlich in einer anderen Wohnung auf. Da war es gut, dass ich im Treppenhaus Stellung bezogen hatte. Ich habe dann sofort Chrissie und Wolfgang informiert.«

* * *

Zwei Stunden später

Im Vernehmungsraum 1 sitzt ein völlig aufgelöster Mirko Heinemann den vernehmenden Beamten Tobias Heller und Christina Ohlsen gegenüber.

In den beiden Stunden zuvor wurden in aller gebotenen Eile und in gemeinschaftlicher Arbeit die Daten aus Fuhrmanns Navi, das sie vorhin in Heinemanns Wohnung sicherstellten, ausgewertet. Wolfgang Müller, Horst Weiland und Kommissariatsleiter Donner verfolgen das Verhör von nebenan. Denise Malowski ist aufgrund ihrer Elternzeit in den Feierabend gegangen, da es gestern Abend schon spät geworden war.

»War Ihnen bewusst, dass Sie seit fast drei Wochen das Navi Ihres Freundes im Schrank liegen hatten, Herr Heinemann?«, richtet Christina Ohlsen ihre erste Frage an den Verdächtigen. Tobias Heller lächelt wissend in sich hinein. Welche Strategie die junge Kollegin damit verfolgt, ist klar. Er selbst hätte es nicht anders angegangen.

»Er muss es versehentlich vertauscht haben, als er bei mir war, um mir seine Neuanschaffung zu zeigen, Frau Kommissarin«, kommt dumpf die gemurmelte Antwort nach mehreren Sekunden. »Die sehen doch alle gleich aus, und es war ja sogar dasselbe Modell.«

»Das war dann der ... wo habe ich es denn? Ach ja, hier steht es ja: Laut Ihrer Aussage vom 20. Juli war es der 29. Juni, wo Herr Fuhrmann bei Ihnen zu Besuch war! Bleiben Sie dabei?«

»Ja, natürlich bleibe ich dabei, es ist die Wahrheit!«

»Dann haben wir aber ein kleines Problem«, übernimmt Heller. »Und zwar ein Zeitliches. Ihr eigenes GPS-Gerät, das sich dann ja seit dem 29. Juni im Besitz Ihres Freundes befand, war in diesem Zeitraum zu Zeiten an Orten, zu denen sich

Herr Fuhrmann nachweislich woanders aufhielt. Erklären Sie uns das bitte!«

»Dafür haben wir aber für den 10. Juli eine ganz ungewöhnliche Konstellation, Herr Heinemann«, führt Ohlsen den Gedanken fort. »Und zwar buchten sich beide Geräte - Ihres und das von Oliver Fuhrmann - zur selben Zeit am Brunnenkeller ein, mit nur wenigen Minuten Abstand. Und zwar war das um 19:24 Uhr und um 19:32 Uhr. Und in diesem Fall ist es völlig gleichgültig, wer welches hatte, Sie waren nachweislich beide gleichzeitig am selben Ort. Dem Tatort!«

»Warum töteten Sie Ihren Freund?«, bringt Tobias Heller es auf den Punkt. »Gab es Streit? Wollten Sie um jeden Preis der Erste am Ziel sein? War es das wert?«

Mirko Heinemann ist bei den Worten der Kommissare mehr und mehr in sich zusammengesunken, sofern man das bei einem solchen Berg von einem Mann überhaupt sagen kann. »Sie haben ja keine Ahnung, Herr Kommissar«, bringt er fast flüsternd hervor. »Es war alles vollkommen anders!«

* * *

»Chrissie macht ihre Sache ausgezeichnet!«, äußert sich Donner nebenan im Beobachtungsraum lobend über die Vorgehensweise der Kommissarin. »Ich hatte aber auch nichts anderes erwartet.«

»Das hörte sich für mich gerade so an, als wollte Heinemann ein Geständnis ablegen«, bemerkt Horst Weiland dazu.

»Ja, du hast recht. Lasst uns weiter zuhören!«

* * *

»Oliver stand oben an der Mauer, als ich dort ankam«, beginnt Heinemann stockend zu erzählen. »Er suchte nach dem dortigen Versteck und bemerkte mich nicht sofort. Ich war erst wenige Minuten zuvor am Stumpen-Kreuz gewesen und hatte das Logbuch und den Zettel mit dem Hinweis, der mich zum Brunnenkeller führte, noch in der Hand.«

»Wieso haben Sie ihn überhaupt mitgenommen?«, unterbricht Tobias Heller ihn.

Heinemann hebt die Schultern. »Ich weiß es nicht, Herr Kommissar. Eine Spontantat vielleicht. Jedenfalls nahm der ganze Wahnsinn damit seinen Anfang. Wie oft habe ich seitdem diesen einen Augenblick verflucht!«

»Was geschah dann, als Oliver Sie bemerkte?«

»Er flippte total aus, als er sah, was ich getan hatte. Er hatte gleich geschnallt, was los war. Er riss mir wütend die Sachen aus der Hand. Ich wollte sie mir wieder zurückholen, erwischte Oliver aber aufgrund meiner Hypermetrie, die immer dann besonders schlimm ist, wenn ich aufgeregt bin, heftig mit der Hand an der Schulter. Ich sehe jetzt noch seine vor Schreck weit aufgerissenen Augen, bevor er kopfüber über die Mauer stürzte. Es war furchtbar!«

»Wir haben den Hinweis in seiner Faust gefunden«, informiert Christina Ohlsen den erschütterten Mann, der leise in sich hinein schluchzt. »Das Logbuch aber nicht.«

»Ich habe es aufgehoben, Frau Kommissarin. Oliver ließ es fallen, bevor er ... Mein Navi lag auch dort. Zumindest dachte ich, es wäre meins, weil es mir bei Olivers Attacke heruntergefallen war. Es muss dann wohl seines gewesen sein.«

»Ihr GPS-Gerät wurde später unter einem Busch gefunden«, bestätigt Heller ihm. »Es gab uns allerhand Rätsel auf. Aber erzählen Sie weiter!«

»Ich bin dann nach unten geklettert, dort wo Oliver liegen musste. Ich dachte, dem ist doch bestimmt nichts passiert, sind ja nur knappe zwei Meter. Aber dann sah ich ihn in seinem Blut liegen, mit gebrochenen Augen, die mich vorwurfsvoll anzuschauen schienen. Er war mit dem Kopf auf den einzigen Stein gestürzt, der dort herumlag!«

»Haben Sie etwas angefasst?«

»Nur seinen Kopf, Herr Kommissar. Ich musste mich doch vergewissern, ob er nicht doch nur bewusstlos war. Aber als ich dann den zertrümmerten Schädel sah ... Ach ja, den Stein hab ich auch noch weggenommen, er sollte doch nicht so hart liegen. Dann hörte ich jemanden kommen und habe gemacht, dass ich dort fortkam.«

›Das passt zusammen‹, überlegt Tobias Heller. ›Um 19:51 Uhr erreichte Bertram das Gelände und fand den Toten. Das war etwas mehr als eine Viertelstunde nach Heinemann, der um 19:32 Uhr dort auftauchte, acht Minuten nach Oliver Fuhrmann. Da ging es buchstäblich um Sekunden!‹ Er schaut zu Chrissie Ohlsen, die ihm bestätigend zunickt. Der Fall ist gelöst! Mit der Würdigung des Tatherganges wird sich das Schwurgericht auseinandersetzen.

EPILOG

Montag, 30. Juli, 10:00 Uhr

»Guten Morgen Leute!« Wie immer, wenn ein besonders kniffliger Mordfall gelöst wurde, strahlt der Erste Hauptkommissar und Leiter des Kriminalkommissariats 1 förmlich über das ganze Gesicht. So auch Heute. Der Fall ›Heidemord‹ ist geklärt und der geständige Täter seit Freitag hinter Schloss und Riegel.

»Nach exakt vierzehn Tagen konnte, dank eurer Hartnäckigkeit und nicht zuletzt durch akribische Recherche, der Tod von Oliver Fuhrmann aufgeklärt werden!«, beginnt er seine Rede an die vollzählig anwesenden Mitarbeiter. »Im Grunde verdanken wir die Lösung sogar modernster Technik, denn ohne die exakten Daten aus den Satellitennavigationsgeräten der Beteiligten wäre es schwieriger, ja, vielleicht sogar unmöglich gewesen, den Tathergang zu rekonstruieren. Ich möchte mich an dieser Stelle vor allem bei denjenigen von euch bedanken, die ihre recht eigenwilligen Theorien trotz teilweise heftigen Gegenwindes konsequent verfolgten, und dadurch letztendlich das Rätsel vom Brunnenkeller lösten.« Ein anerkennender Blick Donners gilt Christina Ohlsen und Horst Weiland. »Aber natürlich war auch hier, wie üblich, die Lösung nur durch eure bestens bewährte Teamarbeit möglich!«

»Hat Staatsanwalt Stein sich schon dazu geäußert?«, fragt Tobias Heller.

»Hat er. Und zwar will er eine Mordanklage erheben, ungeachtet der Einlassung Heinemanns. Für ihn sei der Tathergang klar, meinte er. Er stützt sich dabei vornehmlich auf den Bericht der Pathologie, der einen Unfall ausschließt.«

»Aber Frau Doktor de Lucas Einschätzung ging einzig und allein von der Tatsache aus, dass der Stein, der die tödliche Kopfwunde bei Oliver Fuhrmann verursachte, *neben* der Leiche lag, Chef«, widerspricht Wolfgang Müller. »Und dafür lieferte Heinemann doch eine völlig glaubhafte Erklärung! Das kommt davon, wenn sich Pathologen in unsere Arbeit einmischen. Alle Schlussfolgerungen de Lucas zum ›Tathergang‹ basieren letztendlich auf diesem Stein und der Stelle, an der er lag!«

»Damit muss sich das Schwurgericht auseinandersetzen, Wolfgang. Unsere Arbeit ist getan. Hier noch einmal die Fakten: Am 10. Juli hielten sich zwischen 19:30 Uhr und 20:00 Uhr nicht weniger als vier Personen am Brunnenkeller auf und gaben sich, wenn man so will, gegenseitig die Klinke in die Hand. Zuerst erschien Fuhrmann, gefolgt von Heinemann nur wenige Minuten später. Dann kam Bertram, was Heinemann zur sofortigen Flucht veranlasste. Bertram entdeckte den Toten und verließ bei Lamberts Erscheinen ebenfalls fluchtartig das Gelände. Alles ist unwiderlegbar dokumentiert durch die Einträge in den Navis. Und es stimmt hundertprozentig mit der Aussage Heinemanns überein. Bleibt noch zu erwähnen, dass der Handabdruck auf dem Stein unzweifelhaft Mirko Heinemann zugeordnet wurde! Doktor de Luca versprach aber, ihren Pathologiebericht insofern zu ändern, dass ein Unfall mit tödlichem Ausgang nicht völlig ausgeschlossen ist!«

»Und was machen wir jetzt, Chef?«, ruft Christina Ohlsen vorlaut dazwischen.

»Nach dem Fall ist vor dem Fall, Chrissie!«, antwortet der Vorgesetzte ihr, nachsichtig lächelnd. »Aber speziell für dich habe ich eine Überraschung! Am 1. August, also übermorgen, kommt für drei Monate ein Schülerpraktikant zu uns. Erik ist ein Neffe meiner Frau, behandelt ihn also entsprechend.«

»Aber es sind Schulferien, Chef!«, entrüstet sich Ohlsen.

»Erik wollte unbedingt so schnell wie möglich mit dem Praktikum beginnen. Dadurch hat er drei Monate, statt wie üblich sechs Wochen«, erklärt Donner ihr.

»Und wo ist jetzt die Überraschung für mich?«, erkundigt sich Chrissie, Unheil ahnend.

»Du wirst dich um den Jungen kümmern, Chrissie!«

›Na toll, jetzt kann ich für den Bengel das Kindermädchen spielen!‹, grummelt die Kommissarin in Gedanken.

»Und dass mir keiner Witze über seinen Nachnamen macht!«, ergänzt Donner, und schaut dabei wie zufällig in Tobias Hellers Richtung.

»Ach, wie heißt er denn? Blitz?«, kann der es sich natürlich nicht verkneifen.

»Nein, Tobias, das wär' ja albern!« Ein feines Lächeln umspielt die Lippen des Vorgesetzten. »Er heißt Hagel!«

ENDE

Schlusswort des Autors

Als ich mit dem vorliegenden Buch begann, musste ich zunächst eines feststellen: Es ist viel Zeit vergangen, seit ich in die dritte Grundschulklasse der Waldschule in Troisdorf ging. 1964 wird das gewesen sein und die Geschichtswege durch die Wahner Heide gab es noch nicht. Natürlich gab es die Wege an sich, aber die hießen eben nicht so.

Überhaupt konnte man große Teile dieses Biotops nicht betreten, weil es sich um militärisches Sperrgebiet handelte. Damals. Nun, die Streitkräfte sind schon lange abgezogen, das Truppenübungsgelände wurde aufgelöst, aber man kann leider immer noch nicht überall unbeschwert wandern, weil niemand so genau weiß, was alles an ›vergessener‹ Munition noch dort herumliegt. Schade eigentlich.

Da es aber von der Lage her - die Schule liegt sozusagen direkt am Rande der Wahner Heide - nahezu unausweichlich ist, Schulklassen dort hindurch zu scheuchen, habe auch ich damals einige der beschriebenen Kulturdenkmäler besuchen dürfen. Es ist, wie gesagt, lange her, was mir aber sehr gut in Erinnerung geblieben ist: Der Steinbruch war in meiner Kindheit tatsächlich noch einer und kein See. Wie die Zeit vergeht.

Bevor ich hier ins Schwärmen gerate und mich in Nostalgie verliere, kommen wir besser wieder zur vorliegenden Handlung zurück. Selbstverständlich gibt es alle im Buch erwähnten Kulturdenkmäler wirklich, das gilt im weitesten Sinne auch für die meisten anderen Örtlichkeiten. Die beschriebenen technischen Details bezüglich Geocaching und der damit verbundenen Grundlagen wie Koordinatensysteme usw. entsprechen ebenfalls den Tatsachen. Alles andere habe ich wie immer erfunden.

Falls Sie sich aber die Mühe machen sollten, die in der Handlung erwähnten Koordinaten zu überprüfen, werden Sie möglicherweise feststellen, dass sie die jeweiligen Orte nicht auf den Meter genau wiedergeben. Dies ist durchaus beabsichtigt!

Dagegen ist aber die Gaststätte mit der Cannabis-Plantage auf der Kegelbahn wahr, einen solchen Vorfall gab es vor einigen Jahren tatsächlich in einem Ortsteil von Troisdorf. Drogenhündin Ronja war bei der damals durchgeführten Razzia mit von der Partie.

Sie mit den spannenden Geschichten rund um meine Heimat zu unterhalten, ist mir wichtig. Daher hoffe ich, es ist mir mit dem vorliegenden Krimi auch dieses Mal gelungen, denn jetzt sind Sie als hoffentlich zufriedener Leser an der Reihe.

Als verlagsunabhängiger Autor muss ich mich nämlich auch um das Marketing selbst kümmern und bin daher auf Ihre Unterstützung angewiesen. Sie helfen mir sehr, wenn Sie meine Bücher bei Amazon bewerten, über sie sprechen und sie weiterempfehlen.

Das Aushängeschild eines jeden Buches ist sein Titelbild. Mein besonderer Dank geht daher wieder an Herrn Bryan Gehrke von *MyCoverDesigner.com*, der in bewährter Qualität das Cover auch für den vorliegenden Krimi nach meinen Vorstellungen gestaltete.

Zu guter Letzt folgt wie immer der Hinweis, dass das Manuskript einem sorgfältigen Korrektorat unterworfen wurde. Bei einem solchen Umfang bleibt leider der eine oder andere Fehlerteufel trotzdem unbemerkt. Dies geht dann wie immer zu meinen Lasten.

Ihr René Falk